Marie Sophie Schwartz

Schuld und Unschuld

Roman

Marie Sophie Schwartz

Schuld und Unschuld
Roman

ISBN/EAN: 9783743364653

Hergestellt in Europa, USA, Kanada, Australien, Japan

Cover: Foto ©Andreas Hilbeck / pixelio.de

Manufactured and distributed by brebook publishing software (www.brebook.com)

Marie Sophie Schwartz

Schuld und Unschuld

Schuld und Unschuld.

Roman von

Frau M. S. Schwartz.

———

Aus dem Schwedischen übersezt

von

Dr. G. Fink.

———

Erster Band.

Stuttgart.

Franckh'sche Verlagshandlung.

1862.

Einleitung.

Ueber das ferne Meer kehrt der Mann zurück,
aber nicht vom Grabhügel.
Finnisches Sprichwort.

Schon im Anfang der 1780er Jahre war Uleaburg so bedeutend vorangeschritten, daß es für die ansehnlichste Stadt Ostbothniens gelten konnte. Es hatte ungefähr 3000 Einwohner, zwei Märkte und 23 Straßen, eine geräumige Kreuzkirche und 350 Häuser, außer dem Rathhaus, sämmtlich von Holz. Man behauptet, die Stadt habe bloß zwei steinerne Häuser besessen, wovon das eine auf dem großen Markte gelegen. Zu ihren Merkwürdigkeiten gehört daß Johann Messenius in der Kirche begraben liegt. Außerdem konnte Uleaburg sich einer schönen und gesunden Lage an der südlichen Seite des Ulea rühmen, der sich durch einen Wasserfall, genannt Merekosti, ins Meer ergießt.

Uleaburg liegt auf einer Erdzunge, die auf der einen Seite den Fluß, auf der andern die Kembelebucht hat. Die Stadt besaß auch verschiedene Hügel, von denen einer, der sogenannte Patkisehügel, sehr hoch war und eine prächtige Aussicht darbot. Am

Fuße desselben brauste ein Wasserfall hervor, und man sah von da aus verschiedene schöne Holme. Jenseits der Bucht erstreckte sich die Landzunge Hietasaari und das schöne Vorgebirge, wo es nie an stattlichen Fahrzeugen mangelte. Ueberdieß hatte man zwei Brücken die über den sogenannten Stadtfluß führten.

So ungefähr sah Uleaburg zur obengenannten Zeit aus.

Kurz vor dem Krieg von 1788 wurden zwei Hochzeiten in dem Städtchen gefeiert. Es waren zwei Freunde die seit ihrer Knabenzeit Alles gemeinschaftlich gehabt hatten, und sich nun auch durch denselben Priester und zur selben Stunde in die Ketten der Ehe schlagen lassen wollten.

Der eine war der Apotheker Ehrmann, und der andere der Kaufmann Claes Aberney. Beide waren geachtete Männer und genoßen allgemeines Ansehen wegen ihres rechtschaffenen Characters, so wie ihrer aufgeklärten und wahrhaft patriotischen Gesinnung.

Durch eine Freundschaft verbunden die bis in die Kinderzeit zurückging, hatten sie beständig sowohl die heitern als die trüben Stunden des Lebens mit einander getheilt.

Ehrmann besaß zwei Schwestern, Debora und Sara. Leztere, die jüngste der drei Geschwister, wurde schon ganz jung beim Tode der Eltern von einer reichen Tante aufgenommen die in Schweden wohnte. Debora dagegen hatte dem Hause ihres Bruders vorgestanden, bis Claes Aberney sie als Braut wegführte.

Ehrmann heirathete eine junge Schwedin die als Gouvernante bei einem seiner Verwandten wohnte.

Rosa Strom, so hieß sie, hatte zwar Anfangs eine entschiedene Abneigung gegen ihn gezeigt, aber Ehrmann ließ sich dadurch nicht abschrecken. Er dachte: Frisch begonnen ist halb gethan, und so fuhr er fort Rosa zu bestürmen, bis sie sich eines schönen Tags erweichen ließ und Ja sagte. Sein Freund Aberney hatte ihm indeß aufs Ernstlichste von dieser Verbindung abgerathen.

„Siehst Du nicht, lieber Ehrmann," pflegte er zu sagen, „daß das Mädchen gar kein Gefühl hat? Gelingt es Dir ihre Hand zu erhalten, so wirst Du gewiß unglücklich. Du gibst Dein Herz hin und empfängst dafür nur Kälte und Gleichgiltigkeit, was Du weniger als irgend ein Anderer ertragen kannst. Im Uebrigen hast Du, wie ich, unvermischtes finnisches Blut in Deinen Adern; Du solltest kein anderes als ein finnisches Mädchen heirathen. Gleiche Kinder spielen immer am besten, das bedenke wohl."

Solche Worte wirken nicht, wenn sie an einen Verliebten gerichtet werden. Ehrmann achtete nicht darauf. Er wurde vollständig von seiner Neigung beherrscht, und das Ende vom Lied war daß er und Rosa am selben Tag Hochzeit machten wie Aberney und Debora.

In Folge der Freundschaft der beiden Männer suchte auch Debora sich ihrer Schwägerin zu nähern. Zwar bestand keine Sympathie unter den jungen Frauen, aber Debora war gut und getreu. Sie dachte mehr an den Nuzen welchen die Schwägerin

aus ihrer Freundschaft ziehen könnte, als an das
Vergnügen das für sie selbst daraus erwuchs.

Rosa dagegen war schön, cokett und hegte gegen
Niemand eine Ergebenheit, am allerwenigsten gegen
ihren Mann. Ehrmann, ein heftiger und despo-
tischer Character, war auch nicht geeignet im Herzen
der eigenliebigen und eigensinnigen Frau zärtlichere
Gefühle zu erwecken. Sie achtete nicht auf seine
guten Eigenschaften, sondern empfand bloß die Qual
seiner Fehler und die Last seiner Herrschsucht. Die
Folge war daß, während Aberneys Wohnung ein
Bild häuslicher Glückseligkeit darbot, Ehrmanns
Haus dagegen der Schauplatz fortgesezter stürmischer
Auftritte und heftiger Streitigkeiten war. Rosa
trozte Allem was ihr Mann wollte, und konnte sich
nicht entschließen damit anzufangen womit sie doch
am Ende aufhören mußte, nämlich sich in ihn zu
fügen.

Im Anfang weinte und klagte sie laut über ihr
Unglück; ja sie konnte selbst in der Gesellschaft ihren
Groll gegen einen Mann nicht verbergen den sie
nicht beherrschen durfte und dem sie doch nicht offen
Troz zu bieten wagte. Dennoch gelang es Debora
ihr klar zu machen, wie Unrecht es sei die Welt in
die Geheimnisse zweier Gatten einzuweihen. Das
Ergebniß dieser Vorstellungen war daß Rosa sich
darauf beschränkte gegen sie allein ihre Klagen über
die barbarische Tyrannei zu ergießen der sie unter-
worfen sei.

Ehrmann fühlte sich im höchsten Grad unglücklich und wurde mit jedem Jahr unverträglicher und
heftiger gegen eine Frau die ihn nicht verstand, son-

dern alles that um ihr Zusammenleben zu verbittern. Die Liebe die er ihr einst gewidmet, verwandelte sich so allmählig in Kälte und Bitterkeit, und er suchte außer dem Hause die Annehmlichkeiten die ihm daheim fehlten.

Wie alle Männer die sich selbst lieben, hatte Ehrmann innigst gewünscht, seine Frau möchte ihm einen Sohn schenken; aber auch hierin begünstigte ihn das Schicksal nicht. Erst nach sechsjähriger Ehe wurde ihm eine Tochter geboren. Aberney hatte damals zwei Söhne, Caspar und Enoch, der ältere fünf, der jüngere drei Jahre alt.

Im Verdruß darüber daß das Kind ein Mädchen war, taufte Ehrmann sie Harm. Ein Jahr darauf bekam seine Frau wieder eine Tochter. Er wurde darüber so ärgerlich daß er sagte:

„Dieses Kind ist für mich wie wenn es nicht geboren wäre. Ich werde es nie anreden, sondern thun als ob es gar nicht vorhanden wäre."

Das Mädchen erhielt von seiner Mutter den Namen Edith. Im selben Jahre war die Familie Aberney wiederum durch einen Sohn vermehrt worden. Also drei Knaben, während der unglückliche Ehrmann nicht einen einzigen besaß.

Jahre verflossen; die Kinder der beiden Freunde wuchsen heran.

Schon bei der Geburt Harms bestimmten die Väter sie und Caspar für einander, was damals ganz gewöhnlich war. Dadurch sollte das alte Freundschafts- und Familienband noch fester geknüpft werden. In Folge dieser Uebereinkunft wurde Caspar der große Liebling Ehrmanns. Man beschloß daß der Junge, falls er Luſt dazu hätte, dereinſt die Apotheke übernehmen ſollte, was ebenfalls dazu beitrug daß Ehrmann ihn mit einer an Schwäche grenzenden Zärtlichkeit verhätſchelte, während er ſeine Tochter Harm ſtreng behandelte und nach Edith ganz und gar nicht fragte. Nie wurde leztere von dem Vater angeredet, ſondern er beantwortete ihren Morgengruß nur mit einem ſtummen Kopfnicken.

Edith war ganz rechtlos im elterlichen Hauſe. Die Mutter liebte mit leidenſchaftlicher Heftigkeit ihr älteſtes Kind und widmete ſich ihm ſo ausſchließlich daß ihr für die jüngſte Tochter keine Zärtlichkeit übrig blieb.

Ehrmann war nach Ediths Geburt noch ſtren= ger gegen ſeine Frau geworden, und ſo kam es daß Roſa in ihrem großen Unverſtand das Kind als die Urſache ihres vergrößerten Unglücks betrachtete und einen wirklichen Widerwillen gegen das Mädchen faßte.

Vom Vater behandelt wie wenn ſie gar nicht vorhanden wäre, von der Mutter mit zügelloſer Heftigkeit zurückgeſtoßen, verfloß Ediths erſte Kind= heit ſehr traurig. Wenn der Vater in Zorn gegen die Mutter ausbrach, mußte Edith jedesmal die Fol= gen alles Verbruſſes ertragen welchen Roſa gegen ihren Mann nicht auszulaſſen wagte. Oft wurde ſie lediglich darum gezüchtigt weil Roſa ſonſt Nie= mand zu tyranniſiren hatte.

Harm war unzertrennlich von der Mutter. Bei allen Vergnügungen und Zerſtreuungen mußte ſie dabei ſein. Edith kam ſelten aus dem Hauſe. Der einzige Ort den ſie beſuchen durfte, war die Aber=

neyſche Wohnung, und zwar erhielt ſie dieſe Erlaub=
niß bloß, weil Roſa aus Reſpect vor Debora es
nicht wagte ihr unnatürliches Gefühl gegen ihr jüng=
ſtes Kind offen zu zeigen. Wenn Aberney oder
Debora manchmal ihre Mißbilligung über die par-
teiiſche Behandlung der beiden Mädchen äußerten,
erhielten ſie zur Antwort:

„Ach meine Lieben, ihr wißt nicht wie wider=
wärtig Edith iſt. Sie muß ſtrenger erzogen werden
als ihre Schweſter.“

Dieß war auch ihre Ueberzeugung. Sie hatte
ſichs in den Kopf geſezt daß Edith des Vaters Ab=
bild ſei. Jeder Fehler des Mädchens erſchien der
Mutter als eine Unart die nicht ſtreng genug beſtraft
werden könne.

Wahr iſt daß Edith ein ganz eigenthümliches
Kind war, beinahe häßlich, ohne daß ein Zug in
ihrem Geſicht andeutete daß ſie mit der Zeit ſchön
werden könnte. Nur beſaß ſie große dunkle Augen.
Sonſt war ſie klein, bleich und ſchwächlich, hatte
Flachshaare, eine Klumpnaſe und einen ſtark her=
vortretenden Ausdruck von Stumpfheit oder eigen=
ſinnigem Troz, und ſo wirkte ihr erſter Anblick bei=
nahe abſtoßend. Durch die Strenge womit ſie be=
handelt wurde, hatte ſie einen ſcheuen Blick bekom=
men, obſchon ihr ganzes Benehmen ſonſt nicht gerade
von Aengſtlichkeit zeugte. Sie war ſehr ungehorſam
und verſtieß beſtändig gegen die tauſend kleinen
Verbote die täglich ausgingen, obſchon ſie für jedes
Verſehen und für jede Uebertretung derſelben beſtraft wurde.

Harm und Edith hatten eine und dieſelbe Amme

gehabt, bie als Kindsmagb im Hause geblieben war. Diese faßte für Edith eine mütterliche Ergebenheit und suchte das Kind auf alle Arten, durch Bitten und Vorstellungen, anzuhalten daß es brav und ge=horsam sein solle, bekam aber immer zur Antwort:

„Mama schlägt mich wenn ich auch noch so artig bin, und beßhalb will ich lieber ungehorsam sein."

Weber die Bitten der Amme noch die Strafen der Mutter konnten sie bestimmen das Wort Papa auszusprechen. Sie nannte den Vater nur e r oder der H e r r. Aberney dagegen nannte sie immer Vater. Tante Aberney und Papa Aberney waren für Edith Ideale und, mit Einrechnung der Amme, die einzigen Personen gegen welche sie artig und ge=horsam zu sein sich bemühte.

Frau Aberney wurde durch die Amme von Ediths unglücklicher Stellung im Hause unterrichtet, und besann sich lange wie sie dieselbe verändern könnte, besonders da Edith jezt neun Jahre alt war und noch nicht am Unterricht ihrer Schwester hatte Theil nehmen dürfen. Ihr ganzes Wissen beschränkte sich auf das was die Amme ihr beigebracht hatte. De=bora hatte mehrere Male zu Rosa gesagt daß sie sehr Unrecht thue das Kind so zu vernachläßigen, aber immer eine Antwort erhalten welche deutlich anzeigte daß sie ihre Kinder ohne fremde Einmi=schung zu erziehen wünsche, und daß Debora sich in diesem Fall nicht um ihr Thun und Lassen zu be=kümmern brauche, da Rosa sich nie Bemerkungen über die Art und Weise erlaube wie sie selbst ihren Mutterpflichten nachkomme. — Sowohl Debora als Aberney hatten Ehrmanns Aufmerksamkeit darauf

zu lenken gesucht wie sehr Edith in jeder Beziehung
zu Hause verwahrlost werde, aber ohne Erfolg.
Der Schwester antwortete er:

„Liebe Debora, sorge Du für Deine Kinder und
kümmere Dich nicht um die meinigen."

Gegen Aberney hieß es:

„Da ich dafür sorge daß ihr und ihrer Schwester
Nichts fehlt, so kann ich das Uebrige wohl der Ob-
hut der Mutter überlassen. In bessern Händen als
in denen der Mutter kann ein Kind nicht sein."

Daß diese Mutter ihr Kind schlecht besorgte, davon nahm Ehrmann gar keine Notiz, und da er
mit den Jahren ein ganz harter Eheherr geworden
war, so verlor Aberney alle Lust ihn darüber auf-
zuklären wie schlecht Rosa ihren Mutterpflichten nach-
kam. Er fürchtete das Verhältniß zwischen den Gatten noch zu verschlimmern. Ein anderes Mittel
mußte also ersonnen werden um das arme Kind in
eine bessere Stellung zu bringen. Debora und ihr
Mann hatten eben beschlossen Rosa und Ehrmann
zu bestimmen daß sie das Mädchen ihnen überlassen
möchten, als der Zufall durch einen an sich unbe-
deutenden Umstand eine gänzliche Umwälzung in
Ediths Leben hervorrief.

Ehe wir darüber berichten, müssen wir Einiges
von Harm sagen. So stiefmütterlich Edith von
der Natur behandelt schien, so reich war dagegen
Harm ausgestattet. Schon als Kind besaß sie
eine ungewöhnliche Schönheit und jene angeborne
Anmuth in ihren Bewegungen und ihrem ganzen
Wesen welche das Kind, Mädchen oder Weib das
sie besizt zu einem bezaubernden Geschöpfe macht.

Mit ihrem dunkeln Lockenhaar, ihren großen strah=
lenden Augen und ihrer rosigen Gesichtsfarbe war
sie eine prächtige Knospe die sich mit der Zeit zu
einer üppigen Rose zu entfalten versprach. Lebhaft,
heftig, leidenschaftlich und herrschsüchtig, hätte das
Kind bei einer klugen und verständigen Mutter manche
Besorgnisse erregen können, weil ihre ganze zukünf=
tige Richtung von der Sorgfalt abhing womit sie
in ihren frühesten Jahren erzogen wurde, von den
Gewohnheiten die sie da annahm, und den Beispie=
len die sie erhielt. Bei einer schwachen Mutter, die
gegen ihre Fehler blind war und in dem Willen des
Kindes ihr einziges Gesez erkannte, mußte Harm,
obschon mit einem reichen Verstand und einem sehr
aufopferungsfähigen Herzen ausgestattet, dennoch nur
eine willige Sclavin ihres Egoismus und ihrer
Wünsche werden. Wohin leztere sie führen konnten,
wenn sie ihnen niemals einen Zügel anlegen lernte,
ließ sich unmöglich zum Voraus berechnen, aber gleich=
wohl war vorherzusehen daß sie dadurch sich selbst
und Andere ins Verderben stürzen konnte. Sie be=
saß eine schnelle Auffassung und lernte mit großem
Interesse. Schon früh war eine geschickte Gouver=
nante aus Stockholm angenommen worden um sie
zu unterrichten. Sie machte erstaunliche Fortschritte
und war mit zehn Jahren ein kleines Meerwunder.
Sie tanzte wie ein Engel, spielte mit außerordent=
licher Fertigkeit, zeichnete allerliebste Landschaften,
stickte die zierlichsten Blumen und sprach einige fran=
zösische Phrasen; genug, die zehnjährige Harm war
ein Genie, und wenn Papa Abends in Gesellschaft
ging und Mama Cafeschwestern bei sich hatte, so

mußte Harm Etwas aus der Königin von Gol-
conda spielen oder auch die Gavotte tanzen. Die
Tanten riefen dann im Chor:

„Ei der Tausend, wie geschickt das Mädchen ist!"

Aber so verschwenderisch die Natur gegen die
schöne Harm gewesen, so hatte sie ihr gleichwohl
eine ihrer Gaben versagt, nämlich die Stimme
Harm besaß ein gutes musicalisches Ohr, konnte aber
nicht einen einzigen Ton singen, was sie selbst und
die Mutter schwer verdroß, zumal da Edith, der alle
andern Vorzüge fehlten, just diesen einzigen besaß
Nichts erbitterte Harm mehr, als wenn Edith mit
klarer und schöner Stimme eine der schönen Melo
bien sang welche Harm spielte. Edith dagegen
wartete ihrer Schwester, so oft sie allein waren, mit
einem Gesange auf, obschon sie mußte daß Harm
dann laut weinend zur lieben Mama hineinsprang
die ihrerseits Edith für ihre Bosheit gegen die sanft
und arglose Harm bestrafte.

Jeden Donnerstag und Sonntag Mittag brach
ten entweder Aberneys bei Ehrmanns zu oder
umgekehrt. Es war ein Donnerstagsabend, als die
Reihe der Bewirthung an Ehrmanns war. Debora
hatte beschlossen just an diesem Abend Rosa recht
fein anzufassen, um Edith zu bekommen, und sie be
gann davon zu sprechen wie öde es sich empfinde
keine Tochter zu besitzen.

Ehrmann und Aberney spielten Brett. Die
drei jungen Herrn Aberney und die Fräulein Ehr
mann waren in der Wohnstube versammelt und
amüsirten sich mit einem Lotto.

Caspar war damals fünfzehn Jahre alt und ein

Junge von ganz gewöhnlichem Aussehen. Enoch, der zwei Jahre jünger war, hatte ein lebhaftes und geniales Gesicht. Zwischen den beiden Brüdern saß Harm, schön und freundlich wie der Lenz. Ihnen gegenüber saßen Edith und der jüngste Aberney, Victor.

Edith hatte das Ziehen.

„Mein Gott, wie langsam Du die Nummern sagst!" bemerkte Caspar.

„Das thut Edith mit Fleiß," fiel Harm ein, „nur um uns zu quälen. Seht nur wie boshaft sie aussieht."

Die beiden Jungen schauten auf ihr kleines vis-à-vis und konnten nicht läugnen daß Harm Recht hatte. Edith saß mit der Hand im Nummernbeutel da und sah ihre Schwester schadenfroh an, indem sie sagte:

„Ja siehst Du, jezt ziehe ich gerade so langsam als ich will, und ihr müßt euch damit begnügen."

„Pfui wie garstig Du bist," fiel Enoch heftig ein; „Du siehst doch daß es Harm quält."

„Was kümmere ich mich darum?" antwortete Edith mit lautem Lachen und schüttelte den Beutel.

„Zieh jezt und mach keine Umstände!" befahl Caspar. „Wenn man so häßlich ist wie Du, muß man wenigstens artig sein."

Jezt zog Edith die Hand herauf und sagte:

„Seht, da ist die Nummer; aber welche? das müßt ihr errathen."

Sie hielt die geschlossene Hand empor und fügte hinzu:

„Ich will euch ein Lied singen, so lange ihr
wartet."

„Edith!" rief Harm, indem sie wie rasend auf=
og, „wenn Du ┄┄┄st, so sag ichs sogleich Mama."

„O das lässest ┄ wohl bleiben, so lange die
ante da ist." Du┄┄t sprang Edith an die Ver=
nbungsthüre zwischen dem Salon und dem Wohn=
imer. Ehe eines der andern Kinder Etwas ahnte,
nete sie dieselbe, stellte sich auf die Schwelle des
llons und sang aus vollem Halse ein damals sehr
.ebtes Volkslied.

Auf dem Sopha im Salon hatten die beiden
luen sich niedergelassen, und vor einem der Fen=
saßen die Herren bei ihrem Brettspiel. Als die
re, schöne Stimme des Kindes erscholl, wandte
Ehrmann rasch um. Es war das erste Mal
z er sie hörte, und dennoch war Edith neun
.hre alt.

Rosa wurde bleich und dann purpurroth vor
erger; sie warf ihrer Tochter einen rasenden Blick
. Die Kleine ihrerseits hatte ihre Augen mit
nem herausfordernden Ausdruck auf die Mutter
erichtet.

Harm verbarg ihr Gesicht in den Händen und
weinte bitterlich. Cas┄┄ und Enoch suchten sie zu
rösten, während der kleine Victor mit einem ächten
Spizbubenlächeln der verzweifelnden Harm zuflüsterte
„Gelt, das schmeckt nicht nach Zuckerbrod? H

┄ verstummte, und der Schall eine
nachdrücklich dem lei
Schluß┄es

Victor kreischte laut, und jezt mußte Papa fragen was es gebe.

„Schämt ihr euch nicht, Jungen," sagte Aberney „einen solchen Spectakel zu verführen, wenn ihr au Besuch seid?"

„Caspar hat mich geschlagen," rief der Beohr= feigte.

„Kannst Du fünfzehnjähriger Bengel Dich so vergessen?" versezte Aberney mit gerunzelten Brauen.

„Er war unartig gegen Harm und hat sie über ihr Weinen ausgelacht," antwortete Caspar, etwa beschämt wegen seiner Uebereilung.

„Ja Papa, und ich hatte ganz Recht, denn Harm weinte nur aus Neid darüber daß Edith sang," er= dreistete sich Victor ganz keck zu bemerken.

„Ihr müßt alle beide nach Hause gehen. Leute wie ihr seid kann man nirgends hinnehmen, wenn ihr euch nicht besser betragen lernt," erklärte Aber= ney mit einem so bestimmten Ton, daß man wohl sah daß keine Appellation stattfand. Hierauf nah= men Aberney und Ehrmann ihre Pläze am Spiel= tisch wieder ein, und die beiden jungen Herren zo= gen ab.

Eine eigenthümliche Verstimmung folgte. Ehr= mann, sonst lebhaft und heftig im Spiel, saß schwei= gend und gedankenvoll da. Rosa war über Edith aufgebracht, daß sie nur mit der größten Anstren= gung ihren Zorn beherrschen konnte.

Im Wohnzimmer bemühte sich Eno= rte Harm zu trösten und bringen, ob

haften Edith willen nach Hause geschickt worden und
daß die ganze Freude des Abends verdorben sei.

Edith hatte sich auf einen Schemel vor dem
Feuer gesezt und blickte mit einem Ausdruck der
Reue hinein. Es that ihr leid um Victor. Die
Andern waren ihr gleichgiltig. Ein Spiel kam nicht
mehr zu Stande. Als sie hinausgehen und essen
sollten, erhielt Edith Befehl zu bleiben. Ihre Amme
brachte ihr dieses Gebot von der Mutter und strich
ihr losend das Haar, indem sie hinzufügte:

„Armer kleiner Starrkopf, jezt gibt es wieder
Schläge auf den Abend.“

„Nun und dann? Ich bin ja so daran gewöhnt,“
antwortete das Kind mit einem trozigen Lächeln:
„deßhalb singe ich jezt noch ein Lied, da ich do
nichts zu essen bekomme.“

„Liebes Herzchen, thue es nicht,“ bat die Amme
ganz erschrocken.

Edith hörte nicht auf die Warnung, sondern
stimmte einen neuen Gesang an. Bei den ersten
Tönen öffnete sich die Salonthüre und Ehrmann
stand auf der Schwelle. Mit gleichgiltiger Miene
sah Edith den Vater an und sang das Lied zu Ende.
Als sie verstummte, sagte er:

„Komm heraus, Kind!“

Dieß war das erste Mal daß er Edith anredete.
Sie blieb unbeweglich.

„Hörst Du was ich sage?“ wiederholte er.

„Mama hat mir verboten hinauszugehen!“ antwortete das Mädchen, ohne ihre Stellung zu verändern.

„Komm, liebe Edith, folge jezt,“ flüsterte die
2*

Amme, die bei dem Gedanken erschrack daß ihr klei=
ner Liebling den Herrn reizen könnte; aber zu ihrer
großen Verwunderung ging Ehrmann auf Edith
zu und sagte mit ungewöhnlicher Milde:

„Ich befreie Dich von der Strafe die Deine
Mutter Dir auferlegt hat. Komm jezt."

Er faßte sie am Arm. Edith erhob sich, sah
verwundert ihrem Vater ins Gesicht und folgte ihm.

Wäre Frau Rosa Zeugin eines Erdbebens gewe=
sen, so hätte es keinen schrecklicheren Eindruck der
Bestürzung machen können, als der Anblick Ediths
an des Vaters Hand, und als sie ihn zur Magd
sagen hörte: Warum ist für Edith nicht gedeckt? da
war sie nahe daran rücklings zu Boden zu sinken,
hielt es aber doch für gerathener eilig ihren Plaz
am Tisch einzunehmen, um allem derartigen Unglück
zuvorzukommen.

Es war in der alten guten Zeit wo man sich
zu seinem Abendbrod an den Tisch sezte, statt
daß wir jezt stehenden Fußes soupiren.

Rosa war so aufgeregt, daß sie die Milch auf
das Tischtuch verschüttete, und sie beging so viele
Mißgriffe daß ihr Mann zulezt ganz ungeduldig
rief:

„Wo hast Du denn Deinen Kopf, liebe Rosa?
Du gibst mir ja Pfeffer zur Grüze."

Endlich trennte man sich. Aberneys gingen nach
Hause. Harm trat zu dem Vater, küßte ihm die
Hand und sagte: „Gute Nacht, lieber Papa!"

„Gute Nacht!" antwortete Ehrmann herb.

Edith schwieg wie gewöhnlich und sagte Nichts.

„Willst Du Deinem Vater nicht die Hand küssen?"

fragte Ehrmann, indem er sie ihr reichte. Schweigend kam das Kind der Aufforderung nach.

„Nun warum wünschest Du mir nicht gute Nacht?"

Einen Augenblick sah sie ihn an, als wollte sie den Ausdruck seiner Züge erforschen. Dann sagte sie: „Gute Nacht, Papa!"

Dieß war das erste Mal daß sie diese Worte aussprach, und Gott allein weiß was sich dabei im Innern des Mädchens regte; aber im selben Augenblick wo sie über ihre Lippen kamen, stürzten Thränen die Wangen hinab, und ohne zur Mutter ein Wort zu sagen, sprang sie aus dem Salon und in das Wohnzimmer, das zugleich das Schlafgemach der Mädchen war. Dort warf sie sich auf ihr Bettchen und schluchzte laut, während Harm mit ihr zankte.

———— —

„Warum habe ich nie erfahren daß das Mädchen Stimme hat? Du weißt daß ich den Gesang sehr liebe," sagte Ehrmann zu seiner theuern Hälfte, als sie allein waren.

„Weil Du nie Etwas von ihr wissen wolltest," antwortete Frau Rosa schnauzig; „im Uebrigen ist man noch kein Meerwunder wenn man singen kann."

„Das gehört nicht hieher, und ich verbitte mir alle unnöthigen Redensarten. Du weißt daß ich Deine Declamationen nicht leiden kann."

Ehrmann ging ins Schlafzimmer und schlug die Thüre hinter sich zu.

„Das garſtige Mädchen, was hat ſie jezt wieder angeſtellt?" dachte Roſa, als ſie eine Weile nachher ebenfalls eintrat. Sie ſah ihrem Manne an daß er bei ſehr böſer Laune war; ſie hielt es daher fürs Beſte ihn nicht zu reizen, ſondern ſich ganz beſcheiden zur Ruhe zu begeben.

Am folgenden Morgen ſagte Ehrmann, ehe er in die Apotheke ging, zu ſeiner Frau:

„Laß die Kinder hereinkommen!"

„Was fällt Dir um Gotteswillen ein, da Du Dich ja ſonſt Nichts um ſie bekümmerſt?"

„Was nicht hindert daß ich Gehorſam verlange," antwortete Ehrmann barſch.

„Es iſt entſezlich was Du für einen eigenen Ton in Deinem Hauſe haſt; erſt gehen Jahre vorüber ehe Du nach den Kindern fragſt, und da redeſt Du nur Harm in einem gebieteriſchen Tone an; dann kommſt Du ganz plözlich auf den Einfall daß Du nicht in die Apotheke hinabgehen könneſt ohne ſie zu ſehen."

Frau Roſa ſagte dieß mit einer ſolchen Heftigkeit, daß die Worte ihr von den Lippen flogen. Die arme Frau glaubte immer ſich einem Mann widerſezen zu können der ſie dennoch mit Machtſprüchen zum Gehorſam zwang, nachdem ſie zuerſt einen ehelichen Streit hervorgerufen hatte. So auch jezt. Ehrmann wurde böſe, ſprach bittere, ſchonungsloſe Worte, und das Ergebniß war daß Roſa auf ſeinen im Zorn ausgeſprochenen Befehl die Kinder hereinrufen mußte.

Harm trat mit einem leichten tänzelnden Gang, lächelnd, blühend und wie eine Puppe gekleidet ein.

Edith kam langsam nach, mit düsterer Stirne und scheuem Blick, sauber, aber äußerst dürftig gekleidet, in einem Aufzug der all der Zierlichkeit und Sorgfalt ermangelte womit Mutterliebe die schöne Tochter geschmückt hatte.

Ehrmanns Blick ruhte auf Edith; Harm sah er kaum an. Als die Mädchen grüßten, sahen sie mit Verwunderung auf den Vater, der für die Aeltere nur ein strenger Herr gewesen und für die Jüngere beinahe eine unbekannte Persönlichkeit war. Ehrmann sagte zu Edith:

„Du hast wohl bereits angefangen zu spielen?"

„Nein, ich lese und spiele nicht," antwortete das Kind.

Ehrmanns Brauen rünzelten sich, und er erinnerte sich jetzt daß Aberney mehrere Male das Gespräch auf das Mädchen gelenkt und ihm seine gänzliche Gleichgiltigkeit gegen sie vorgeworfen hatte.

„Nimmt Edith keinen Antheil am Unterricht der Mamsell E.?" fragte er seine Frau.

„Noch nicht," antwortete Rosa; „Edith hat eine so träge Fassungsgabe."

Ehrmann sagte Nichts; aber die geschwollenen Adern seiner Stirne bewiesen daß er sehr zornig war.

„Du mußt mir das Lied singen das Du gestern Abend sangst," begann er gegen Edith. Das Mädchen schien eine Weile zu zögern. Die Augen der Mutter funkelten buchstäblich. Aber nach kurzem Bedenken sang sie das finnische Volksliedchen. Nur Ehrmann selbst wußte welche Erinnerungen aus der Kinderzeit darin lagen; wir wissen bloß daß er, als der Gesang vorüber war, das Kind auf den Kopf tätschelte und freundlich sagte:

„Du singst recht artig."

Damit verließ er hastig das Zimmer und ging in die Apotheke hinab. Eine halbe Stunde später kam Victor Aberney hereingestürzt und rief:

„Tante Rosa schlägt Edith so schrecklich, bloß weil sie sich unterstanden hat zu singen. Komm, komm, sonst geht es nicht gut!"

Und mit einem Ausdruck der Verzweiflung ergriff er Ehrmanns Arm und zog ihn mit sich. Als sie in den Salon hinaufkamen, hörten sie aus dem Wohnzimmer ersticktes Klagen und Schluchzen. Ehe Ehrmann hineinkam, war Victor vorangesprungen und hatte die Thüre aufgerissen. Der Junge sah ganz wild aus. Mit einem Sprung war er an Frau Ehrmann, die im größten Zorn Edith mit einer großen Birkenruthe züchtigte. Augenblicklich war ihr die Ruthe aus der Hand gerissen, und mit einer von Aufregung zitternden Stimme rief der Junge unter Thränen:

„Jezt sollst Du die arme Edith nicht mehr schlagen, Tante!" In seinem Grimm zerriß Victor die Ruthe und warf die Stücke Frau Rosa, die ihn ganz verblüfft betrachtete, zu Füßen. Sie hatte den Rücken der Thüre zugewandt, so daß sie ihren Mann erst bemerkte, als er fragte:

„Warum schlägst Du das Mädchen?"

Edith, die an diesem Tag mehr als gewöhnlich Schläge bekommen hatte und ganz dunkel ahnte daß sie jezt in dem Vater einen Beschützer erhalten würde, antwortete unter heftigem Schluchzen:

„Ich habe Schläge bekommen weil ich singen kann." Sie ergriff des Vaters Hand und fügte mit kindlicher Verzweiflung hinzu: „Nimm mich fort von hier. Ich werde böse, weil man so garstig gegen mich ist."

„Du siehst selbst was für ein unartiges Kind sie ist," schrie Frau Ehrmann, konnte jedoch nicht mehr sagen, denn ihr Mann unterbrach sie mit einem: „Schweig Weib, sonst . . ." Er nahm die kleine Tochter am Arm und ging hinaus.

„Was um Gotteswillen hat er vor?" dachte Rosa, die ihn über den Salon und die Treppen hinab gehen hörte. Die Thüre öffnete sich und fiel wieder zu. Frau Rosa sprang ans Fenster und sah ihren Mann mit der Tochter am Arm quer über den Weg zu Aberneys gehen. Als er eine Stunde nachher wieder nach Hause kam, war er allein. Edith war bei Tante Debora gelassen worden.

Die Erklärung die jetzt zwischen den beiden Gatten erfolgte, belehrte Rosa auf eine schreckliche Weise daß sie für immer die Ergebenheit verloren welche sie einst besessen hatte.

Nach einigen Wochen kam Ehrmanns Schwester Sara auf Besuch nach Uleaburg. Sie hatte jetzt ihre Verwandten in Schweden verloren und wollte daher ihre Geschwister wieder sehen, mit denen sie seit ihrer Kindheit nicht mehr zusammen getroffen war. Sie war unverheirathet und besaß ein sehr ansehnliches Vermögen.

Nachdem sie den Sommer in Uleaburg zugebracht, kehrte sie im Herbst nach Schweden zurück und nahm Edith mit. Sie hatte es übernommen das Mädchen zu erziehen und zu ihrer Erbin zu machen. Sie hatte zu ihrem Bruder und zu ihrer Schwester gesagt:

„Ihr habt ja noch mehr Kinder und könnt mir Edith abtreten. Ich besitze keine Seele für die ich leben kann; gebt mir also das Mädchen."

Ehrmann ertheilte seine Einwilligung.

———

Jahre vergingen nach diesen Ereignissen, ohne daß etwas Bemerkenswerthes vorfiel. Harm wuchs zu einem bezaubernden Mädchen heran und wurde ein Gegenstand der Bewunderung für den Provisor Caspar Aberney, wie auch für den jungen Studenten Enoch. Als Harm siebzehn Jahre alt wurde, hatte der Vater beschlossen daß sie und Caspar die Ringe wechseln sollten.

Enoch beschloß eben seine Studien in Abo und sollte sich dann nach Stockholm begeben, um im Hofgericht zu arbeiten.

Die Sommerferien sollte er in Uleaburg bei den Eltern zubringen. Er war zwanzig Jahre alt, lebhaft, warmherzig und schön. Er sah Harm täglich; was Wunder wenn er in seinem Jugendtaumel vergaß daß sie für den Bruder bestimmt war? Genug, als eines Tages Enoch und Harm im Aberneyschen Garten saßen, hatte er ihr anvertraut wie innig sie geliebt wurde, und hinwiederum von ihr erfahren daß sie ihn weit mehr liebte als Caspar. Zu glücklich um den Betrug zu bedenken der gegen diesen begangen wurde, vergaßen sie Alles, außer dem Bewußtfein daß ihre Herzen einander gehörten. Es ging indeß jezt wie immer wenn der Mensch sich vom Rausche des Augenblicks beherrschen läßt; das Erwachen daraus wurde bitter, weil die Wirklichkeit da ganz unbarmherzig eintrat und über das Glück der entflohenen Stunde hohnlachte.

Auf acht Tage hatte Harms Vater ihre Verlobung mit Caspar festgesezt. Der Gedanke daran jagte das Blut wild durch Harms Adern, als sie sich eines Abends allein im Zimmer befand und überlegte was geschehen sollte. Die Gefühle des jungen Mädchens waren heftig und leidenschaftlich, das Wort Entsagen hatte sie nicht verstehen gelernt. Es schien ihr unmöglich auf ihre Liebe zu Enoch zu verzichten. So weit sie sich zurück erinnerte, war er ihr liebster Freund gewesen; jedes gute und schöne Gefühl das sie empfunden hatte war von ihm geweckt worden, und jezt, da sie mußte daß sie beide einander gleich innig und warm liebten, jezt kam eine vom Vater beschlossene Ehe und trat ihrem künftigen Glücke in den Weg. Nein, sie wollte sich mit Caspar nicht verloben. Was lag ihr daran daß er sie liebte, da sie nur Enoch ihr Herz schenken konnte? Sie beschloß am folgenden Tag dem Vater zu sagen daß sie nicht Caspars Frau werden könne. Mit diesem Beschluß schlief sie ein, wurde aber von unruhigen und fieberhaften Träumen gequält. Es war ihr als flüsterte ihr Jemand ins Ohr: „Du hast jezt die Sonne Deines Glückes untergehen gesehen.“ Die wildesten und schrecklichsten Phantasien marterten sie die ganze Nacht, und als sie am Morgen erwachte, stand die Amme mit einem Briefe in der Hand vor ihr. Das junge Mädchen empfand eine eigenthümlich unangenehme Aufregung beim Anblick desselben. Sie konnte sich nicht erklären warum, aber sie ahnte daß er etwas Trauriges enthalten würde.

„Es ist entsezlich, liebes Herzchen, wie lange Du heute geschlafen hast," sagte die Amme, die jezt, nachdem Edith von ihr genommen war, ihre ganze Ergebenheit auf Harm übergetragen hatte.

„Was für einen Brief hast Du da?" fragte Harm mit tiefem Athemholen. Sie fühlte sich so wunderlich beklommen.

„O es ist bloß eine Bagatelle. Enoch Aberney übergab mir ihn. Er ist vor ein Paar Stunden abgereist."

„Abgereist!" rief Harm, indem sie sich heftig im Bette sezte. „Wohin?"

„Ich weiß nicht. Er sagte bloß, er müsse abreisen, und so sah ich Herrn Aberney und ihn um sieben Uhr wegfahren."

Harm streckte die Hand aus und nahm den Brief. Sie dachte:

„Sie sind wohl nach dem Landgut des Onkels gefahren."

Jezt erbrach sie das Siegel. Das Schreiben war lang und Harms Augen flogen über die Zeilen; aber je länger sie las, um so bewölkter wurde ihre Stirne, um so bleicher ihre Wangen, und als sie fertig war, warf sie sich unwillkührlich auf das Kissen zurück und brach in ein wildes heftiges Weinen aus, während sie krampfhaft den Brief zusammendrückte. Die Amme war weggegangen, so daß

sie sich ungestört dem ersten Ausbruch ihres Schmer-
zes überlassen durfte. Was stand denn in dem
Briefe um ihn hervorzurufen? Enochs Vernunft und
Rechtsgefühl waren erwacht.

Als Harm und Enoch am vorhergehenden Abend
sich getrennt hatten, kam Caspar zum Bruder herüber und plauderte mit ihm bis tief in die Nacht
hinein. Caspar hatte von seiner Zärtlichkeit gegen
Harm, seinen Hoffnungen auf Glück an ihrer Seite
u. s. w. gesprochen. Er hatte mit so großer Zuversicht von der Zukunft geredet, daß Enoch einen
stechenden Schmerz empfand, als er sich erinnerte
was zwischen ihm und Harm vorgefallen war.

Von religiösen und moralischen Eltern mit stren-
gen Begriffen von Ehre und Pflicht erzogen, hatten
Averneys Söhne von Kindheit auf die Rechte Anderer und ihre eigenen Pflichten innig respectiren
gelernt. Dabei herrschte zwischen den Brüdern eine
wahre Ergebenheit vor. Genug, Enoch betrachtete
sich als denjenigen der Caspar verrathen hätte, und
glaubte seine Augen nicht gegen ihn erheben zu dürfen. Durfte wohl er, Caspars Bruder, dessen Glück
zerstören und zu nichte machen? Ein Glück das man
ihm von Kindheit an als den Gegenstand aller seiner Träume vor Augen gehalten hatte!

Als Caspar endlich Enoch verließ, schrieb dieser
an Harm. Er sagte ihr Alles was sein redliches
und unverdorbenes Herz empfand, und daß er, obschon er sie innig liebe, doch eher sterben als auf
Kosten seines Bruders die Seligkeit einer Stunde
erkaufen möchte. Er bat Harm ihn zu vergessen
und ihre Liebe wieder demjenigen zuzuwenden der

zu ihrem Gatten bestimmt sei. Schon am folgenden Morgen, als sie seinen Brief empfing, hätte er Uleaburg verlassen und wollte nicht eher dahin zurückkehren als bis er Harm und Caspar glücklich wußte.

Das Schicksal begünstigte auch diesen Entschluß Enochs, denn am nächsten Morgen sollte sein Vater eine Geschäftsreise nach Abo machen, und Enoch benützte die Gelegenheit ihn zu begleiten.

Als Aberney am Tage vor Harms Verlobung zurückkam, war er allein. Enoch war mit einer Postyacht nach Stockholm weiter gereist.

———————

Bleich als sollte sie dem Tode angetraut werden, war Harm an dem Tage wo sie und Caspar die Ringe wechselten, einem Tag den die Väter mit großem Jubel feierten, die Mütter aber mit ganz andern Augen betrachteten. Frau Aberney, die zärtliche Mutter, seufzte:

„Mein armer Caspar, ich fürchte daß Harm nicht geschaffen ist ihn glücklich zu machen."

Frau Ehrmann hinwiederum dachte:

„Meine schöne und gefeierte Harm hätte wohl eine bessere Partie machen können, als daß sie wie ich Apothekerin wird."

Caspar sah glücklich aus, wie es einem verliebten Bräutigam ziemt und ansteht.

Victor Aberney war so eben erst Student geworden und befand sich also auf dem Verlobungsball als ein recht großer Cavalier, wenigstens in seinen eigenen Augen.

Ein Jahr später fand die Hochzeit statt. Zu diesem Fest kamen auch Tante Sara und Edith nach Finnland. Leztere war jezt sechzehn Jahre alt und, obschon ganz und gar keine Schönheit, doch ein recht hübsches und liebenswürdiges Mädchen. Alle schienen überrascht durch die vortheilhafte Veränderung die mit ihr vorgegangen, Vater und Schwester empfingen sie mit herzlicher Freundlichkeit, die Mutter aber zeigte einen vollständigen Kaltsinn.

Am Hochzeitstage sah Harm so leidend aus, daß Edith mehrere Male fragte ob sie krank sei; aber sie erhielt eine verneinende Antwort. Enoch hatte der Hochzeit des Bruders nicht angewohnt. Harm war während der Trauung so heftig aufgeregt, daß sie nur mit Mühe die üblichen Worte über ihre Lippen brachte, und im Augenblick wo der Priester Amen sagte, taumelte sie und fiel ohnmächtig in Caspars Arme. Als sie wieder zur Besinnung kam, hatte sie heftiges Fieber und konnte sich den Gästen nicht zeigen, sondern mußte zu Bette gehen.

Dieß war ein trauriger Schluß eines solchen Tages, und es sah wirklich aus als wollte Harm aus dem Leben scheiden. Sie erkrankte an einer gefährlichen Entzündung. Mehrere Wochen schwebten ihre Mutter und ihr Mann in der töbtlichsten Unruhe um sie.

Höchst eigenthümlich war es daß sie während ihrer ganzen Krankheit keine andere Person als Edith an ihrer Seite duldete, und so tief das ihre Mutter und ihren Mann schmerzte, so mußten sie sich gleichwohl fügen, weil der Doctor erklärte daß man sich ihren Wünschen nicht widersezen dürfe. Edith wurde also ihre eigentliche Wärterin.

Wenn Harm sich in Folge physischer oder moralischer Martern auf ihrem Lager hin und her warf, konnte nur Ediths Gesang sie beruhigen.

Nach sechs Wochen befand sie sich endlich auf dem Wege der Besserung und konnte angekleidet daliegen, wollte aber noch immer Niemand als Edith bei sich haben. Die Schwester war ihr nach dieser Krankheit gleichsam unentbehrlich geworden, und doch hatte die stolze und launische Harm sie in ihren Kinderjahren nicht· ausstehen können und in den Jahren der Trennung ihr beinahe niemals geschrieben. Kam dieß daher daß Edith ihre Vertraute geworden war? Nein. Harm besaß keine solche und wollte auch keine besizen. Ungeachtet die Mutter mit beispielloser Uebertreibung dieses Kind geliebt hatte, war diese Liebe gleichwohl nie von der Art gewesen daß sie das Vertrauen der Tochter hatte erwecken können. Das veränderliche, parteiliche und unverträgliche Wesen der Frau Ehrmann war nicht geeignet Achtung oder Vertrauen einzuflößen. Harm liebte ihre Mutter weil diese die einzige Person war die ihr als Kind Liebe gezeigt hatte, aber diese Ergebenheit ging von reinem Egoismus aus; sie erzeugte kein Bedürfniß nach dem Rathe der Mutter, kein Verlangen nach einem Worte des Trostes von ihren Lippen in des Lebens bittern Augenblicken. Nein, Harm hatte keinen Wunsch von ihren Gefühlen oder Leiden mit einer Mutter zu sprechen der sie nicht die Fähigkeit zutraute sie in diesem Fall zu verstehen. Dabei war Harm einer jener verschlosse-

nen und rückhaltsam▮▮ Charactere welche die Dunkel=
heit lieben; man ▮▮▮▮ nie was sie verbirgt, aber
man hat immer Ursache sie zu fürchten.

Der Grund warum Harm die Gesellschaft Ediths
vorzog und sich nur bei ihr wohlbefand, lag ganz
einfach darin daß die Schwester im lezten Jahr täg=
lich mit Enoch beisammen gewesen war, der in Stock=
holm bei Tante Sara wohnte. Dieß hatte zur Folge
daß Edith häufig von dem Vetter sprach. Sie be=
schrieb wie er die Abende zubrachte, welche Vergnü=
gungen und welche Beschäftigungen Enoch hatte, wie
gut, redlich und talentvoll er war u. dgl. Harm
lauschte aufmerksam auf jedes Wort, gleich als fürch=
tete sie ein einziges davon zu verlieren. Oft veran=
laßte sie Edith dieselbe Sache mehrere Male zu er=
zählen, ohne daß Edith bemerkte daß dieß um Enochs
willen geschah. Harm gab ihrem Wunsche das An=
sehen als wollte sie sich das Leben in der Haupt=
stadt recht klar vergegenwärtigen.

Enoch besaß eine schöne Stimme, und alle Lieder
die er zu singen pflegte sang auch Edith. Es war
ein Trost für die arme Harm sie zu hören. Die
Folge war daß sie unwillkürlich den Wunsch äußerte,
Edith möchte bei ihr bleiben, was indessen der Va=
ter und Tante Sara entschieden verweigerten, weil
Edith nach Stockholm zurück müsse um ihre Sprach=
und Musikstudien zu vollenden.

Als Harm nach Verlauf zweier Monate wieder
gesund war, kehrten Edith und Tante Sara nach
Schweden zurück, und jezt fühlte sich Harm so ent=
sezlich einsam daß sie nur mit Ueberdruß ihrer Zu=
kunft entgegensah.

Die so traurig begonnene Ehe des jungen Paa=
res kam indeß dem oberflächlichen Beobachter ganz
glücklich vor. Die lebhafte und feurige Harm war
allerdings nach der Krankheit gänzlich verschwunden
und jezt still, ruhig und träumerisch geworden. Bei=
nahe nie zeigte sie sich heftig, und von den eigen=
sinnigen und herrschsüchtigen Launen welche sie früher
gekennzeichnet hatten, fand man keine Spur mehr
vor. Es war als hätte sich eine Wolke über dem
Sonnenlicht der Seele gelagert. Harm erschien deß=
ungeachtet jezt einnehmender und lieblicher als zu=
vor. In den großen düstern Augen brannte eine
dunkle Flamme die ihnen etwas Zauberhaftes ver=
lieh, und um das bleiche schöne Gesicht wogten die
schwarzen Locken wie stille Leidenschaften, welche
die gedankenvolle Stirne der jungen Frau in ihrem
Schooße beherbergte.

Ohne Liebe verheirathet, während das Herz von
einem Andern erfüllt war, hartnäckig und verschlos=
sen von Character, verlebte Harm in den ersten Jah=
ren ihrer Ehe nur eine Reihenfolge endlos trübseli=
ger Tage. Weit entfernt, wie ihre Mutter, dem
Willen des Gatten der ihr Herz nicht besaß ewigen
Widerstand entgegensezen zu wollen, blieb Harm
passiv. Sie that Alles um was der Mann sie bat,
widersprach ihm niemals, war nie ungeduldig oder
unfreundlich, aber auch nie zärtlich oder herzlich.

Caspar Aberney, ein Mann von ruhiger und
ernster Gemüthsart, liebte seine Frau, machte aber
keine romantischen Ansprüche an ihre Ergebenheit.
Bald nach ihrer Krankheit schäzte er sich allzu glück=
lich sie in's Leben zurückkehren zu sehen, als daß er

sie mit Fragen über diese merkliche Veränderung ge=
quält hätte, besonders da er dieselbe als eine Folge
der Krankheit betrachtete. Da sie fortwährend still,
nachgiebig und sanft blieb, so fand er sie weit an=
genehmer und liebenswürdiger als während ihrer
Verlobung, einer Periode in welcher sie ihn unauf=
hörlich mit ihren Launen und ihrer Heftigkeit ge=
quält hatte. Glücklicher Weise für Caspar hatte er
es von Kindheit an als ausgemacht betrachtet daß
Harm ihm am meisten vor allen zugethan, daß er
der Gegenstand sei dem alle ihre Gedanken und
Träume gelten; eine angenehme Selbsttäuschung in
Folge welcher der junge Apotheker Harms augen=
scheinliche Veränderung als eine Folge ihrer Liebe
zu ihm betrachtete. Genug, die jungen Eheleute
wurden von Jedermann für ungemein glücklich ge=
halten. Man sprach allgemein davon wie sehr Harm
sich veredelt habe, was für eine hübsche und häus=
liche Frau sie sei und wie sie nur höchst selten Ver=
gnügungen mitmache.

So vergingen zwei Jahre, bis Edith wieder einen
Besuch in der Heimath machte. Ihr Anblick schien
Harm mit Freude zu erfüllen, und diese umarmte
die Schwester mit einer Herzlichkeit die einen leb=
haften Eindruck auf Edith machte. Dießmal war
Tante Sara nicht dabei. Edith blieb einen Mo=
nat in der Heimath, dann sollte sie nach Schweden
zurückkehren.

Eines Abends, kurz vor ihrer Abreise, schlug
Harm einen Spaziergang durch das Zollthor bis
nach Lötan vor. Es war ein schöner Abend am

3*

Ende Juni. Arm in Arm wandelten die beiden Schwestern dahin.

Edith sprach von Stockholm, und Harm ging nachdenklich an ihrer Seite. Als sie nach Lötan kamen, wo viele Jungen aus der Stadt sich auf dem Felde herumtummelten, sezte sich Harm auf einen kleinen Hügel, der von einigen Bäumen beschattet war. Sie nahm den einfachen Sommerhut ab und unterbrach Edith plözlich mit der Bemerkung:

„Ich bin jezt zwei Jahre verheirathet; wie sehr habe ich mich nicht verändert!"

„Ja sehr!" fiel Edith lebhaft ein, „aber zu Deinem Vortheil."

„Das meinst Du bloß." Harm lächelte bitter. „Meine Veränderung kommt mitunter daher daß ich jezt gänzlich passiv bin." Sie faßte Edith beim Arm und fügte heftig hinzu: „Sprich, hast Du eine wahre Ergebenheit gegen mich?"

„Ja gewiß; seit Deiner Krankheit habe ich Dich lieb gehabt; aber Harm, warum machst Du eine solche Frage?"

„Darum weil Du mir eine Probe Deiner Ergebenheit ablegen mußt. Höre mich an: Seit meiner Krankheit habe ich ein brennendes Verlangen gehabt nach Stockholm zu kommen und dort einen Arzt zu befragen. Ich werde von einem innern Leiden verzehrt." Sie verstummte und dachte: „Gott allein weiß daß ich jezt die Wahrheit rede."

„Warum sprichst Du nicht mit Caspar darüber?" fragte Edith und sah die Schwester besorgt an.

„Er würde unruhig werden, und Mama würde mich mit ihren ewigen Fragen quälen. Nein, Edith, eher mag es bleiben wie es ist, und gleichwohl würde ich, wenn ich nur in die Hauptstadt kommen könnte, ganz sicher wieder hergestellt werden."

Harm fügte mit angstvoll bittender Stimme hinzu:

„Edith, hilf mir zur Erfüllung dieses Wunsches. Es ist mehr als mein Leben was ich in diesem Augenblick von Dir erbitte."

Edith wurde unruhig als sie in das aufgeregte Gesicht der Schwester blickte; aber sie lächelte ihr freundlich entgegen und versicherte daß sie Alles thun wollte um ihren Wunsch zu erfüllen, wenn sie nur wüßte wie sie es anstellen sollte.

„Sprich Du mit Papa; Caspar richtet sich in Allem nach ihm, und Du vermagst so viel über Papa. O Edith, Edith! Wie dankbar werde ich nicht sein!" Harm lehnte sich gegen die Schwester und weinte.

Thränen waren etwas so Ungewöhnliches bei Harm, daß Edith sich nicht erinnern konnte wann sie dieselbe zum lezten Mal weinen gesehen hatte. Gerührt über diesen Ausdruck von Schmerz, versprach Edith Alles aufzubieten, damit Harm sie nach der Hauptstadt begleiten dürfe.

„Liebe Harm," sagte Edith, „Du kannst es als ausgemacht ansehen daß Du mitdarfst, denn wenn ich einmal Etwas beschlossen habe, so muß es geschehen. Ich bin nicht bloß zum Scherz eine Finnin."

„Zu Dir steht auch meine ganze Zuversicht; obschon Du, wie ich, nicht von ungemischtem finnischem Blute bist, so ..."

„Will doch Gott was das Weib will," fiel Edith scherzend ein. · · · ·

Eines Abends am Ende Juli spazierten ein älte=
rer Herr und zwei junge Damen im Thiergarten.
Eine von ihnen war von so ungewöhnlicher Schön=
heit, daß überall wohin sie kam die allgemeine Auf=
merksamkeit sich ihrer Person zuwandte und Jeder=
mann flüsterte:

„Welch ein schönes Gesicht!"

Nachdem sie eine Weile auf der Ebene lustgewan=
delt und die schöne Dame ihre unruhig forschenden
Blicke der wogenden Volksmasse nachgesandt hatte,
sagte der ältere Herr:

„Jezt ist es Zeit ins Theater zu gehen; dort
treffen wir Enoch bestimmt. Ich kann nicht begrei=
fen daß wir hier nicht auf ihn gestoßen sind."

„Assessor P.s Mittagsmahl hat sich wohl länger
hinausgezogen," sagte die weniger schöne der Damen,
die keine andere als Edith war.

„Vermuthlich," antwortete ihr Begleiter, in wel=
chem wir den ältern Aberney erkennen.

„Ich bin mitgekommen um mich an seiner Ueber=
raschung zu erfreuen, wenn er Harm treffen würde.
Als ich ihn gestern Abend, während ich Edith zur
Schwägerin begleitete, traf, sagte ich weder ihm noch
Sara daß Harm da sei. Ich wollte sie gerne heute
überraschen, wenn sie hier zusammenträfen."

Sie schlugen jezt den Weg nach dem Thiergarten=
theater ein und gingen hinein. Kaum hatten sie
ihre Pläze eingenommen, als ein junger Mann mit
schönen, edlen und intelligenten Gesichtszügen, be=
gleitet von einer ältern Dame, eintrat. Seine Augen
fielen sogleich auf Aberney, Edith und Harm. Der
Anblick der lezteren überraschte ihn dermaßen daß er

unbeweglich vor der Thüre stehen blieb, und Gott
allein weiß wie lange er so geblieben wäre, wenn
nicht Tante Sara ihn gezwungen hätte sie nach den
Plätzen zu begleiten die sie neben den Reisenden besaßen.

Harm hatte Enoch sogleich bemerkt, und ihre Aufregung war noch heftiger als die seinige. Ein Glück
war es für die Bewahrung ihres Geheimnisses daß
Edith und Aberney auch an der Thüre saßen und
die Aufmerksamkeit beider auf die Eintretenden geheftet war; sonst hätte Edith leicht das eigentliche
Leiden Harms ergründen können. Jezt konnte sie
sich einigermaßen erholen, ehe Ediths Augen auf sie
gerichtet wurden. Aberney grüßte Schwägerin und
Sohn, dann kam die Reihe an Harm. Tante Sara
lächelte, flüsterte der Nichte einige herzliche Worte zu
und sezte sich neben Schwager Aberney.

„Welche Freude, Harm, daß ich Dich auch wieder einmal zu sehen bekomme,“ sagte Enoch mit un-
sicherer Stimme und nahm Plaz neben ihr.

„Es ist sehr lange daß wir uns nicht mehr getroffen haben,“ stammelte Harm und legte ihre Hand
in die seinige. Aber nach einem leichten Druck ließ
er sie los und begann dann mit großem Interesse
nach den daheim Gebliebenen zu fragen.

Zwei Wochen lang war Harm täglich mit Enoch
zusammen, aber kein Blick, ja nicht einmal ein Zittern der Stimme deutete auf eine Spur der frühern
Neigung. Das Benehmen Enochs rief eine Veränderung im Benehmen Harms hervor, die oft ihr lau-

nisches Wesen hervortreten ließ. Enoch war gegen Harm wie gegen Edith, und nichts ließ vermuthen daß sein Gefühl gegen sie anderer Art sei. Es war ein bitterer Kampf für das stolze Weib. Als sie vollkommene Gewißheit zu haben glaubte daß sie nicht mehr geliebt werde, verlangte sie mit fieberhaf= ter Ungeduld nach Hause zurück, ein Wunsch dem Alles entgegenkam. Aberney, der Edith und Harm nach Stockholm begleitet, weil er dort Geschäfte zu besorgen hatte, war nach drei Wochen reisefertig, und Harm zeigte sich vollkommen zufrieden mit ihm in die Heimath zurückkehren zu dürfen. Genug, die Reise wurde festgesezt, und es blieb nur eine ganz kurze Zeit für den Aufenthalt in Stockholm übrig.

Einige Tage vor dem Abschied hatte Tante Sara ihre Verwandten zu einem Ausflug nach ihrer klei= nen Villa beredet die außerhalb des Kungsholmer Zollhauses lag, und wohin sie einige Freunde geladen hatte.

Harm war schön. Die junge finnische Dame wurde daher von den eingeladenen Herren mit Hul= digungen umgeben. Alle wetteiferten ein Lächeln oder einen Blick von ihr zu erhalten. Mit feinem Tact verstand Harm verbindlich zu sein ohne aufzu= muntern. Ihr Gespräch war gebildet, zuweilen leb= haft, aber über ihrem ganzen Wesen lag ein schwe= rer Schleier, hinter welchem man das Feuer glühen zu sehen meinte; allein es war kein Feuer das die= sen Schmetterlingen Hoffnungen gestattete, sondern eines das sagte: Nicht für euch.

Enoch war ungewöhnlich still und gedankenvoll; seine Augen ruhten unablässig auf Harm, ohne daß sie es jedoch bemerkte, weil sie nicht ein einziges Mal auf ihn schaute.

Harms stolzes Herz ertrug es nicht daß er glauben sollte, sie liebe ihn noch, während er selbst aufgehört hatte es zu thun.

Man machte einen Spaziergang im Garten. Eines der fremden Kinder brach eine weiße Rose ab und gab sie Harm. Sie befestigte sie an ihrer Schärpe. In demselben Augenblick schaute sie auf und war ganz überrascht Enoch vor sich zu sehen. Ueber Wangen, Stirne und Hals flog eine Purpurröthe als sie seinen Augen begegnete. In diesem Blicke lag Etwas das sie im Nu in die Vergangenheit zurückversezte, aber es war eine Offenbarung die in der nächsten Secunde verflog; denn Enoch wandte sogleich seinen Kopf ab und sagte in gleichgiltigem Tone:

„Eine schöne Blume das!"

„Ja, mir gefällt die weiße Rose besser als die rothe," antwortete Harm.

Sie konnte nicht dieselbe Macht über ihre Stimme gewinnen wie er.

Die übrige Gesellschaft begann eine lange Erörterung über rothe und weiße Rosen, und als man bei dieser Gelegenheit an einen schmalen Fußsteig kam der sich abwärts neigte, sagte Enoch lächelnd zu Harm:

„Liebe Schwägerin, willst Du nicht meinen Arm zur Stüze annehmen?"

Harm nahm ihn.

Es war das erste Mal daß er ihr ein solch vertrauliches Anerbieten machte. War es Irrthum oder

Wirtlichkeit, Harm meinte, durch Enochs Arm gehe ein Zittern, als sie den ihrigen hineinlegte. Sie kamen, ohne daß Harm recht wußte wie, den Andern ein gut Stück voran.

„Woher kommt Deine Vorliebe für die weißen Rosen?" fragte Enoch.

„Gott weiß, ich habe mir das nie klar gemacht."

„Dann bin ich glücklicher, denn ich weiß warum sie mir gefallen."

„Laß hören! Ich bin neugierig darauf."

„Ich kann eine weiße Rose nie sehen, ohne mir vorzustellen daß sie ein Bild des Frauenherzens sei. So rein wie die Blätter der Rose sind, muß es an Gedanken und Gefühlen sein. Auch verachte ich den Mann der die Gebote des Gewissens so schlecht versteht, daß er die Frau die er liebt Versuchungen aussezt die den mindesten Schatten auf ihre Seelenreinheit werfen können."

„Aber, Enoch, die Vernunft des Mannes kann nicht immer über seine Gefühle Wache halten, und deßhalb thun wir am Besten, wenn wir Andere nicht zu streng beurtheilen."

„Beim Weib wie beim Mann müssen Ehre und Pflicht vorherrschen, sonst sind sie verächtlich."

„Nimm Dich in Acht; das Schicksal kann sich so rächen daß Du Dich selbst vor Deinen Gefühlen ~~bangst~~."

„Nein, Harm, das kann nie geschehen."

Eine lange Pause folgte. Harm sprach dann von gleichgiltigen Dingen; aber ihre Wangen waren weiß wie die Blätter der Rose in ihrer Schärpe.

Als man nach Hause zurückkehrte, wurde Musik

gemacht. Edith sang und sang so daß sie alle Welt
entzückte. In einen Armstuhl zurückgelehnt, saß Harm
in dem Cabinet das an den Salon grenzte. Sie
hörte den Gesang nicht, so sehr war sie von den
Gedanken an Enoch in Anspruch genommen, so sehr
sehnte sie sich nach einer Gewißheit ob sein Blick
wirklich ein Spiegelbild seiner Gefühle oder nur ein
trügerisches Luftgebild gewesen.

Enoch stand unmittelbar vor der Thüre des Ca-
binets; er hatte seinen Rücken Harm zugekehrt und
schien gänzlich in den Gesang verloren. Als dieser
verstummte, wandte er sich um; in demselben Augenblick erhob sich Harm um in den Salon hinauszugehen. Bei dieser Bewegung verlor sie die weiße
Rose die in der Schärpe steckte. Ohne von Enoch
scheinbar Notiz zu nehmen, ging sie an ihm vorbei
und trat in eine der aufgeschlagenen Glasthüren, wo
sie stehen blieb und sich mit Edith unterhielt. Während sie dastand, konnte sie ins Cabinet hineinsehen
und bemerkte sehr wohl daß Enoch, einige Augenblicke nachdem sie es verlassen hatte, hineinging.
Durch die Vorhänge an den Glasthüren verborgen,
drehte sie ihren Kopf und schaute ihm nach. Sie
sah wie Enoch hastig die Blume aufhob, an seine
Lippen führte und an seiner Brust verbarg.

„Jezt kann ich glücklich sterben,“ dachte Harm im
Uebermaß ihres Gefühles. „Ich weiß daß er mich
noch liebt.“

Die übrigen Stunden des Abends war sie vergnügt und voll Seligkeit. Sie scherzte und lächelte,
aber ohne ihre Worte an Enoch zu richten. Seine
Stirne dagegen verfinsterte sich immer mehr, und

auf der Heimfahrt war Enoch so düster, daß es so=
gar Aberney und Edith auffiel.

Am folgenden Morgen genügte jedoch die Ge=
schichte mit der Blume nicht mehr für Harms Herz.
Gatte, Pflichten, Alles war vergessen. Sie beküm=
merte sich nur um Eines, nämlich um die Gewißheit
ob sie geliebt werde oder nicht. Sie hatte ja nur
noch zwei Tage Frist bis zu ihrer Abreise, und sie
fand es unmöglich Stockholm zu verlassen, ehe Enoch
mit Worten bekräftigt hätte was seine Blicke und die
Bewegung mit der Blume ihr zu verstehen gaben. —
Den ganzen Tag wurde sie von einer fieberhaften
Angst beherrscht, die äußerst peinlich wurde als Enoch
nicht zum Vorschein kam. Aberney war fort; Edith
war mit einigen Bekannten ausgegangen; Harm
hatte erklärt, sie sei unwohl und könne nicht mit=
kommen; Tante Sara hatte viel mit Speisevorräthen
und andern Reisevorbereitungen zu schaffen, und so
sah Harm auch sie nicht.

Gegen Abend kam Enoch nach Hause und fand
Harm allein im Wohnzimmer. Ohne scheinbar im
Mindesten dadurch genirt zu sein, begann er davon zu
reden wie sehr er beschäftigt gewesen, und dann ging
das Gespräch auf andere Gegenstände über. Enoch
redete von der Heimath, und wie er sich sehne seine
Brüder und seine Mutter wieder zu sehen. Sein
ungezwungenes Wesen wirkte auf Harm, so daß auch
sie allen Zwang ablegte.

„Wirst Du nächsten Sommer nach Finnland
hinüberkommen?" fragte sie.

„Ja, ganz sicher. Ich habe den Versuch früher

nicht wagen wollen," fügte er mit einem wehmüthi=
gen Lächeln hinzu.

„Und warum nicht?"

„Weil ich meiner eigenen und vielleicht auch einer
fremden Kraft mißtraute. Ich wäre sehr unglücklich
gewesen, wenn ich bei ihr eine Schwäche entdeckt
hätte die den von ihr übernommenen Pflichten zu
nahe getreten wäre." Enoch schien aufgeregt, Harm
dagegen vollkommen ruhig.

„Eine solche Befürchtung, lieber Enoch, ist mir
unerklärlich. Glaubtest Du daß sie ihre Gattin=
pflichten nicht kenne?"

„Harm, höre mich an," rief Enoch lebhaft. „Als
man mir schrieb daß Du an Deinem Hochzeitstag
erkrankt seiest, entstand in meinem Innern der bit=
tere Gedanke daß . . . daß . . ."

„Es war eine heftige Erkältung," fiel Harm fro=
stig ein. „Es war nicht der Mühe werth ein so
großes Gewicht auf Deine und meine Kinderneigung
zu legen, die doch nichts Anderes als eine Kinde=
rei war."

„Kinderei!" wiederholte Enoch ernsthaft. „Ich
weiß recht gut daß mein Gefühl gegen Dich von tie=
ferer Natur war."

„Im Fall Du von unserer Freundschaft sprichst,
so hoffe ich daß sie stets eine geschwisterliche Erge=
benheit bleiben werde," antwortete Harm mit freund=
lichem Lächeln; „aber die Thorheiten die Dich veran=
laßten Uleaburg zu verlassen hätten Dich nicht abhal=
ten sollen uns zu besuchen, denn im Ganzen können
wir auch darüber lachen." Sie reichte ihm die Hand.
Enoch ergriff sie.

„Harm, Du bist ein großes und edles Weib. Als solches hast Du stets vor meiner Phantasie gestanden, als solches bewahrte ich Dich immer gern in meiner Erinnerung. Dank, tausend Dank, Du meine erste und einzige Liebe, daß ich Dich so wieder gefunden." Er küßte ihre Hand; ein Schauer ging durch Harms ganzes Wesen, und sie schloß ihre Augen um ihre äußere Ruhe bewahren zu können.

„Um meinetwillen brauchst Du Deine Heimath und Deine Angehörigen nicht mehr zu fliehen."

„Um Deinetwillen nicht, aber . . ."

„Keine Aber, denn Deines Bruders Frau kann unmöglich für Deine Ruhe gefährlich sein." Harm lächelte so schwesterlich gegen ihn. „Laß uns das Vergangene vergessen und gute Verwandte und Freunde bleiben."

„Du bist glücklich?"

„Ja, ich bin sehr glücklich," versicherte Harm.

„Harm, laß uns dieß Gespräch nicht länger fortsezen. - Ich habe dabei meine ganze Schwachheit kennen gelernt. In diesem Augenblick wünsche ich daß ich Dich nie wieder gesehen hätte."

Er erhob sich und ging einige Male im Zimmer auf und ab.

Harm saß in dem Sopha zurückgelehnt und dachte:

„Mein Leben wollte ich gern dafür geben, wenn ich sagen dürfte wie innig, wie ausschließlich ich ihn liebe; aber ein einziges Wort das die Gefühle meines Herzens andeutete, würde mir für immer seine Achtung und mit ihr seine Liebe rauben." Sie drückte die Hand hart gegen ihre Brust und seufzte. — Bei diesem Tone blieb Enoch stehen.

„Du seufzest, Harm," sagte er. „Solltest auch Du . . ."

„Ob ich mich nach meinem Heimwesen und meinem Manne sehne. Ja . . ." Harms Augen ruhten forschend auf Enoch. Sie sah ihn die Farbe wechseln und fügte hinzu: „Ich kann nicht ohne Unruhe daran denken wie lange Caspar mich vermissen muß."

„Er liebt Dich noch immer gleich innig?"

„Ja, das thut er gewiß."

„Und wie wäre es wohl anders möglich? Du gehörst nicht zu denjenigen die man vergessen kann. Ach Harm, Du wirst es nie verstehen wie ich Dich geliebt habe und bis in meinen Tod lieben werde."

Es entstand eine Pause. Harm besaß nicht die Kraft zu antworten. Tante Sara's Ankunft unterbrach alles weitere Gespräch.

Zwei Tage später war Harm abgereist.

———————

Caspar begrüßte seine Frau mit Freude und Herzlichkeit, und es hätte einen angenehmen Eindruck auf Harm machen müssen sich noch immer gleich sehr von ihrem Manne geliebt zu sehen; aber sie blieb kalt dagegen und verschmähte es in seiner Ergebenheit einen Trost und Ersaz für die ihr von der Pflicht auferlegte Entsagung zu suchen. Die junge Frau hatte nicht gelernt daß es hier im Leben für alle Leiden und Opfer einen Trost gibt, nämlich das Bewußtsein erfüllter Pflichten. Harm verwarf Alles was ihren innern Kummer verringern konnte, und fand einen Genuß darin im Schmerz gleichsam zu erstarren. Ihr Körper, nicht ihre Seele war es was in die Heimath zurückkehrte.

Ohne alles Interesse für die äußere Welt, empfing sie mit gänzlicher Gleichgiltigkeit die Nachricht daß ihr Mann einen jungen Ausländer, einen Deutschen wie es hieß, zu sich genommen habe. Caspar wurde dafür bezahlt daß der junge Jvano sich in seinem Laboratorium beschäftigen durfte. Derselbe sollte Chemiker werden.

In ein Gefühl maßloser Sehnsucht versunken und ihrer ganzen Umgebung überbrüssig, schenkte Harm dem jungen Menschen wenig Aufmerksamkeit und redete ihn selten oder niemals an, obschon Caspar sie oft darum ersuchte. In Folge solcher Bitten konnte es geschehen daß sie einige nichtssagende Worte an den Jüngling verlor, wenn er sich bei den Mahlzeiten einstellte oder Abends in den Familienkreis kam; sonst aber benahm sie sich als ob er gar nicht für sie vorhanden wäre.

Jvano seinerseits konnte Harm nicht aus dem Auge lassen, vom Moment an wo er das gleiche Zimmer mit ihr betrat, bis er es wieder verließ. Sie war zu schön um nicht ein Gegenstand der Bewunderung für den gleichalterigen Jüngling zu werden.

Einige Wochen nach Harms Rückkehr traf jedoch ein Ereigniß ein, das sie der einsilbigen Trägheit worein sie versunken war einigermaßen entriß. Debora Aberney starb nach kurzer Krankheit und hinterließ Mann und Söhne in tiefster Trauer. Harm beweinte die Heimgegangene, weil sie wußte wie sehr der Verlust der geliebten Mutter Enoch zu Herzen gehen würde, besonders weil er diese so theuern

Züge seit drei Jahren nicht wieder gesehen hatte und sie nun nie mehr sehen sollte.

Ein Jahr war über Deboras Gruft dahingerollt, als Frau Ehrmann ihrer Schwägerin ins Grab folgte. Harm wurde nach der Mutter Tod noch stiller und verschlossener, ohne daß Caspar darauf achtete. Er gehörte zu benjenigen Männern die es für eine Weichheit ansehen sich beständig mit ihrer Frau zu unterhalten, besonders da in Harms stets nachgiebigem und passivem Wesen Etwas lag was äußerst einförmig wurde, so daß er seine schöne Frau sehr oft langweilig fand. Auf Alles was er sagte, antwortete sie immer Ja und ließ sich nie auf eine Erörterung ein, so daß Caspar gegen seine Freunde äußerte:

"Meine Frau ist so verliebt daß sie, um mir nicht zu mißfallen, nie einen andern Gedanken hat als ich."

Der arme Caspar, wie verblendet war er nicht, um nicht in Harms ganzem Benehmen einen deutlich ausgesprochenen Lebensüberdruß, eine vollständige Gleichgiltigkeit gegen Alles zu sehen! Hätte Harm einen Freund, einen Vertrauten besessen mit dem sie ihre Gefühle und ihre Leiden besprechen konnte, so würde die Richtung in ihrem Innern keinen so furchtbaren Character angenommen haben wie es jezt der Fall war.

Eines Tags war Caspar aus der Apotheke heraufgekommen und hatte eine Flasche mitgebracht, die er in einen Schrank in seinem Zimmer stellte wo er seine Droguen verwahrte. Dabei äußerte er:

"Unser Leben ist doch ein gebrechlich Ding: einige

Tropfen von dieser Flüssigkeit hier und die Lebens=
lampe erlischt augenblicklich."

„Ist es Gift?" fragte Harm.

„Ja, und dazu eines das augenblicklich tödtet."

Caspar schloß den Schrank und legte den Schlüs=
sel in seine Tischschublade. Als er sich entfernt hatte,
zog Harm den Schlüssel hervor und öffnete den
Schrank. Sie nahm die Flasche und betrachtete sie,
während sie in Gedanken die Worte ihres Mannes
wiederholte:

„Einige Tropfen davon und die Lebenslampe er=
lischt! Und ich könnte mich also von einem Leben
befreien das mir unerträglich wird! Wer würde
mich vermissen? Niemand. Einige Wochen nach
meinem Tode wäre ich vergessen. Ich habe kein
Kind und folglich kein Band das mich ans Leben
knüpft."

Sie griff nach dem überbundenen Glaspropf,
aber in diesem Augenblick kam eine Magd herein.
Harm stellte ganz hastig die Flasche weg und schloß
den Schrank. Dieß geschah indeß nicht schnell genug,
denn die Magd bemerkte ihre Bewegung.

„Herr Aberney wünscht Sie zu sprechen," sagte
die Magd und warf einen neugierigen Blick im Zim=
mer umher. „Der Tausend, was doch die Frau mit
diesen Flaschen zu thun haben mag?" dachte sie: „der
Herr hat ja so ausdrücklich Jedermann verboten sie
anzurühren."

Harm erhielt von ihrem Schwiegervater einige
Aufträge, in Folge deren sie in die Stadt zu gehen
hatte, was den ganzen Tag in Anspruch nahm.
Abends saßen die beiden alten Freunde bei den jun=

gen Leuten im Salon und rauchten ihre Pfeifen. Harm hatte Haushaltungsgeschäfte bekommen die sie in der Küche aufhielten. Als sie in den Saal treten wollte, hörte sie Aberney sagen:

„Siehst Du, Ehrmann, daß ich doch von Anfang an Recht hatte, als ich Dir von Deiner Heirath mit Rosa abrieth? Aber Du warst eigensinnig."

„Und dafür habe ich auch büßen müssen. Meine Ehe war so unglücklich, daß ich seit meiner Wittwerzeit schon manchmal Gott für die Erlösung aus diesen Banden gedankt habe."

„Ich dagegen werde nie aufhören Debora zu vermissen."

„Das ist natürlich; denn wo gegenseitige Liebe ist, da ist auch Glück; aber wo diese fehlt, da ist der Tod die einzige Rettung die man hoffen kann."

Harm stand lange unbeweglich da, ohne weiter von dem Gespräch zu hören. Sie wiederholte:

„Wo Liebe fehlt, da ist der Tod der einzige Retter der übrig bleibt; das Beste ist also zu sterben?" Diese lezten Worte hatte sie, ohne es beinahe zu wissen, laut ausgesprochen.

„Ganz und gar nicht," antwortete eine freundliche Stimme, und sie fühlte ein Paar Hände die sie um den Leib faßten. Es war Victor, der aus Abo gekommen war um auf einige Wochen zu Hause zu bleiben. Er präparirte sich aufs Examen.

Von diesem Tage an wurde Harm unruhig und launisch. Es war als ginge ein schwerer Kampf in ihrem Innern vor.

Victor entdeckte während seines Aufenthaltes zu Hause bald daß Harm einen Kummer hatte; aber

4*

war dieß auch zu verwundern? Im Verlauf von anderthalb Jahren hatte sie ja Mutter und Schwiegermutter verloren. In Victor regte sich jedoch der Argwohn daß Harm ihren Mann nicht liebe, sondern von einer geheimen Liebe verzehrt werde.

Eines Tags, sechs Wochen nach Victors Heimkehr nach Uleaburg, saßen Aberney und Victor am Mittagessen bei Ehrmann, als eine von Caspars Mägden zu ihnen hereinstürzte und rief:

„Der Herr ist todt vom Stuhle gefallen, nachdem er von einem Glas Wein getrunken hatte."

Die beiden Alten und Victor eilten über die Straße und in Caspars Wohnung. Sie fanden ihn rücklings auf dem Boden liegend und Harm, mehr einer Bildsäule als einem lebendigen Wesen ähnlich, über ihn hingebeugt.

Der herbeigerufene Arzt erklärte daß Caspar Aberney in Folge eines plözlich tödtenden Giftes gestorben sei. Der Rest des Weines wurde untersucht; man fand aber kein solches darin, und ebenso wenig in den Ueberresten der Speisen die auf dem Teller waren. Das Glas woraus Caspar getrunken hatte, lag zerbrochen neben ihm.

Jezt folgte eine genaue Untersuchung, woraus sich ergab daß unter den von Caspar aufbewahrten Droguen die Flasche mit der Blausäure geöffnet worden war. Eine Magd erzählte, sie habe eines Tags gesehen wie die Frau gerade diese Flasche in den Schrank zurückgestellt habe. Da während der Mahlzeit Niemand im Zimmer gewesen war, außer der Dienerin und Harm; und da leztere den Wein eingeschenkt hatte woran Caspar starb, so wurde eine

Untersuchung angestellt bei welcher auf Harm ein
starker Schein fiel daß sie ihren Mann vergiftet habe,
obschon die öffentliche Meinung sie vollkommen frei=
sprach. Man wußte ja daß die beiden Gatten ganz
glücklich gelebt hatten. Ein Nebenumstand machte
sie sehr verdächtig, nämlich daß auf das Nastuch
das sie an dem Tag gebrauchte Blausäure verschüttet
worden war. Der Prozeß wirkte erschütternd auf
Alle. Harm zeigte jedoch dabei eine Ruhe und
Würde die selbst dem Richter imponirten.

Kaum hatte die Untersuchung begonnen, als Enoch
nach fünfjähriger Abwesenheit ganz plözlich in Ulea=
burg auftrat. Brieflich von dem unglücklichen Ende
des Bruders und dem auf Harm fallenden Schatten
von Verdacht unterrichtet, eilte er herbei um ihr wo
möglich als Jurist beizustehen.

Das Zusammentreffen zwischen Beiden war für
ihn im höchsten Grad schmerzlich. Harms ganze Er=
scheinung bewies wie sehr ihre Seele von den bittern
Leiden verheert wurde die sie getroffen hatten. Sie
war so bleich und so abgezehrt daß sie wie ein Schat=
ten von sich selbst erschien. Bei der ersten Bespre=
chung mit Enoch war sie sehr aufgeregt, bei der zwei=
ten vollkommen ruhig. Es handelte sich da nur um
eine genaue Schilderung alles dessen was sich an
Caspars Todestage zugetragen hatte. Mit vollkom=
mener Klarheit beschrieb Harm Alles vom Kleinsten
bis zum Größten. Enoch brachte es zu Papier;
dann sprach er mit seinem eigenen und mit Harms
Vater, welche bezeugten daß sie vom Anfang bis
zum Schluß ihrer Ehe eine gute Frau gewesen sei,
ein Zeugniß das auch alle Leute im Hause ihr gaben.

Nie hatten die Dienstboten einen Streit zwischen den Gatten gehört, sondern Harm hatte sich immer nach=giebig und freundlich gegen ihren Mann gezeigt. Freilich stimmten auch alle darin überein daß sie sehr still und schwermüthig gewesen.

Nach all diesen Untersuchungen und den beharr=lichsten Verhören unter den Lehrlingen und Proviso=ren in der Apotheke, erinnerte sich Jvano daß er am Morgen des Todestages in Caspars Zimmer gewesen sei und dort auf dem Tisch ein Weinglas gesehen habe. Caspar habe eine schwarze Flasche in der Hand gehalten, während er mit Jvano gespro=chen. Diese Aufschlüsse gaben Anlaß zu neuen Nach=forschungen, woher das Glas genommen worden sei aus welchem Caspar getrunken. Die Magd erklärte, sie habe es aus dem Schrank geholt, aber als Enoch fragte ob sie an diesem Tage kein Glas aus Caspars Zimmer getragen habe, zeigte es sich daß sie ein solches, das auf dem Tische ihres Herrn gestanden, in den Schrank gestellt, weil es ganz rein ausge=sehen habe. Jezt schien die Sache klar. Caspar hatte das Glas gebraucht und Blausäure hineinge=schüttet; die Magd hatte es ihm dann vorgesezt, und so hatte die Vergiftung stattgefunden.

Am Nachmittag wurden diese Aufklärungen bei dem stattfindenden Untersuchungsverhör vorgebracht, und Harm, die dadurch beinahe vollkommen von allem Verdacht befreit worden, saß ganz allein in ihrem Hause, als Jvano bei ihr eintrat.

„Entschuldigen Sie, Madame," sagte er auf fran=zösisch, „daß ich Sie störe. Aber ich komme um

Ihnen Lebewohl zu sagen. Ein Brief von meinem
Gönner ruft mich sogleich nach Petersburg."

Harm antwortete einige allgemeine Phrasen. Als
sie fertig war, ergriff Joano einen Stuhl und sezte
sich neben sie.

„Sie erwarteten daß ich mich jezt entfernen würde;
aber ehe ich dieses Haus verlasse, wo ich von Ihrem
verstorbenen Mann so viel Gastfreundschaft und von
Ihnen so viel kalte Höflichkeit empfangen, habe ich
einige Worte zu sagen. Sie sind ein außerordent=
lich schönes Weib; man kann Sie nicht sehen ohne
ein Meisterwerk des Schöpfers in Ihnen zu bewun=
dern. Ich bin jung, und kein Wunder also wenn
Ihre Schönheit einen tiefen Eindruck auf mich ge=
macht hat — doch das ist jezt vorbei. Beim Tod
Ihres Mannes haben Sie in meinen Augen auf=
gehört schön zu sein," fügte er mit starker Betonung
hinzu. „Sie haben indeß lange Zeit den Gegenstand
meiner wärmsten Gefühle gebildet. Ihr ganzes We=
sen war geschaffen um in einer Jünglingsbrust schlum=
mernde Träume zu wecken. In Folge meiner stillen
Anbetung und Bewunderung für Sie habe ich heute
vor Gericht eine Erklärung abgegeben, wodurch der
Tod Ihres Mannes den Schein eines unglücklichen
Zufalles gewinnt und Sie von allem Verdacht be=
freit werden. Aber, Madame, das geschah nicht um
Ihret=, sondern um meiner selbst willen. Ich wollte
diesen Namen den ich einst verehrt und geliebt hatte,
nicht durch einen schrecklichen Verdacht gebrandmarkt
hören, wenn auch meine Gefühle jezt das Gegen=
theil von dem geworden sind was sie früher
waren."

„Ich verstehe Sie nicht," sagte Harm stolz und blickte Jvano düster an. „Wenn das was Sie vor meinem Schwager und vor Gericht erzählt haben unwahr ist, wer hat Sie denn gebeten mit einer er= dichteten Geschichte aufzutreten?"

„Meine frühere Schwäche für Sie hat mich dazu bestimmt."

Jvano richtete sich auf und flüsterte Harm einige Worte ins Ohr. Die junge Wittwe wurde noch bleicher als sie gewesen. Sie stierte Jvano an; die= ser aber fügte mit einer Verbeugung hinzu:

„Das Grab und ich sind gleich stumm. Leben Sie wohl!"

Er eilte aus dem Zimmer, und Harm lehnte sich bebend in den Sopha zurück.

Etwas später am Abend kam die Post mit zwei unglücksschwangeren Nachrichten, einer persönlichen und einer öffentlichen.

Leztere enthielt den Befehl an die finnischen Re= gimenter sich schleunigst auf den Kriegsfuß zu stellen; die andere war von Tante Sara. Sie meldete Ehrmann unter Ausdrücken der tiefsten Verzweif= lung, daß seine Tochter Edith verschwunden und, wie ein an sie hinterlassener Brief vermuthen lasse, mit einem Russen nach Petersburg gereist sei.

Diese beiden Hiobsposten wirkten so heftig auf Ehrmann, daß er vom Schlage getroffen wurde und nach einigen Tagen starb.

Sein Hinscheiden, die Untersuchung über Ca= spars Tod und Ediths Flucht waren lauter Ereignisse die über der allgemeinen Unruhe beim Gedanken an den bevorstehenden Krieg vergessen wurden. Die

öffentliche Aufmerksamkeit wurde so ausschließlich darauf gerichtet, daß man alle Privatereignisse bei
Seite sezte.

Im Februar 1808 brachen die russischen Truppen
unter General Buxhövden über die Grenze. In
Folge der russischen Proclamation hoffte man noch
daß die begonnenen Feindseligkeiten ein glückliches
Ende nehmen könnten, aber leider war Gustav
Adolph IV. zu starrköpfig um seine Kraft klug zu be-
rechnen, und die Folge war daß er, um einen ge-
faßten Beschluß heilig zu halten, alle verständigen
Rathschläge und Warnungen verwarf. Er sezte das
Wohl des Landes auf einen einzigen Wurf und öff-
nete die Thore desselben für alle Verheerungen des
Krieges.

Finnland hatte sich einige Zeit lang von den un-
seligen Kriegen die es verheert erholen können;
mit freudiger Hoffnung hatte es den allgemeinen
Wohlstand auf dem Boden der so viel von seiner
Kinder Blut getrunken erblühen gesehen.

Beim Ausbruch des Krieges von 1808 blühte
Finnland, das kann man dreist sagen, sowohl in ma-
terieller als intellectueller Beziehung. Die Bevöl-
kerung hatte mit jedem Jahr bedeutend zugenommen,
und mit ihr vermehrten sich auch die Producte des
Landes. In wissenschaftlicher Bildung war es ebenfalls vorangeschritten, und die Universität Åbo konnte
sich vollkommen mit den schwedischen messen. Stille
bildete sich hier eine Reihe von Männern die jedem
Jahrhundert zum Ruhm gereichen würden. Namen
wie Pörthan, Calonius, Menander, Tengström, Ga-
bolin und Hällström werden in der Ge[...]te der

Gelehrsamkeit mit ausgezeichneter Ehre aufbewahrt bleiben; sie zeugen von der Kraft und Beharrlichkeit die stets eine intellectuelle Ueberlegenheit hervorgerufen und sie fruchtbar gemacht haben. Stolz auf sein Land und seine Söhne, träumte Finnland von fortwährendem Voranschreiten, als der Kriegssturm kam und die Veränderlichkeit des Glückes bewies.

O Finnland! Welcher Schwede kann ohne Schmerz an den 17. September 1809 denken? Da wurde der Friede zwischen Schweden und Rußland abgeschlossen, ein Friede der dich von dem schwedischen Mutterherzen losriß, welches nie aufhören wird den Verlust des Kindes zu beweinen auf das Schweden so stolz war. Treu und stark wie deine Felsen, hast du ein Jahrhundert den Verheerungen des Krieges Troz geboten, für dein Land gestritten und gesiegt mit einem Muth und einer Entsagung die dein Volk zu einem der seltensten machen, was dieser lezte für Schweden so unglückliche Krieg am besten beweist, und worüber Adolph Jvar Arvidson sich folgendermaßen ausspricht:

„So endete dieser für den schwedischen Soldaten immer gleich ehrenvolle, obschon nicht immer gleich glückliche Feldzug. Beinahe ohne Unterstüzung von Schweden, bestand das finnische Heer einen gänzlich ungleichen Kampf mit überlegenen Feinden zuweilen mit einem unter solchen Umständen erstaunlichen Erfolg, und erkämpfte sich überhaupt mehrere Siege als die früheren Kriege, selbst im Verein mit Schwebens gesammelter Streitmacht, darboten. Bei dem großen Mißverhältniß in Bezug auf die Kräfte der kriegführenden Parteien war es vorherzusehen daß das kleine finnische Heer zuletzt unterliegen mußte; aber wie es Siege ohne Ehre gibt, so gibt es auch Niederlagen die unsterblichen Ruf mit sich führen, und dieß kann man von den Niederlagen des finnischen Heeres sagen. Bei der Erinnerung an all den Heldenmuth der sich im Kriege des Jahres 1808 kundgab, fühlt man sich versucht den Betrug zu verfluchen der es wagte ein solches Volk zu verrathen."

Sechs Jahre später.

In einer freundlichen Gegend mitten in Schweden lag die ausgezeichnet schöne Landrichterwohnung von Särnäs. Das Jahr zuvor war ein neuer Richter mit seiner Frau hier aufgezogen.

Landrichter Enoch Aberney war zwar noch jung für den Posten den er erhalten, aber diese rasche Beförderung hatte er durch seine ungewöhnlichen Kenntnisse so wie seine große Tüchtigkeit und Rechtschaffenheit gewonnen, lauter Eigenschaften welche den gebildeten Finnen mehr oder weniger auszeichnen. Seit zwei Jahren war er mit Harm, der Wittwe seines Bruders, verheirathet. Das erste Jahr ihrer Ehe hatten sie in Stockholm zugebracht, worauf Enoch das Landgericht erhielt und sich in Särnäs niederließ.

Harm war seit zwei Jahren die Gattin des Mannes den sie von Kindheit auf so ausschließlich geliebt hatte. Enoch besaß jetzt diese Frau, die in ihrer

Person alles Hohe und Edle vereinigte was er am
Weibe anbetete. Beide waren also sehr glücklich?
Ja, Enoch war es wirklich; aber wie es Harm zu
Muthe war, das ließ sich nicht so leicht bestimmen.
Wenn sie Enoch an ihrer Seite hatte, vergaß sie
Alles über der Freude des Augenblicks; aber es war
nicht dieses frische, lächelnde und friedliche Bild in=
nigen Glückes und innerer Zufriedenheit, son=
dern eine gewisse fieberhafte Unruhe worüber ein
Trauerschleier ausgebreitet lag. Der Liebe rosige
Freude war in Wolken gehüllt oder auch von stillen
und unruhigen Träumereien gestört. Ueber Harms
innere Welt war ein Schatten geworfen der nie da=
von wich.

„Die Erinnerung ist es die mich quält,“ pflegte
sie Enoch zu antworten, wenn er sie zärtlich fragte,
warum die Wolke beständig auf der bleichen Stirne
weile. Enoch liebte sie doppelt in solchen Augen=
blicken. Sie wäre nicht seine feinfühlende Harm ge=
wesen, wenn sie über dem gegenwärtigen Glück leicht=
sinnig die unheimlichen Bilder der Vergangenheit
hätte vergessen können.

Nach zweijähriger Ehe wurde Harm Mutter, und
die düstern Erinnerungen schienen jetzt beinahe weg=
geblasen zu sein. Sie schien wirklich glücklich und
Enochs Seligkeit war vollkommen. Das Leben
lächelte ihm so verheißungsreich entgegen, als ein
äußeres Ereigniß kommen und das Glück verjagen
sollte.

Beim zweiten Herbstgericht seit Enoch sein Amt
angetreten, kam eine garstige Verbrechergeschichte vor.
Eine Bäurin wurde angeklagt ihren Mann vergiftet

zu haben. Am erſten Unterſuchungstag, als Enoch
aus dem Gerichtsſaal kam, war er bleich, und zum
erſten Male ſeit ſeiner dreijährigen Ehe ruhte ein
Zug von Düſterheit über ſeinem Geſichte. Harm
fragte was es ſei, und er antwortete:

„Ach meine geliebte Harm, es wird mir mitunter
recht ſchmerzlich Richter zu ſein, denn man bekommt
den Menſchen in ſeiner tiefſten Erniebrigung zu ſehen.
Der Anblick des Verbrechers regt immer unſer In=
neres auf.“

Beim Mittageſſen war Enoch ſchweigſam und
ſein Blick ruhte mit einem ſchmerzlichen Ausbruck
auf Harm. Einer der Notare bemerkte während der
Mahlzeit:

„Haben Sie gehört, Frau Landrichterin, welches
abſcheuliche Verbrechen wir heute vorhatten?“

„Nein,“ antwortete Harm, „aber aus Aberneys
büſterem Ausſehen kann ich ſchließen daß es etwas
Ungewöhnliches war.“

„Eine ganz junge Bäurin iſt angeklagt ihren
Mann durch Gift ermordet zu haben,“ antwortete
der Notar.

Harm erblaßte; ein Schauer ging durch ihr gan=
zes Weſen. In dieſem Augenblick ſah ſie auf ihren
Mann. Er ſchaute ſie unruhig forſchend an.

„Sonderbar,“ ſagte Enoch, indem er ſeine Frau
betrachtete, „ich werde ganz ſicher das arme Weib
zum Tod verurtheilen müſſen, und doch iſt ſie mög=
licherweiſe unſchuldig.“

„Das iſt unmöglich, Herr Landrichter,“ fiel der
Notar ein; „es liegen gar zu viele Beweiſe gegen
ſie vor.“

„Nichts ist unmöglich," erwiderte Enoch und rich=
tete sich vom Tische auf. Als. er Harm küßte, nahm
er ihren Kopf in seine Hände und sah tief in ihre
Augen; dann flüsterte er mit aufgeregter Stimme:
„Armes Kind!"

Harm verbrachte die Zeit wo Enoch bei Gericht
war in ihr Zimmer eingeschlossen, indem sie Kopf=
weh vorgab. Abends, als Enoch zu ihr kam, tru=
gen ihre Augen Spuren von Thränen, und man
konnte deutlich sehen daß sie viel geweint hatte.

Enoch war jezt freundlich, herzlich und heiter wie
gewöhnlich. Er plauderte munter und liebkoste
Harm; aber als er sie an sich' zog und mit den
zärtlichsten Namen nannte, begann sie wieder zu
weinen.

Am folgenden Tag schien Harm ruhig, obschon
eine gewisse Wehmuth auf ihren Zügen ruhte. Die
Untersuchung gegen die des Mords angeklagte Bäurin
währte den ganzen Morgen, und bei der Mahlzeit
war Enoch wieder nachdenklich.

Der Prozeß gegen die Verbrecherin machte die
Wolke auf Enochs Stirne immer düsterer. Er war
freundlich gegen Harm, zuweilen leidenschaftlich zärt=
lich, aber es wurden nur wenige Worte zwischen
ihnen gewechselt. Er schien einem Gespräch mit ihr
auszuweichen zu wollen. Am lezten Gerichtstag, ehe
er ausging um der Giftmischerin ihr Urtheil zu ver=
kündigen, kam er zu Harm herein. Sie saß an der
Wiege ihres schlafenden Kindes. Enoch betrachtete
beide eine lange Weile, dann küßte er Harm auf
die Stirne und sagte sanft:

„Nur diejenige die unglücklich, aber nicht ver=

brecherisch war, kann es wagen die Freuden der Mut=
terschaft zu genießen. Nicht wahr, meine Geliebte?"

Ohne ihre Antwort abzuwarten, küßte er sie und
fügte hinzu:

„Auf Mittag ist das Gericht aus, und dann,
Harm, wirst Du mir mit einem Lächeln auf Deinen
schönen Lippen entgegentreten, so daß ich Alles was
mich quälte vergessen kann. Wir essen allein. Der
Gerichtshof ist ins Pfarrhaus eingeladen, aber ich
habe für meine Person abgelehnt."

Als Harm allein war, sank sie an· der Wiege
des Kindes auf die Kniee nieder und stammelte unter
heftigem Schluchzen:

„Nur diejenige die keine Verbrecherin ist, kann
es wagen die Freuden der Mutterschaft zu genießen.
O Jesus Christus, erbarme dich über mein unschul=
diges Kind!"

Harm richtete ein beinahe festliches Mahl an.
Der zierliche Tisch stand mitten im Zimmer gedeckt.
Mit einem Lächeln hinter welchem sie den ganzen
Schmerz verbarg der in ihrer Seele wohnte, ging
sie dem eintretenden Enoch entgegen und bot ihm
ihre Lippen zum Kusse. Enoch blieb gleich an der
Thüre stehen. Sein Blick fiel auf den Tisch wo
eine Weinflasche stand, und gleich als hätte dieser
Anblick eine schreckliche Erinnerung hervorgerufen,
fuhr er mit der Hand über die Stirne und holte
einen tiefen Seufzer.

· Als er dann sein Gesicht Harm zuwandte, war
es streng, milderte sich aber, als er ihrem liebreichen
Blick begegnete. Man sezte sich. Harm that Alles
um liebenswürdig zu sein.

Der Zufall, diese unerklärliche und geheimnißvolle Macht, wollte daß man diesen Mittag Geflügelbraten hatte, ein Gericht das Harm nicht gerne auf ihrem Tische sah, weil es das lezte war das Caspar gegessen, ehe er das unglücksschwangere Weinglas geleert hatte. Als Enoch seine Portion verzehrt hatte, nahm Harm die Weinflasche und schenkte ihm sein Glas ein, aber ohne das ihrige zu füllen.

„Trinkst Du keinen Wein?" fragte Enoch in einem Ton der von seinem gewöhnlichen ganz verschieden war.

„Nein, Enoch, Du weißt ja daß ich nie Wein trinke," antwortete Harm.

„Ja es ist wahr, Du trinkst nicht, Du schenkst bloß Deinen Männern ein."

Die Stimme war scharf und hart. Er ergriff das Glas und fügte hinzu:

„Vor sechs Jahren, ja just am heutigen Tage schenktest Du Deinem ersten Manne Wein ein."

Enoch goß langsam, beinahe tropfenweise sein Glas auf den Teller aus, indem er dann mit dumpfer Stimme fortfuhr:

„Ich will sehen ob nicht auch auf dem Boden dieses Glases Gift liegt."

Sein durchbringender Blick hing fest auf den todtenbleichen Zügen seiner Frau. Als er die lezten Worte aussprach, fuhr Harm auf und rief verzweiflungsvoll:

„Gnade, Barmherzigkeit!"

Sie warf sich vor Enoch auf die Knie und ergriff seine Hand. Er zog sie weg, stüzte seinen Kopf darauf und sagte, indem er fortwährend die Knieende fixirte:

„Im Cabinet des Mannes befand sich ein Schrank; dieser Schrank enthielt Flaschen mit Gift; eines Tages, just an demselben Tag den wir jetzt haben, vor sechs Jahren, ging die Frau in dieses Zimmer, nahm eine schwarze Flasche und schlich in den Saal hinaus, wo der Tisch gedeckt stand. Ins Glas des Mannes goß sie einige Tropfen der farblosen Flüssigkeit, dann stellte sie die Flasche wieder an ihren Platz, nachdem sie dieselbe mit ihrem Nastuch abgetrocknet. Einige Augenblicke darauf tritt sie dem Manne mit ihrem holdesten Lächeln entgegen. Sie läßt ihn mit seinen Lieblingsgerichten bedienen, und endlich schenkt sie ein Glas von dem Weine ein und heißt ihn trinken. Er trinkt! (Enoch ergriff mit krampfhafter Heftigkeit ihren Arm.) Und nachdem er dieses Glas geleert, das sie ihm mit so treuloser Freundlichkeit gereicht hat, stürzt er todt zu ihren Füßen.“

Enoch erhob sich und riß Harm buchstäblich aus ihrer knieenden Stellung auf, indem er rief:

„Unglückselige, Du hast mich betrogen; Du warst nicht unschuldig; Du hast meinen Bruder gemordet, und ich . . . .“ Er schleuderte sie weit von sich, fuhr mit den Händen durch sein Haar und rief in verzweiflungsvollem Tone:

„Und ich, ich habe die Mörderin meines Bruders geheirathet!“

Harm sank auf ihre Knie zusammen. Sie vermochte nicht zu stehen, sondern schleppte sich zu den Füßen ihres Mannes, indem sie schluchzte:

„Höre mich ehe Du verdammst!"

„Folge mir," war Alles was er antwortete; dann ging er in sein Arbeitszimmer und verriegelte die Thüre hinter sich.

Am folgenden Morgen kam ein Bote ins Pfarr= haus mit der schrecklichen Nachricht, Landrichter Enoch Aberney habe sich in der Nacht erschossen, und seine liebenswürdige Gattin sei vor Kummer verrückt ge= worden.

Schluß der Einleitung.

Schuld und Unschuld.

Erster Theil.

In den Falten ihres Mantels hatte die Zeit zehn Jahre mitgeführt. Zehn Winter hatten ihren Schnee über Enoch Aberney's Gruft geworfen, und sechzehn Jahre lang hatte Schweden den Verlust Finnlands beweint. Mit Schmerz und Sehnsucht blickte Schweden dem Verlorenen nach, und von Finnlands treuer Brust wurde mancher Seufzer nach der schwedischen Küste entsandt. Vergebens suchte man in Uleaburg nach einem der Abkömmlinge Ehrmanns und Aberney's. Die Apotheke war in fremden Besitz gekommen und das Aberney'sche Haus war ein Raub der Flammen geworden. Von Aberney's drei hoffnungsvollen Söhnen lebte nur noch der jüngste, Victor, aber er wohnte nicht mehr in seiner Vaterstadt.

Was war wohl aus Ehrmanns beiden Töchtern geworden? Man wußte es nicht.

Victor Aberney war Professor an der Universität Abo geworden und dort ansäßig. Er besuchte Uleaburg niemals.

Das Frühlingssemester von 1825 war in Abo zu Ende. Professoren und Studenten begaben sich fort,

um nach den ausgestandenen Strapazen den Som=
mer zu genießen und sich zu restauriren. Auch Pro=
fessor Aberney verließ die Universitätsstadt und zog
auf ein kleines Landgut, etliche Meilen von Abo,
das er just damals gekauft hatte. Es hatte eine ab=
geschiedene Lage. Der Professor gedachte den Som=
mer dort zuzubringen, ohne eine andere Gesellschaft
als Tante Sara, die seinen Haushalt besorgte. Aber=
ney war Junggeselle. In den frühern Sommern
war er auf einen Hof gezogen, den er gepachtet
hatte; aber da Aberney dort nicht ungestört aus=
ruhen durfte, so hatte er sich weiter hinweg be=
geben.

Victor Aberneys Beschäftigung während seines
Aufenthaltes in Junta (so hieß sein Gut) sollte
darin bestehen daß er sich in seine wissenschaftlichen
und musicalischen Studien vertiefte. Er war ein be=
liebter Componist und ausgezeichneter Musiker. Auf
seinen Sommerausflug nahm er eine ganze Biblio=
thek Bücher und Musicalien mit und verbrachte seine
Tage gerne so, daß er im Walde ausgestreckt lag
und einen seiner Lieblingsautoren las, oder daß er
mit einem Buch in der Gegend umherstreifte, oder
auch vergaß er die ganze äußere Welt bei seiner
Violine oder seinem Clavier; denn er liebte die Ein=
samkeit und suchte nie freiwillig eine andere Gesell=
schaft als die Natur, seine Bücher und die Musik.
Er war damals noch nicht volle vierzig Jahre alt,
von hohem Wuchs und kräftigem Bau, hatte eine
freie und offene Stirne, auf welcher intellectuelle und
moralische Ueberlegenheit thronte, und in jedem Zuge

lag ein ſtark ausgeprägter Ausdruck von Character=
feſtigkeit. Er ſah wie ein echter Finne aus, recht=
ſchaffen, klug und entſchieden. Im Uebrigen war er
ein genialer Gelehrter der nie etwas Anderes als
ſeine Bücher geliebt, ein geiſtreicher Componiſt der
nie für etwas Anderes als die Muſik geſchwärmt
hatte, und ein rechtſchaffener Mann der für ſein Va=
terland leben wollte.

Er entzog ſich dem Geſellſchaftsleben ſo viel als
möglich; aber wenn er daran Theil nahm, that er
es nicht wie ein halb abermiziger, zerſtreuter Bü=
cherwurm, deſſen Manieren ein Lächeln hervorriefen,
ſondern wie ein gebildeter und angenehmer Geſell=
ſchafter.

Es war am Ende Mai, eine Woche nach Aber=
neys Ankunft auf Junta. Mit einigen Büchern
unter dem Arm begab ſich der Profeſſor nach einem
ſeiner Lieblingspläze im Walde. Aber kaum war
es ihm gelungen ſich im zarten Graſe auszuſtrecken,
als eine Stimme rief:

„Victor, Victor!"

„Sieh, da kommt Tantè Sara; was kann die
Alte von mir wollen?" dachte der Profeſſor und ſah
ganz verdrießlich aus. In dieſem Augenblick ſchim=
merte eine Frauengeſtalt zwiſchen den Bäumen her=
vor. Es war ein kleines mageres Frauenzimmer,
mit großer Sorgfalt und Zierlichkeit gekleidet, ohne
daß jedoch etwas Uebertriebenes in ihrem Aufzug
lag. Die ausgezeichnet feine und ſchöne Spizen=
haube war einfach und blendend weiß. Das davon
umſchloſſene Geſicht war ganz ſicher vor etwa dreißig
oder vierzig Jahren ſchön geweſen; jezt war es klein

und ausgetrocknet, zeigte aber noch feine und regel=
mäßige Züge. Die braunen tiefliegenden Augen
waren äußerst lebhaft und hatten einen gemischten
Ausdruck von Schärfe und Freundlichkeit. Ihr gan=
zes Wesen trug das Gepräge einer rastlosen Thätig=
keit. Als sie leichten und schnellen Schrittes Aber=
ney erreicht hatte, sagte sie mit kurzer und hastiger
Stimme:

„Lieber Victor, es ist nicht recht daß Du mir
davon springst; Du solltest mich genug kennen um
zu wissen daß ich Dich doch bekomme, wenn ich ein=
mal zu einem Gespräche entschlossen bin."

Tante Sara breitete ihr Taschentuch auf dem
Boden aus, strich ihr Kleid glatt und sezte sich ein
Stück von Victor hinweg.

„Es ist nichts Leichtes mir zu entkommen, das
kann ich Dir gleich sagen," fügte Sara mit schlauer
Miene hinzu.

„Ich merke es," seufzte Victor und schlug sein
Buch zu; dann fragte er:

„Nun warum verfolgst Du mich so hartnäckig,
Tante?"

„O Du weißt es recht wohl," sagte Sara und
strich mit großer Sorgfalt eine Falte an ihrer Schürze
glatt. „Hättest Du nicht geahnt was es war, so
wärest Du nicht so schnell hinweggelaufen."

„Liebe Tante, wenn es sich darum handelt den
Brief zu lesen, so..." Victors Brauen zogen sich
zusammen, „so versichere ich Dich daß es sich nicht
der Mühe lohnt. Ich bitte Dich in aller Freund=
schaft, sprich mir nicht mehr von der Sache."

„Nach dieser Warnung hast Du also Dein Ge=

wissen beruhigt in Bezug auf das was zwischen Dir und mir geschehen kann, im Fall wir einander in die Haare gerathen sollten? Sonst will ich Dir melden daß Tante Sara nicht sehr ängstlich ist, und beßhalb ..."

Sie zog einen Brief aus der Tasche. Augenblicklich war Victor auf den Beinen.

„So ist es aus mit meiner Gedulb," rief er. „Ich versichere Dich, Tante, daß ich nicht zum Mittagessen heimkomme, im Falle noch ein einziges Wort von der Sache gesprochen wird."

Damit machte Victor einige lange und hastige Schritte, so daß er weit von Tante Sara hinwegkam. Sie blieb sizen und sah ihm nach. Als sie ihn aus dem Auge verloren hatte, murmelte sie:

„Spring immer zu, mein Junge, aber sieh, es hilft nichts; oder hältst Du denn Deine alte Tante für ein so armseliges Geschöpf, daß sie das Recht nicht verfechten könnte weil Du davon laufst? O Du bist viel zu sicher. So gewiß ein Mann bei seinem Wort und ein Ochse bei seinem Pflug bleiben muß, ebenso sicher ist daß, wenn ein Weib Etwas will, dieß durchgesezt wird, und wenn auch zehn Männer sich quer in den Weg stellen. Jezt will ich daß Du den Jungen nehmen sollst, weil es recht und billig ist, und das wird auch geschehen."

Mit diesem Vorsaz erhob sich Tante Sara und trippelte nach dem Hofe hinauf. Sie sezte sich mit ihrer Arbeit in den Erker und schaute jeden Augenblick umher, ob die Knechte und Mägde arbeiteten. Sie waren mit Anordnung der Blumenbeete beschäftigt.

Gegen Mittag kam Aberney nach Hause. Als er Tante Sara im Erker sizen sah, blieb er am Gatterthor stehen, als wäre er unentschlossen, ob er in den Hof hineingehen sollte oder nicht; aber als sie, ohne auf ihn zu achten, mit ihrer Nähterei fortfuhr, faßte Aberney einen Entschluß und sezte seinen Weg fort. Als er die Hausflur hinaufging, sagte er:

„Guten Tag, liebe Tante! Kann man bald essen?"

„Essen?" rief Sara. „Du sagtest ja daß Du nicht zum Essen heimkommen wolltest?"

„Hm!" Mehr antwortete Aberney nicht, sondern ging in den Saal hinein. Tante Sara blieb sizen und nähte ganz verzweifelt. Victor ging im Zimmer auf und ab. Nach einer Weile kam er zu Sara hinaus.

„Ich möchte doch jezt Etwas zu essen bekommen."

„So, so, Du möchtest Etwas zu essen bekommen, und ich soll mich bei Deinen Wünschen schnell bereit zeigen; aber wenn ich Etwas zu sprechen habe, so lauffst Du davon und sagst, Du wollest lieber Nichts essen als mich anhören. So viel ist gewiß und wahr daß ..."

„Ei, ei, liebe Tante, sei nur nicht böse; Du weißt ja daß es nur ein einziger Gegenstand ist von dem ich nichts hören will."

„Und da glaubst Du daß ich schweigen werde? Du meinst, ich lasse mir Stillschweigen befehlen?"

Tante Sara war ernstlich böse.

„Ich denke, Du werdest artig sein und mir ein Essen geben," fiel Victor lachend ein.

Tante Sara erhob sich brummend und ging in die Küche hinaus.

„Jezt kann ich überzeugt sein daß ich mit Pöckelfleisch bewirthet werde," dachte Victor und sezte sich auf die Treppe. Nach einer Weile erscholl die Stimme der Tante:

„Jezt kannst Du hineingehen und essen."

Victor ging in den Saal. Es war bloß für e i n e Person gedeckt.

„Nun, was bedeutet das? Wirst Du nicht mitessen?" fragte er.

„Nein, ich bin nicht hungrig."

Sara fuhr in die Küche hinaus, und Victor sezte sich, indem er murmelte:

„Die Alte ist aufgebracht.. Es ist doch schrecklich mit den Weibern daß sie so zanksüchtig sind."

Der Professor hob den Deckel von der Platte und war vollkommen überzeugt daß er Pöckelfleisch zu sehen bekommen würde, was gar nicht seine schwache Seite war; aber er täuschte sich. Es war ein Fleischgericht. Nachdem er sein Essen mit tüchtigem Appetit expedirt hatte, ging er in den Erker hinaus um seine Pfeife zu rauchen und mit seinem großen Hühnerhund zu spielen. Tante Sara ließ sich nicht blicken, sondern die Magd brachte den Cafe. Aberney war nach dem Essen so sehr an Sara's Geplauder gewöhnt daß es ihm ganz leer und öde vorkam. Bald verfiel er in Gedanken, aber diese mußten von eigener Art sein, denn eine Wolke um die andere zog sich um sein Gesicht. Er vergaß das Rauchen und die Cafetasse blieb unberührt stehen. Plözlich wurde das Schweigen umher von einer klaren schönen Kin-

berſtimme unterbrochen die ein finniſches Volkslied
ſang. Aberney fuhr beim Klang dieſer Töne die
aus dem Walde kamen zuſammen. Es war daſſelbe
Lied das Edith geſungen hatte, als ihr Vater ſie
zum erſten Mal hörte. In Victors Seele riefen
dieſe Töne ſo manche bittere Erinnerungen zurück.
Mit geſpanntem Intereſſe lauſchte er auf Melodien
welche die Bilder von dem theuren elterlichen Hauſe
und Allen die er geliebt hatte zurückführten. Als
der Geſang aufhörte, blieb er noch immer, den Kopf
in die Hand gelehnt, in Träumereien verſunken ſizen.
Es war eine Stimme, ganz wie die i h r i g e, dachte
er, und merkte nicht daß er dieſen Gedanken laut
ausſprach, bis Tante Sara ſagte:

„Und gleichwohl werden diejenigen die mit i h r
verwandt ſind der Armuth preisgegeben, während
Du ſo leicht ...“

„Tante,“ rief Victor heftig, indem er ſich erhob,
„was für Poſſen haſt Du da vor?“

„Mit Poſſen kannſt Du Dich ſelbſt beluſtigen,
oder glaubſt Du vielleicht ich habe es ſo veranſtaltet
daß dieſes Lied geſungen werde?“

„Ja das glaube ich; wer hat geſungen?“

„Vermuthlich ein Nachbarskind. Die Sache iſt
übrigens ganz gleichgiltig; ich kam bloß um ...“

Weiter kam Sara nicht. Aberney erhob ſich ſogleich und ſchlug mit haſtigen Schritten den Weg
in ſein Zimmer ein, das er doppelt verſchloß.

„Welch ein Stierſchädel!“ brummte Tante Sara.

Der Abend war ungewöhnlich mild. Die Sonne war nahe daran sich in Auroras Schooß zu verbergen, als Aberneys Thüre sich wieder öffnete und er in den Saal hinaustrat von wo er nach dem Erker ging. Dort war kein Mensch, und froh einem Zusammentreffen mit Sara zu entgehen, wandelte Victor über den Hof und durch den Wald, bis er ans Ufer kam. Da warf er sich in's Gras, nahm den Hut ab und ließ den Abendwind kosend über seinen Scheitel streichen, während seine Augen der Bewegung des Wassers folgten.

Die Vögel lockten einander und schienen sich an dem herrlichen Abend zu erfreuen. Aberney lag am Fuß einer Klippe und war gänzlich verborgen von den dichten Gebüschen. Aus seinen tiefen Gedanken wurde der gelehrte Mann durch ein raschelndes Getöne oben auf der Klippe und einige Steine geweckt, die herabrollten und dicht neben ihm fielen. Ehe er sich aufrichten konnte um nach der Ursache dieser Bewegung zu sehen, ließ sich eine ungewöhnlich starke und klangvolle Kinderstimme hören, die ein Lied sang das zu den älteren Volksmelodien, und zwar zu denjenigen gehörte deren sich Aberney aus seinen Kinderjahren erinnerte. Die Stimme sang jeden Vers zweimal, und mit so musicalischer Auffassung, daß sie Aberneys ganzes Interesse weckte.

Als die Töne endlich verklangen, sprang er auf um die Sängerin zu sehen.

Auf dem Fels saß ein kleines Mädchen. Ihr Kopf war abgewandt, denn sie schaute nach dem Wasser. Aberney konnte also nur ihr Profil sehen, aber dieses war von seltener, regelmäßiger Schön-

heit. Die ganze Form dieſes einnehmenden kleinen
Kopfes war hübſch, und man ahnte leicht daß ſie in
der Nähe ungewöhnlich reizend erſcheinen mußte.
Sie war noch Kind und konnte höchſtens zehn oder
elf Jahre zählen.

Aberney betrachtete das Mädchen lange mit un=
verwandter Aufmerkſamkeit; endlich drehte ſie den
Kopf und ſah ihn. Sie erhob ſich ſogleich um hin=
abzueilen.

„Mein Kind, ſchlag dieſen Fußſteig hier ein,“
ſagte Aberney, „dann brauchſt Du nicht herabzu=
klettern.“

Das Mädchen nickte zuſtimmend; leicht wie ein
Geiſt ſchwebte ſie herab und ſtand nach einigen
Augenblicken vor Aberney, den ſie mit einem eigen=
thümlich freimüthigen und offenen Blick begrüßte.

„Wie wagſt Du es allein hier im Walde zu
gehen?“ fragte er von ihrer Erſcheinung gefeſſelt.

„Warum ſoll ich es nicht wagen? Ich bin ganz
allein und ſo an den Wald gewöhnt, wo ich meine
Lieder den Vögeln vorſinge, die ihnen lauſchen, daß
ich den Berg und die Bäume da lieb habe, und
obſchon ich mir oft gewünſcht daß die Ajatten*) ſich
offenbaren und mich irre führen möchten, ſo iſt es
doch noch nicht geſchehen.“

„Wohnſt Du hier in der Nähe?“

„Ja gewiß. Ich bin der Wittwe Tochter, wie
ſie mich nennen. Meine Heimath iſt Ektorp. Aber
wer biſt Du? Ich habe Dich noch nie geſehen.“

*) Dem finniſchen Volksglauben zufolge ein weiblicher
Waldgeiſt der die Leute im Wald irre zu leiten pflegt.

Das Mädchen betrachtete den stattlichen Mann, dessen Aussehen ihr Vertrauen einflößte. Bei Kindern ist der erste Eindruck gänzlich entscheidend. Nicht Ueberlegung oder Verstand spricht in diesem Alter, sondern der reine Instinct.

Das Mädchen sezte sich, während sie sprach, auf einen Stein am Strande, und begann flache Steine die sie aus dem Sand aufhob in's Wasser zu werfen, so daß sie hoch aufhüpften.

„Du willst wissen wer ich bin," antwortete Aberney lächelnd und sezte sich auch auf einen Stein. „Ich bin der neue Besizer von Junta."

„Ah, jezt weiß ich; dieser schöne Hof da drüben im Walde. Die alte Annika sagte, es sei ein Herr dahin gezogen den ich sehr fürchten müsse." Das Mädchen begann zu lachen. „Du siehst nicht gerade gefährlich aus. Weißt Du was ich dachte als Annika behauptete, ich dürfe nicht in den Hof gehen?"

„Laß hören."

„Das Erste was ich thun müsse sei daß ich dahin gehe. Das that ich auch heute Mittag; aber es waren Leute da die arbeiteten, und deßhalb wollte ich nicht weiter gehen. Wie ärgerlich! Ich habe jezt schon lange keinen Stein mehr zum Schnellen gebracht. Gewiß hast Du böse Augen." Sie betrachtete Aberney.

„O nein, es kommt daher daß Du zu schwere Steine wähltest," antwortete er, ungemein belustigt von der Art des Mädchens. „Aber sag einmal, warum hat Annika gesagt daß ich gefährlich sei?"

„Ja, das weiß ich nicht; aber gestern, als ich von einer meiner Wanderungen nach Hause kam, sagte sie: ‚Höre einmal, Schuldfried, Du darfst nicht nach Junta gehen. Dort wohnt ein Herr der gegen alle kleine Mädchen und besonders gegen Dich Böses vorhat.' Als die Alte dieß sagte, sah sie ganz er= schrocken aus, und dieß hat auch dazu beigetragen daß ich nach Junta gehen mußte."

„Du bist also nicht besonders gehorsam?" bemerkte Aberney.

„O nein, Annika gehorche ich nicht sehr. Wenn sie Etwas sagt, so thue ich immer das Gegentheil."

„Wem gehorchst Du denn?"

„Ich gehorche Mama," antwortete das Mädchen ganz ernsthaft.

„Wie heißest Du?"

„Schuldfried Smith," sagte die Kleine und erhob sich mit dem Bemerken: „Nein, ich darf nicht länger mit Dir schwazen, sondern muß jezt heimgehen. Komm morgen Abend hieher, dann will ich auch kommen und Dir meine Lieder vorsingen." Sie nickte und eilte leicht und flink wie ein Vögelchen davon.

Aberney sah ihr nach und dachte:

„Ein außerordentlich frisches und unverdorbenes Kind; eine kleine Wilde. Ich möchte doch wissen wer die Eltern sind."

In Junta war während der Abwesenheit des Pro= fessors ein Junge von vierzehn Jahren angelangt. Er fragte nach Fräulein Sara Ehrmann und wurde von ihr umarmt und unter Thränen geherzt und geküßt. Die Alte war bei seinem Anblick so tief aufgeregt, daß sie lange nicht sprechen konnte, sondern den Jungen fest an ihre Brust drückte und wie ein Kind schluchzte. Als die erste heftige Gemüthsbewegung sich gelegt hatte, folgte eine Masse von Fragen. Tante Sara hatte viel was sie wissen wollte.

Nachdem ihre Neugierde einigermaßen befriedigt war, sagte sie:

„Jetzt, liebes Kind, will ich Dich auf Dein Zimmer führen, wo Du heute Abend zu bleiben hast. Ich muß mit Victor sprechen, ehe ich Dich ihm vorstelle."

Sara bewirthete den Jungen mit dem Besten was ihre Vorrathskammer vermochte; dann führte sie ihn in ein Stübchen im obern Stock. Nachdem er ordentlich dort installirt war, trippelte die Alte hinab und trat in den Erker hinaus, just in dem Augenblick wo Victor nach Hause kam.

Da sie noch nicht ganz im Klaren war wie sie Aberney auf die Ankunft des ungebetenen Gastes vorbereiten sollte, und ihren Angriffsplan noch nicht ausgedacht hatte, so sah sie beim Anblick ihres Neffen ganz überrascht aus.

„Ei der Tausend, kommst Du schon wieder heim?" sagte sie in ungewöhnlich freundlichem Tone.

„Komme ich Dir zu bald, Tante?" fragte Aberney mit gutmüthigem Lächeln. „Es ist zehn Uhr!"

„Schon so spät?" Saras Ton war ganz außerordentlich mild. „Dann ist es nicht zu früh daß Du ein Abendbrod bekommst."

Sara huschte in die Küche, und nach einer Weile stand ein zierlicher Tisch mit frischen Eiern und an-

Schwarz, Schuld und Unschuld. I.   6

bern Lieblingsgerichten Aberneys im Erker. Wäh=
rend all dieses Wohlwollen aus der Speisekammer
der sonst sehr sparsamen Sara auf ihn herabhagelte,
dachte er:

„Was wohl die Alte ankommt? Sie tractirt
mich sonst meiner Seele nicht, wenn ich nicht auf
ihre Pläne eingegangen bin. Gewiß hat sie eine
Absicht dabei daß sie mir ein so prächtiges Mahl
aufträgt."

Zu Aberneys großer Verwunderung sprach Sara
sowohl bei als nach dem Essen beinahe von nichts
Anderem als dem Hof, den nöthigen Verbesserungen
und dergl. Als Victor gegessen hatte, blieb er noch
lange sizen und rauchte. Sara leistete ihm Gesell=
schaft und strickte dazu mit ihrer gewöhnlichen Em=
sigkeit.

„Du verderbst ja die Augen mit Deinem Stricken,
Tante, denn es ist schon dunkel," sagte Aberney und
erhob sich. Die Pfeife war ausgeraucht.

„Ganz und gar nicht, denn ich sehe nie auf meine
Strickerei. Aber jezt mag es Zeit sein zur Ruhe
zu gehen; gute Nacht!" Die Alte sah auf ihre
Schürze, nickte Aberney zu und ging hinaus.

„Sie lebt gewiß nicht mehr lang. So Etwas
habe ich nie gesehen," sagte Aberney und rief seinen
getreuen Anders, welcher der Kammerdiener und das
Factotum des Professors war; er hatte schon bei
Victors Eltern gedient. Als Anders von dem Pro=
fessor herauskam, begegnete er Sara in der Vorhalle.
Sie fragte ob sein Herr schon liege.

„Ja, Fräulein, er hat sich so eben gelegt."

„Haft Du ihm verſchweigen können daß ein Gaſt
angekommen iſt?" fragte Sara.

„Ach Herr Jemine, wie Sie ſo ſprechen mögen,
Fräulein! Ich hatte Ihnen ja verſprochen kein Wort
zu ſagen."

„Das iſt recht, lieber Anders; geh jezt und leg
Dich." Sara ging in den Saal und dann direct
zu Aberney in ſein Schlafzimmer.

Anders dachte, während er über den Hof ging:

„Ich möchte mein ſündiges Leben daran wagen
daß es der Sohn der Harm iſt. Er hat ja ihre
ſchwarzen Augen. Wollen jezt ſehen wie der Pro=
feſſor dieſe Veranſtaltung aufnimmt. Nun, nun, man
wird ſchon fragen dürfen."

Während Anders ſolche Schlüſſe machte, hatte
Aberney mit nicht geringer Verwunderung Tante
Sara zu ſich hereinkommen geſehen, und zwar nach=
dem er bereits zur Ruhe gegangen war, was der
ehrbaren alten Jungfrau ſonſt nicht mit der Sittſam=
keit vereinbar ſchien.

„Was gibt es daß Du um dieſe Zeit herein=
kommſt, Tante?" rief er, indem er ſich ganz gefan=
gen fühlte, wie eine Ratte in der Falle. Was auch
die Alte jezt zu ſagen haben mochte, ſo mußte er es
anhören, denn es gab durchaus keine Möglichkeit zu
einem Rückzug.

„Ja, mein Lieber, da ich heute den ganzen Tag
nicht mit Dir ſprechen konnte, ſo muß ich wohl meine
ſehr natürliche Abneigung Dich im Bett zu beſuchen
überwinden, um Dir zu ſagen was ich Dir mitzu=
theilen habe. Du biſt jezt Deinerſeits gezwungen
mich anzuhören. Du kannſt nicht wohl aus dem

6*

Bette springen, sollte ich meinen. Deine Halsstarrig=
keit hat mich genöthigt diesen Ausweg zu ergreifen."

„Ich sehe die Nothwendigkeit Deiner Handlungs=
weise gar nicht ein," antwortete Aberney zornig.

„Nicht? Aber ich sehe sie ein, und das könnte
wohl genügen, denke ich. Jetzt frage ich Dich im
Ernst und bestimmt: Willst Du den Jungen aufneh=
men und erziehen oder nicht?"

Das Blut strömte Aberney nach dem Kopfe, als
er mit Heftigkeit antwortete:

„Tante, ich will mit dem Sohne dieses verbreche=
rischen Weibes nichts zu thun haben; dieß habe ich
schon einmal bestimmt erklärt, und ich glaubte, Du
solltest meinen Character so weit kennen, um zu wis=
sen daß ich von meinem Wort niemals abgehe."

„Wenn Du bei Deiner ungerechten Handlungs=
weise verharrst und das Kind darum hilflos lässest
weil die Mutter verbrecherisch war, so halte ich es
für meine Pflicht Dein Haus zu verlassen und den
Rest meiner jetzt kleinen Mittel mit ihm zu theilen.
Man soll von Sara Ehrmann nicht sagen, sie habe
einen Menschen verlassen dem sie hätte helfen können.
Was gehört das hieher, ob Tages Mutter noch so
große Fehler begangen hat? Das Kind kann nichts
dafür. Außerdem, mein lieber Victor, hat die arme
Frau schwer genug dafür büßen müssen. Jetzt han=
delt es sich übrigens um ein unschuldiges Kind, das
sie auf eine so bewegliche Art unsern Händen an=
vertraut hat. Und wenn auch Du Dein Herz den
Bitten der armen Mutter verschließest, so thue
ich es nicht." Die Alte glättete mit großem
Eifer an ihrer Schürze und war so heftig aufge=

regt, daß ihr Kopf ein nervöses Zittern zu verrathen anfing.

„Du brauchst nicht für ihr Kind zu sorgen, Tante,
nachdem Du den größten Theil Deines Vermögens
für die Kinder von Brüdern und Schwestern aufge-
braucht hast. Ich werde dem Jungen einen jähr-
lichen Unterhalt aussezen, bis er selbst für sich sorgen kann, aber unter der ausdrücklichen Bedingung
daß er nie über meine Schwelle kommt und sich auf
keine Weise in persönliche Berührung mit mir zu
sezen sucht. Ich überlasse es Dir selbst die zu seinem
Stubium erforderliche Summe zu bestimmen, und
dann wünsche ich daß sein Name nicht mehr unter
uns genannt werde.“

„Ah so, Du glaubst, es sei genug dem armen
Jungen ein Almosen hinzuwerfen,“ rief Sara im
größten Zorn, und bei ihren Bemühungen die Schürze
zu glätten, runzelte sie dieselbe noch immer mehr;
„aber siehst Du, das war es nicht um was ich Dich
anflehte. Ich will Dir erzählen daß ich zehn Jahre
lang für ihn gesorgt habe und dieß in Zukunft auch
ohne Deine Hilfe thun würde, wenn es sich nur um
Geld handelte; aber sieh, ein Vater, eine Familie,
ein Schuz ist es was dem Jungen Noth thut, und
das soll er auch haben. Was die Bedingung betrifft daß er Deine Schwelle nicht betreten soll, so
kommt sie etwas zu spät. Der Junge schläft bereits
unter Deinem Dache.“

„Tante!“ rief Aberney, indem er sich in seinem
Bette sezte. „Du hast doch nicht . . .“

„Gewagt ihn hieher kommen zu lassen? Ja sieh,
das habe ich gewagt, und entweder bleibt er hier

ober wir verlassen Beide dieses Haus, wo ein kalter
Egoist aus unsinnigem Haß gegen die Mutter das
Kind verabscheut. Jezt habe ich mich ausgesprochen.
Entweder Du nimmst ihren Sohn auf oder ich theile
mit dem Jungen die Brocken die ich besize. Wir wollen
sehen ob Du von Deiner Handlungsweise Segen erntest."

Sara ging nach der Thüre zu, ohne sich umzu=
wenden oder einen Blick auf Aberney zu werfen.
Just als sie die Hand ans Schloß legte, sagte er
mit gedämpfter Stimme:

"Willst Du nicht so gut sein, Tante, und noch
einen Augenblick dableiben? Ich dürfte doch ein
Recht haben zu erfahren wie der Junge hiehergekom=
men ist."

"Auf meine Aufforderung, weil ich einen Neffen
von Herz zu besizen glaubte. Ich habe mich getäuscht;
folglich bleibt nichts übrig als einzupacken und mich
sogleich wegzubegeben. Allein stehend mit Deiner
Unversöhnlichkeit, wirst Du, hoffe ich, einst ein=
sehen wie übel Du gehandelt; aber dann wird es
zu spät sein es wieder gut zu machen."

Der Schlüssel wurde umgedreht, und Tante Sara
verschwand durch die Thüre, ohne daß Aberney sie
zurückrief.

In der Nacht schlief weder er noch Sara. Lez=
tere riß alle ihre Kleider aus den Schränken und
packte sie in die Koffer die sie ohne alle Hilfe vom
Boden herabschleppte. Sie war so im Innersten
empört, daß sie jeden Augenblick von Neuem zu wei=
nen anfing. Sie packte ein und wieder aus. Sie warf
den Inhalt der Schublaben wild unter einander. Sie
war ganz aus dem Gleichgewicht gekommen; die ge=

stärkte Schürze wurde abscheulich verrunzelt, ohne daß sie ein einziges Mal daran dachte sie zu glätten. Als am Morgen die Arbeitsglocke läutete und Sara die lezte Hand an ihre Packarbeit legte, öffnete sich die Thüre und Victor trat bei ihr ein. Er war ungewöhnlich bleich, und aus seinem verstörten Gesicht konnte man leicht abnehmen daß er die ganze Nacht gewacht hatte.

„Wo hast Du ihn einlogirt, Tante?" fragte er.

„Im gelben Gastzimmer," lautete die Antwort.

„Er schläft wohl noch?"

„Nun und dann? Du wirst wohl nicht verlangt haben daß ich ihn aus dem Bette reißen und mich in der Nacht mit ihm auf den Weg machen soll?" Die Alte sah mächtig ergrimmt aus.

„Ich möchte ihn gerne sehen," antwortete Aberney kurz.

„Oeffne die Thüre und geh hinein," schnauzte Sara, „aber halte mich nicht auf. Ich muß hinunter und die Reisepferde bestellen, ehe die Leute sich an die Arbeit begeben."

„Es ist überflüssig daß Du abreisest, Tante."

„Ich nicht abreisen! Du wirst es schon sehen. Ich habe mich gewiß nicht als eine solche Wetterfahne bekannt gemacht, daß ich meinen Entschluß ändern sollte. Nein, mein lieber Neffe, was ich einmal gesagt habe, das habe ich gesagt."

„Willst Du so gut sein und noch einige Minuten dableiben, so wollen wir das Gespräch fortsezen das Du gestern Abend angefangen hast."

Sara sah ihren Neffen an und wandte sich dann zu einer ihrer Schubladen zurück. Aberney, der aus dieser Bewegung schloß daß sie seine Rückkehr abzuwarten gedenke, ging wieder hinaus und begab sich nach dem gelben Gastzimmer, das er ganz behutsam öffnete.

In einem von leichten Vorhängen umgebenen Bett ruhte ein junger Knabe. Er lag in dem tiefen ruhigen Schlaf welcher der Jugend so eigen ist. Aberney schlich sich leise an das Bett. Er blieb stehen und heftete seinen Blick auf den Schlafenden, der ein außerordentlich schöner und blühender Knabe war, mit üppigen hellbraunen Locken die sich in Unordnung um eine hohe und freie Stirne ringelten. Auf den halb offenen Lippen spielte ein troziges Lächeln, vermuthlich von einem Traum hervorgerufen.

Aberney betrachtete ihn lange, drehte sich dann schnell auf dem Absaze um und verließ das Zimmer eben so lautlos wie er eingetreten war. Er ging direct an Tante Saras Thüre, öffnete sie und sagte:

„Ich behalte den Jungen in meinem Hause und will ihn adoptiren. Alles Reisen ist also überflüssig." Damit wurde die Thüre wieder zugeschlagen und Aberney verschloß sich auf sein Zimmer.

Tante Sara, die noch an der Commode stand wo Aberney sie verlassen hatte, drehte sich bei seinen Worten um; aber als die Thüre eben so schnell zugeschlagen wurde wie sie geöffnet worden war, schlug sie ihre Hände zusammen und sank verblüfft auf einen Stuhl. Lange überließ sie sich jedoch der Ueberraschung nicht. Als der erste Eindruck sich gelegt hatte, flüsterte sie in größter Eile ein Gebet der Dankbarkeit zu Gott, der sie einen solchen Sieg hatte gewinnen laſſen, und dann war es eine ſchreckliche Haſt Alles wieder einzupacken was ſie herausgelegt hatte und alle Spuren der beabſichtigten Reiſe zu verwiſchen. Die Dienſtboten durften natürlich nichts davon zu ſchwazen bekommen. Die Alte tummelte ſich der= maßen daß ſie ganz fertig war, als um 7 Uhr Liſa heraufkam, um zu ſehen ob das Fräulein unwohl ſei, weil ſie ſich nicht habe blicken laſſen. Sara hielt es für das Klügſte zu ſagen, ſie ſei ein wenig un= päßlich geweſen.

Den ganzen Vormittag blieb Aberney unſichtbar, und Niemand wagte an die Thüre zu klopfen, wenn er ſich eingeſchloſſen hatte. Dieß war ein deut= liches Zeichen daß er allein und ungeſtört ſein wollte.

Der neuangekommene Gaſt, der junge Tage, hatte mit Tante Sara gefrühſtückt und ſodann mit ihr einen kleinen Spaziergang im Garten gemacht.

⎯⎯⎯ • ⎯⎯⎯

Die Mittagsglocke erſcholl ſo hell und rief die Leute auf Junta von der Arbeit zur Mahlzeit; da öffnete Aberney ſeine Thüre und trat in den Saal hinaus, wo der Tiſch gedeckt ſtand, aber kein Menſch ließ ſich blicken. Er ging in den Erker und ſagte zu dem im Hofe arbeitenden Anders, er ſolle Tage bitten herabzukommen, im Fall er im gelben Zim= mer ſei.

Im nächſten Augenblick ſtand der Junge vor Aberney.

„Hat Tante Sara Dir geſagt daß mein Haus künftig das Deinige ſein ſoll? Daß Du mich von heute an als Deinen Vater betrachten sollst?" fragte Aberney mit einer Stimme die etwas herb klang.

„Ja, Tante Sara hat mirs gesagt," antwortete der Junge.

„Gut, dann habe ich nichts hinzuzufügen." Er reichte Tage die Hand. „Ich hoffe daß wir gegenseitig mit einander zufrieden sein werden."

Tage ergriff die dargebotene Hand und führte sie an seine Lippen, indem er stammelte:

„So lange ich mich erinnern kann, hat man mich gelehrt den Namen Aberney zu lieben."

„Man," wiederholte Aberney, fuhr aber nicht fort, sondern winkte Tage in den Speisesaal mitzukommen, wo die Mahlzeit und Tante Sara sie erwarteten.

Sara hatte eine nagelneu gestärkte Schürze an, obschon erst die Hälfte der Woche um war. Sonst berechnete sie die Schürzen gewöhnlich wochenweise. Auch eine frische Haube umschloß das magere kleine Gesicht, denn die lezte war unter den Gemüthsbewegungen der Nacht ganz unbrauchbar geworden. Sara hätte nicht geglaubt daß sie ins Himmelreich treten dürfe, wenn sie sich in einer runzligen Schürze und in einer nicht ganz schneeweißen Haube gezeigt hätte. Die Alte hatte jezt ihr gewöhnliches Aussehen wieder gewonnen.

Aberney sprach im Allgemeinen nicht viel und war bei dieser Mahlzeit noch schweigsamer als gewöhnlich. Er stellte an Tage einige Fragen, was er könne, in welche Schule er in Helsingfors gegangen sei u. s. w. In Bezug auf seine Eltern und seine früheren Lebensschicksale fragte er gar Nichts. Was

Aberney an seinem Pflegesohn besonders gefiel, war sein offener Blick, so wie seine freien und ungezwungenen Bewegungen und Reden. Tage war mit Tante Sara und Aberney so wie wenn er sie seiner Lebtage gekannt hätte, und gleichwohl sah er sie Beide jezt zum ersten Mal.

Nach dem Essen ließ der Professor sämmtliche Hausgenossen hereinrufen und sagte zu ihnen, auf Tage zeigend:

„Hier sehet ihr meinen S o h n, Tage Aberney."

Als Tante Sara und Victor allein waren, umarmte ihn die Alte und rief:

„Du bist doch mein lieber Junge, mit einem Herzen wie ein echter Aberney. Es war schön und großsinnig daß Du i h r Kind aufnahmst und ihm Deinen Namen gabst."

Gegen Abend machte Aberney einen Streifzug gegen die Küste hinab, aber nicht so planlos wie gewöhnlich. Er nahm seinen Weg sogleich zu dem Plaze wo er Tags zuvor das kleine Mädchen getroffen hatte. Als er an Ort und Stelle kam, fand er sie bereits da. Sie saß auf demselben Stein wie bei ihrem ersten Zusammentreffen und rief ihm entgegen:

„Das ist artig daß Du kommst. Ich glaubte schon, Du würdest Dich nicht einfinden. Dann hätte ich gewiß geweint."

„Du wolltest mich also gerne wiedersehen?"

„Ja, sehr, sehr!" Sie hüpfte vom Stein herab, sprang zu Aberney vor, ergriff seine Hand und zog ihn auf die grüne Matte die am Fuße des Berges lag.

„Seze Dich hieher, so will ich Dir erzählen, warum es mich betrübt hätte wenn Du nicht gekommen wärest."

Aberney warf sich ins Gras. Das Kind nahm neben ihm Plaz, legte seine geschlossenen Hände auf seine Schulter und fuhr fort:

„Als ich gestern Abend heimkam, dachte ich bis zum Einschlafen daran daß ich Dir einige meiner Lieder vorsingen dürfe. Dieß war mir etwas so Neues daß ich mich recht darauf freute."

„Warum kam es Dir so angenehm vor?"

„Hem!" Schuldfried neigte ihr Köpfchen schief und sann eine Weile nach. „Das kann ich so genau nicht sagen; aber Du mußt wissen daß ich außer Mama und des Waldschüzen Annika noch nie Jemand gesungen habe als den Vögeln, und diese können mich nicht loben, aber das kannst Du. Ueberdieß dachte ich, wir könnten wohl gute Freunde werden. Ich werde Dich recht lieb haben."

Es war Aberney ganz unmöglich über Schuldfriebs ungekünstelte Worte nicht zu lächeln. Er versicherte daß er bereits ihr Freund sei. Wer hätte sich nicht zu diesem bezaubernden und naturfrischen Kinde hingezogen gefühlt? Obschon die Freundschaft in ihrem Alter meist vorübergehend ist, so hat sie gleichwohl etwas so Anziehendes, daß man sich davon fesseln läßt, weil sie gänzlich von der Eingebung des Augenblickes dictirt wird. Ueberdieß hatte Schuldfried etwas so Eigenthümliches an sich, daß sie unwillkürlich Interesse erwecken mußte, selbst wenn sie nicht so schön gewesen wäre.

„Soll ich Dir einige finnische Lieder singen?"
fragte sie. „Liebst Du Finnland?"

„Ja, sehr. Es ist ja mein Vaterland."

Mit starker und klarer Stimme sang das Mäd=
chen einige Lieder die Aberney nur allzu bekannt
waren; das eine hatte Edith in ihrer Kindheit ge=
sungen; das andere war eine seiner ersten Compo=
sitionen. Während Schuldfried sang, schloß Aberney
seine Augen, und er glaubte sich in die glücklichen
heitern Kinderjahre zurückgeführt wo Finnland noch
schwedisch war und wo sein Herz Nichts von Kum=
mer und Schmerz wußte. Unwillkürlich stahlen sich
einige Thränen aus den Augen des starken Mannes
und rannen langsam über seine Wangen beim Ge=
danken an die erlittenen Verluste.

Schuldfried, die ihre Blicke auf ihn geheftet hielt,
verstummte plözlich, als sie Thränen auf seinen
Wangen sah. Sie rief heftig:

„Wie, Du weinst? Hat mein Lied Dich betrübt?
Und ich glaubte, es würde Dir gefallen."

„Ich weinte über Finnland," antwortete Aberney;
„mein geliebtes, theures Finnland! Singe, Kind,
Deine Lieder sind mir lieb!"

Schuldfried sang ihr unterbrochenes Lied vollends
aus und dann noch eines. Aberney liebkoste und
lobte sie, wobei sie so heiter lächelte; aber als er
sie bat noch eines zu singen, antwortete sie lachend:

„Nein, heute Abend nicht. Wir müssen eines
für morgen aufsparen; jezt muß ich heimgehen."

Aberney erhob sich mit den Worten:

„Ich will Dich begleiten."

Schuldfried legte den Finger auf ihre Lippen

und blieb eine Weile nachdenklich stehen; dann er=
hob sie ihr Haupt und antwortete:

„O ja, das kannst Du wohl thun; aber Du
- barfst nicht bis in den Hof gehen, wo Annika Dich
sehen könnte; denn sonst dürfte ich bestimmt lange
nicht mehr über den Garten hinausgehen."

„Und warum?"

„Annika will nicht daß ich mit andern Leuten
als dem Landvolk rede." Schuldfried ergriff Aber=
neys Hand und sie traten den Heimweg durch Wald
und Gebüsche an.

„Du sprichst beständig von Annika und nie von
Deiner Mutter. Wie kommt das?"

„Meine Mutter ist so gut, so fromm daß ich
manchmal glaube, sie sei eine Heilige. Von ihr
spreche ich nicht gerne, weil . . . weil . . . ich sie zwar
schrecklich lieb habe; aber dennoch . . . dennoch . . .
habe ich eine solche Verehrung vor ihr daß ich bei=
nahe niemals wage in ihrer Gegenwart zu lachen."

„Du bist vielleicht selten bei Deiner Mutter?"

„O nein, das bin ich nicht. Ganze Tage lang
lese, nähe, spiele, schreibe und zeichne ich bei Mama.
Bloß in meinen freien Stunden gehe ich von ihr
weg. Dann ist es mein Vergnügen im Wald umher=
zuspringen."

„Mit welchen Nachbarn geht Deine Mutter um?"

„Wie närrisch Du fragst! Wir kennen Niemand
· in der Nachbarschaft. Mama fährt nie weiter als
in die Kirche, und da begleite ich sie."

„Hast Du keinen Spielcameraden?"

„O ja freilich, ich habe eine sehr schöne Kaze
und viele, viele Tauben."

Unter solchem Geplauder wurde der Weg zurück=
gelegt, und als man ans Ende des Waldes kam,
bat Schuldfried ihren Begleiter, er möchte sie jezt
verlaffen. Sie küßte ihn zum Abschied auf die Fin=
ger und eilte dann, leicht und heiter wie eine Gazelle,
eine krumme Allee entlang, die aus dem Waldweg
hinab zu dem einsamen Höfchen führte, das unbe=
schreiblich hübsch und romantisch am Ufer eines
Sees lag.

Auf Ektorp oder dem Hof der Wittwe, wie
Frau Smiths Gütchen gewöhnlich von den Bauern
genannt wurde, wollen wir schleunig einen Besuch
machen, bevor Schuldfried zurückkommt.

Das Haus selbst lag zwischen einem mit großen
Bäumen bepflanzten Hof und einem Garten, der bis
an den See hinabging und von einem ungewöhnlich
hohen Zaun umgeben war. Rundum lag ein
hoher düsterer Fichtenwald. Der am Ufer gelegene
Garten war ausgezeichnet gut gehalten und mit ver=
schiedenen Lauben sowie einem kleinen Lusthause ver=
sehen. Lezteres war den Sommer über Frau Smiths
Lieblingsplaz. Dort saß sie Vormittags mit ihrem
Töchterchen und gab ihm Unterricht. Nachmittags,
wenn das heitere Kind seine Freiheit genoß und
seine Ausflüge machte, blieb Frau Smith allein da,
arbeitete, weinte und blickte düster in den leeren
Raum hinaus. Sie verbrachte ganze Tage in die=
sem Lusthaus, ohne sich in ihren Gewohnheiten stören
zu laffen.

Frau Smith wohnte seit sechs Jahren in Ektorp.

Ihre Landwirthschaft wurde von einem Verwalter, das Hauswesen von Jungfer Annita besorgt.

Der Ertrag des Hofes war gering und Frau Smiths Mittel beschränkt, so daß große Sparsamkeit im Haus der Wittwe vorherrschte. Sie selbst arbeitete mitunter sehr fleißig; was sie dann that, war ein Geheimniß zwischen ihr und Annita; aber es gab wieder andere Zeiten, wo sie in Schwermuth versank und nichts Anderes that als mit Schulbfrieb las. Dazwischen hinein wandelte sie in ihrem Zimmer auf und ab oder trieb sich, wie von einer innern Angst gejagt, in der großen Gartenallee herum.

Am fraglichen Abend saß sie eifrig mit einer Stickerei beschäftigt im Lusthause. Sie war ganz schwarz gekleidet und trug auch eine schwarze Haube die ein bleiches Gesicht und ein silberweißes Haar umschloß. Alles um sie war still und schweigsam. Der einzige Ton den sie hörte war das Geräusche der Wogen am Strand und das Singen der Vögel auf den Zweigen. Plötzlich erscholl eine gelle Weiberstimme in vollem Gezänke mit einer frischen Kinderstimme.

„Ja das sag ich Dir, Schulbfrieb, dießmal klage ich bestimmt bei Mama," kreischte die gelle Stimme.

„Das sollst Du bleiben lassen, ich kann Alles selbst erzählen," antwortete die Kinderstimme.

Frau Smith schaute auf und sah Schulbfrieb die breite Allee hinab in das Lusthaus springen dessen Glasthüren offen standen. Als die Kleine in die Nähe kam, mäßigte sie ihre Eile, und bei der Thüre angelangt, trat sie ganz sittsam und anständig zur

Mutter hinein. Sie ergriff ihre Hand und grüßte sie mit den Worten:

„Guten Abend, geliebte Mama." In diesem Augenblick wandte sie sich um und sah Annika den Gang herab und auf das Lusthaus zu kommen. Bei diesem Anblick fügte sie schnell, ehe noch Frau Smith eine Frage gethan hatte, hinzu:

„Mama, Annika will mich verschwazen; aber ich will am liebsten selbst sagen was ich gethan habe."

„Das wünsche ich auch, mein Kind," antwortete die Mutter und ein liebevolles Lächeln verklärte die düstern Züge.

„Nun die Sache ist so daß —"

„Schuldfried springt bei den Nachbarn umher," fiel Annika ein, indem sie in das Lusthaus trat.

„Laß Schuldfried selbst reden," sagte Frau Smith. „Du weißt ja daß ich es nicht gern sehe wenn Du zu den Nachbarn gehst; warum thust Du es doch?"

„Mama, ich bin bei Niemand gewesen," antwortete das Mädchen. „Meine ganze Schuld besteht darin daß ich gestern beim östlichen Vorgebirge meinen Freund, den Eigenthümer von Junta, traf. Ich saß auf dem Berge und sang. Er rief mir zu, ich solle herabkommen, und so wurden wir ganz gute Freunde. Ich bat ihn heute wieder zu kommen und versprach ihm zu singen, und das that er auch. Jezt hat er versprochen mich lieb zu haben und daß wir uns oft treffen wollen. Annika, welche sah daß er mich begleitete, sagt, ich hätte etwas Böses gethan, und Du würdest recht ungehalten auf mich werden; aber das glaube ich nicht." Schuldfried ergriff der Mutter Hand und fügte hinzu: „Geliebte Mama, Du darfst nicht

dulden daß Annika mich innerhalb des Gartenzaunes
einsperrt, sondern Du wirst mich am Abend gehen
und meinem Freund meine Lieder vorsingen lassen.
Ich werde den Tag über um so fleißiger sein."

„Wie heißt Dein Freund?"

„Das weiß ich nicht."

„Aber ich weiß es," murmelte Annika, jedoch so
leise, daß weder Mutter noch Tochter hörte was sie.
sagte.

Frau Smith blieb einige Augenblicke still; dann
klopfte sie das Mädchen auf den Kopf und sagte
ganz freundlich:

„Du hast so wenig Freude, mein liebes Kind,
daß ich Dir diese da wahrlich nicht verweigern will.
Gehe immerhin zu Deinem neuen Freund und singe
ihm Deine Lieder."

„Nein, Madame, das darf das Mädchen nicht
thun," fiel Annika ein.

„Und warum nicht?" Frau Smith sah die Alte an.

„Der Eigenthümer von Junta heißt Victor
Aberney."

Ein Schauder durchzuckte Frau Smith. Sie saß
lange unbeweglich da; dann erhob sie sich, küßte
Schuldfried auf die Stirne und verließ das Lust=
haus. Schuldfried sah forschend die Mutter an;
aber da diese äußerlich ruhig schien, so ahnte das
Kind nicht daß ihre Ruhe ein aufgeregtes Inneres
verbarg. In der glücklichen Sorglosigkeit ihres Al=
ters legte Schuldfried kein Gewicht darauf daß die
Mutter so eilig das Lusthaus verließ. Sie war
allzu sehr an die Eigenthümlichkeiten ihrer Gemüths=
art gewöhnt, um zu bedenken daß der Name ihres

Freundes die Ursache dieses plözlichen Aufbruches sein konnte. Als sie mit Annika, die ganz betrübt der Entschwindenden nachsah, allein war, sagte Schuldfried mit kindlichem Uebermuth:

„Nun Annika, was hast Du jezt davon daß Du mich verschwazen wolltest? Habe ich einen Zank bekommen? Wurde mir verboten ans Ufer zu gehen und meinen Freund zu treffen?"

„Still, liebes Kind, Du ahnst nicht welchen Schmerz Dein Unverstand hervorruft," antwortete Annika und verließ Schuldfried.

„Jezt ist die Alte böse," dachte das Mädchen und begann unter fröhlichem Singen ihre Blumen zu begießen und ihre Tauben zu füttern, was ihre gewöhnliche Abendbeschäftigung war.

———

Am folgenden Morgen sah man schon in aller Frühe Frau Smith unruhig in einem der entlegensten Gänge des Gartens auf- und abgehen. Ihr Gesicht war so düster, daß man in jedem Zug eine hoffnungslose Verzweiflung zu sehen meinte die sich mit ihren Klauen im Herzen festgehackt habe und dasselbe ohne alle Schonung zerfleische. Sie preßte die fest zusammengedrückten Hände an ihre Brust, gleich als wollte sie den Schmerz innerhalb der stillen Mauern festhalten, so daß kein Klageton über die farblosen Lippen kommen konnte.

Das aschbleiche Gesicht, die rothen, vom Nachtwachen matten Augen, verkündeten Qualen die in der verflossenen Nacht allen Schlaf und alle Ruhe von ihrem Lager verjagt hatten.

7*

Annika stand lange in der offenen Saalthüre welche auf die Terrasse hinausführte, und betrachtete die unruhige Wanderin. Endlich, nachdem sie einen tiefen Seufzer ausgestoßen und gemurmelt hatte: „Armes Kind, wann wird Dein Kummer sich mindern?" ging sie über die Terrasse hinab in den Gang wo Frau Smith mit ungleichen Schritten promenirte.

„Wie ist es heute?" fragte Annika mit der Stimme einer Mutter die über ihr Kind unruhig ist.

„Ah Du bist's, Annika!" Frau Smith blieb stehen und warf einen fragenden Blick auf die Dienerin.

„Kommen Sie jetzt hübsch in den Saal herein; dort habe ich warmen Cafe bereitet. Es ist erst fünf Uhr, so daß außer uns beiden noch Niemand im Hofe auf ist." Annika ergriff Frau Smiths Hand und fügte hinzu: „Thun Sie der Alten ihren Willen und trinken Sie ein wenig Cafe. Nach einer schlaflosen und unter freiem Himmel verbrachten Nacht mag das sehr nöthig sein. Denken Sie an die kleine Schuldfried und seien Sie besorgt um ihre Mama."

Annikas runzliges Gesicht zeigte so viel Zärtlichkeit, daß sein Anblick nur wohlthätig auf das Herz wirken konnte; auch glitt Etwas wie ein freundliches Lächeln über Frau Smiths Züge und schweigend schlug sie den Weg nach dem Saale ein. Als sie dort eine Tasse Cafe getrunken, welchen Annika mit großer Befriedigung auftrug, blieb sie eine Weile in Gedanken vertieft sizen; dann wandte sie sich an die Dienerin und sagte:

„Ist Victor Aberney wirklich mein nächster Nach=
bar?"

„Ja, und deßhalb zankte ich Schuldfried weil sie
mit ihm sprach. Ich wußte ja daß . . ."

„Daß ich ihm sorgfältig ausgewichen bin, meinst
Du? Das ist wahr und soll ewig so bleiben. Er
und ich können nicht zusammentreffen. Doch mit
Schuldfried ist es ganz anders. Sie ist frei von
aller Schuld, und wie gut wäre es nicht wenn sie
in Victor einen Freund erhielte, für die Zukunft
vielleicht eine Stütze?"

„Aber Victor ist nicht freundlich gesinnt!"

„Gegen mich, nein; — aber ein ganzes Jahr=
zehnt ist seitdem verstrichen . . . Gleichviel, er kennt
Schuldfrieds Mutter nicht und wird sie nie kennen
lernen. Mag seine Theilnahme nur dem Kinde gel=
ten, welches ihm vom Schicksal in den Weg geführt
worden ist! Ueberdieß, Annika, besitze ich denn auch
das Recht Schuldfried gänzlich von andern Men=
schen abzusondern?"

„Das wollte ich nicht sagen; aber ich glaube
doch daß sie am glücklichsten ist, so lange sie von
der Welt abgeschieden lebt."

„So habe auch ich gedacht; aber Alles hat eine
Grenze, und wenn sie daher Etwas wünscht was ihr
einsames Leben versüßen kann, so will ich daß sie es
bekommen soll. Was ist denn das Ziel und der
Zweck meines Daseins? Für ihr Glück zu leben, so
daß sie nur das Sonnenlicht des Lebens zu sehen
bekommt, ohne alle Ahnung daß es auch eine Nacht=
seite hat. Lege also meinem kleinen Sommervogel
keine Fesseln an; mag er in Wäldern und Thälern

umherfliegen und Alles genießen was ihm Freude
schenkt!"

Jezt hörte man eine heitere Stimme die eine
muntere Melodie sang, und leichte Tritte auf der
Treppe die vom obern Stock herabführte. Im näch=
sten Augenblick öffnete sich die Thüre, und Schuld=
frieb, blühend und lächelnd wie der klare Lenzmor=
gen, hüpfte ins Zimmer herein. Beim Anblick der
Mutter nahm ihr Gang einen gesezteren Character
an, und sie näherte sich ihr mit dem Gepräge der
Ehrfurcht das immer in ihrem Benehmen gegen sie
vorwaltete.

An diesem Tag las sie fleißiger als gewöhnlich.
Mutter und Tochter arbeiteten eifrig bis die Mit=
tagsglocke erscholl. Mit einem: „Jezt ist es aus für
heute!" schlug Schuldfrieb das Buch zu und küßte
der Mutter die Hand, worauf sie nach dem Saal
eilte um Annika beim Decken zu helfen, was Schuld=
frieb immer that wenn sie die Alte ein wenig er=
zürnt zu haben glaubte.

Das kleine Mädchen war die Dienstfertigkeit und
Freundlichkeit selbst. Annika konnte unmöglich um=
hin ihr als Belohnung für ihre Artigkeit etwas
Rahm mit Gesälz zu geben. Nach Tisch nahm
Schuldfrieb ihren Hut, warf einen schalthaften Blick
auf Annika und einen forschenden auf ihre Mutter,
indem sie sagte:

„Jezt gehe ich zu meinen Tauben und dann ans
Ufer, um meinen Freund zu treffen."

Annika runzelte ihre Brauen, Frau Smith nickte
beifällig, und in der nächsten Minute war der Vogel
aus dem Käfig.

Dießmal hatte Aberney sich zuerst beim Rendez=
vous eingefunden, so daß Schuldfried ihn am Fuße
des Berges liegend fand. Als er die Kleine er=
blickte, streckte er ihr die Hand entgegen und sagte:

„Komm jezt, seze Dich zu mir her und erzähle
ein wenig von Deinen Eltern und Dir selbst. Ich
habe seit gestern viel an Dich gedacht."

„Das hab ich auch gethan," versezte Schuldfried,
indem sie sich neben ihn sezte; dann erzählte sie,
Annika sei böse gewesen, weil sie Aberney bei ihr
gesehen habe. Nach dieser Mittheilung fragte der
Professor:

„Was war Dein Vater?"

„Mein Vater ist todt und von ihm darf man
nie sprechen. Ich soll noch sehr klein gewesen sein
als er starb, so sagt Annika; aber ich kann mich
nicht erinnern baß sie gesagt hat was er war. Das
will ich sie fragen."

„Bist Du in der hiesigen Gegend geboren?"

„O nein, das bin ich gewiß nicht, denn ich er=
innere mich ganz deutlich daß ich an einem Orte
war wo sehr große Häuser, viele Leute und viele
Equipagen waren, wie auch daß Alle eine andere
Sprache redeten als wir; aber es war nicht deutsch
und auch nicht französisch."

„Hat man Dir nie gesagt was für ein Ort es
war?"

„Nein. Als ich Annika darum fragte, antwor=
tete sie: Das Kind soll nicht an diese Zeit denken,
sondern sie vergessen, sonst betrübt es seine Mama.
Und das ist Etwas was ich sehr fürchte."

„Wie alt warſt Du als Du biesen Ort verließeſt?
Weißt Du das?"

„Vier Jahre; denn jezt bin ich elf alt und wir
wohnen ſeit ſieben Jahren auf Ektorp. Ich erinnere
mich ſo wohl als wir aus der großen Stadt weg=
reisten, wo ich nur ſehr wenig ausgehen durfte.
Wir fuhren über breite Straßen und Pläze, wo
hübſche Kirchen und Bildſäulen ſtanden. Dann ka=
men wir an andere Orte die auch Städte ſein ſoll=
ten; aber ſie waren klein, und ſo kamen wir eines
Abends hieher. Seitdem war ich nirgends als hier;
nur daß wir breimal im Jahr in die Kirche fahren."

„Nun, möchteſt Du nicht noch einmal in die
große ſchöne Stadt kommen?"

„Nein, das will ich gewiß nicht. Dort durfte
ich nur ſelten ausgehen und niemals ohne daß Annika
mich begleitete. Hier darf ich im Wald umherſprin=
gen, auf dem See rudern und frei und fröhlich ſein.
Findeſt Du nicht daß es ſehr angenehm iſt zu
leben?"

Aberney lächelte, und ſtatt die Frage zu beant=
worten, bat er ſie um eines der Lieder die ſie Tags
zuvor geſungen hatte.

„Und warum gerade dieſes?" fragte Schuldfried.

„Das ſollſt Du nachher erfahren."

Als der Geſang aus war, ſagte Aberney:

„Weißt Du wer die Muſik zu dieſem Liede ge=
macht hat?"

„Nein."

„Ich."

„Du?" rief das Kind und ſchlang ganz vergnügt
die Arme um ſeinen Hals, während es ſeine Ueber=

raſchung und Bewunderung in den ungekünſteltſten
Worten ergoß und dieſelben mit kindlichen Liebko=
ſungen begleitete.

Auch an dieſem Abend ging Aberney ein Stück
Wegs mit ihr. Das originelle Kind hatte den ge=
lehrten Mann wirklich gefeſſelt, und am folgenden
Tage erhielt Frau Smith einen Brief folgenden In=
halts von ihm:

„Madame! Obſchon gänzlich unbekannt, nehme
ich mir gleichwohl die Freiheit Ihnen ſchriftlich meine
Aufwartung zu machen. Sie beſizen ein Töchter=
chen, ein ungewöhnlich reichbegabtes Kind. Der
Zufall hat mich und ſie zuſammen geführt. Sie
wiſſen wie. Ich dagegen weiß daß Sie keine Be=
ſuche empfangen und daß Sie ſelbſt nie welche ma=
chen. Nun wohl, ich reſpectire Ihre Einſamkeit und
will ſie nicht dadurch ſtören. daß ich Ihnen meinen
Beſuch aufnöthige; aber auf der andern Seite in=
tereſſirt mich Ihr Töchterchen zu ſehr, als daß ich
mich enthalten könnte Ihnen einen Vorſchlag zu
machen, nämlich daß Sie mich die Mühe ihres Un=
terrichtes mit Ihnen theilen laſſen und mir die
Freude vergönnen möchten ihren ungewöhnlichen
Verſtand und ihre muſicaliſchen Anlagen ausbilden
zu helfen. Ich glaube in beiden Fällen Ihrer Toch=
ter von nicht geringem Nuzen ſein zu können. Ich
ſelbſt beſize einen Sohn, der mit Ihrer Tochter den
Unterricht erhalten und in den Freiſtunden ihr Spiel=
camerad ſein würde. Schuldfried iſt jezt in den
Jahren wo ſie einer Geſellſchaft bedarf die ihre kind=
lichen Freuden theilen und mit der ſie von ihren
Spielen ſprechen kann. Wir Alten können für ei...

so junges Gemüth nicht sein was ein Kind von gleichem Alter ist, und deßhalb glaube ich daß der Umgang mit meinem Sohn ihr sowohl nützlich als erfreulich sein wird. Genug, ich wünsche denjenigen Theil ihres Unterrichts der unter dem Namen allgemeine Bildung zusammengefaßt werden kann, so wie die vollständige Leitung ihrer musicalischen Studien zu übernehmen.

„Sie wundern sich vielleicht über meinen Vorschlag; aber ich kann ihn motiviren, indem ich Ihnen sage wer ich bin.

„Ich bin was man einen Gelehrten nennt, mit allen Eigenheiten eines Bücherwurms. Das heißt, ein geschworner Feind des Gesellschaftslebens, Freund der Einsamkeit und meiner Bücher; darum interessire ich mich für alles Ungewöhnliche und deßhalb auch für Ihre Tochter. Meine alte Tante hält mir Haus.

„Nehmen Sie meinen Vorschlag an, so wird jeden Nachmittag ein Wagen Schuldfried abholen und nach Junta bringen. Ich erwarte Ihre Antwort.
„Mit Achtung
„Victor Aberney."

Der Bote brachte folgende Antwort von Frau Smith:
„Mit Dank wird der Vorschlag angenommen von
Schuldfrieds Mutter."

Schon am folgenden Mittag stand ein Wägelchen am Gatterthore von Ektorp. Einige Minuten darauf saß Schuldfried mit heiterem Lächeln neben dem alten Anders, der den Pferden einen Klatsch gab und damit abfuhr.

„Was in Gottes Namen fällt dem Mann ein?" murmelte Tante Sara, als Anders wegfuhr um Schuldfried zu holen. „Was will er jetzt mit dem jungen Mädchen hier machen? Wie schwer ließ er sich dazu bringen den Knaben zu nehmen!"

Tante Sara war recht verstimmt gegen Schuldfried, und als der Wagen zurückkam und das Mädchen heraushüpfte, gedachte sie ganz verdrießlich auf ihr Zimmer zu gehen ohne das Kind zu begrüßen; aber Schuldfried, welche die conventionelle Höflichkeit ganz und gar nicht verstand, sprang ihr mit einigen hurtigen Schritten nach und verneigte sich so allerliebst vor der Alten, daß ihr Gesicht sich sogleich erheiterte. Sie empfing das Kind mit einem freundlichen Lächeln. In der Saalthüre stand Aberney. Sobald Schuldfried ihn erblickte, eilte sie vor, ergriff seine Hand und küßte sie mit großer Lebhaftigkeit.

Der junge Tage hatte sich an einem der Saalfenster niedergelassen und betrachtete die Fremde mit neugierigen Blicken, indem er dachte:

„Das Mädchen bewegt sich wie wenn es ein Knabe wäre. Es wird vielleicht recht angenehm sie zur Cameradin zu erhalten."

Angenehm wurde es auch, denn in weniger als einer halben Stunde waren die elfjährige Schuldfried und der vierzehnjährige Tage die besten Freunde von der Welt. Tage war der erste Altersgenosse von Kindern sogenannter besserer Leute mit dem Schuldfried in Berührung kam. Bisher hatte sie nur Bauernkinder gekannt und mit diesen war sie nie auf einen vertraulichen Fuß gekommen.

Wir müssen jetzt die Bewohner von Junta und Ettorp auf einige Augenblicke verlassen, um ein we= nig rückwärts zu gehen und von Ereignissen zu be= richten die sich mehrere Jahrzehnte vor unserer Er= zählung zugetragen haben.

Nach der Revolution von 1778 fand sich in Schweden ein der Müzenpartei zugehöriger Edelmann, der aus Erbitterung über die stattgehabte Revolution sein Vaterland aufgab und nach Rußland ging. Dort trat er unter dem angenommenen Namen Caniy in Kriegsdienste. Einige Jahre vor der Revolution hatte er sich mit einem reichen finnischen Edelfräulein vermählt und durch sie bedeutende Güter in Finnland erhalten. Als er daher die Vatererbe verließ, be= saß er eine Frau und zwei Söhne. Seine Gattin unterlag indeß bald dem Gram ihren Mann in den Reihen des uralten Feindes von Schweden zu er= blicken. Sie starb kurz darauf in Finnland auf ihrem Gute Kronbräck.

Nach ihrem Tode ließ er seine Söhne nach Ruß= land holen und erzog sie dort zu künftigen Unter= thanen dieses Landes.

Im Kriege von 1788 standen Caniy und sein ältester Sohn bei der russischen Armee gegen ihre Landsleute und wurden wegen ausgezeichneter Tapfer= keit belohnt. Bald nach dem Frieden von 1789 starb Caniy. Sein ältester Sohn, damals russischer Hauptmann, vermählte sich im folgenden Jahre mit einer reichen und vornehmen Russin. Ein widriges Schicksal wollte daß diese Ehe mehrere Jahre hin= durch kinderlos bleiben sollte. Es sah wirklich aus als ob die neuen Barone von Caniy mit den bei=

ben Söhnen des Landesverräthers aussterben soll=
ten; benn der jüngere war lebig geblieben und hielt
sich beständig im Auslande auf. Er hatte die biplo=
matische Laufbahn gewählt.

Am Krieg von 1808 nahm der ältere Canitz
wiederum Theil, und stand also zum zweiten Mal
mit bewaffneter Faust seinen Landsleuten gegenüber.
Sein Name war für das finnische Volk ein Schrecken
und Abscheu geworden, weil man gehört hatte daß
er ein geborener Schwede war. Beim Friedens=
schluß wurde er zum General ernannt und Vater
eines Sohnes den ihm seine Frau bald barauf
schenkte. Das Geschenk kostete die Mutter ihr Leben.

Ein Jahr nach ihrem Tod erhielt General Canitz
eine militärische Würde in Finnland, und da erst
trat er in den Besiz seines mütterlichen Gutes Kron=
brück. Er fand es im höchsten Grad übel verwaltet
und ganz verfallen. Doch mit den Mitteln die er
jezt besaß wurde es ihm leicht den alten Herrensiz
wieder herzustellen. Das Hauptgebäude wurde nieder=
gerissen und bagegen ein stattlicher Palast aufgeführt.
Der frühere Verwalter wurde verabschiedet und ein
beutscher verschrieben der die Landwirthschaft besser
betreiben sollte. Genug, nach einigen Jahren war
Kronbrück eines der besten Landgüter in der ganzen
Provinz, besonders da der General unaufhörlich noch
neues Land bazu kaufte.

Sein Söhnchen Lothar Constantin hatte er nach
Finnland mitgenommen, und so lange der Vater sich
dort aufhielt, wurde der Junge zu Hause von einem
älteren beutschen Frauenzimmer aus guter Familie
erzogen. Als der Erbe des fürstlichen Vermögens

sieben Jahre alt wurde, schickte man ihn in Beglei=
tung eines jungen Polen als Hofmeisters in eine
deutsche Lehranstalt.

Was aus dem jüngeren Bruder des Generals
geworden, war nicht bekannt. Er war gleichsam
verschwunden, und des Generals ganzes Auftreten
in Kronbrück gab zu erkennen daß er sich als den
einzigen Eigenthümer des mütterlichen Gutes be=
trachtete.

Von den Wenigen welche die beiden Brüder in
ihren Kinderjahren gekannt als ihre Eltern in Finn=
land gewohnt hatten, fühlte Niemand Lust sich dem
Manne zu nähern der gegen seine Landsleute ge=
fochten, und so war der General von allen Fragen
in Betreff seines Bruders befreit.

Der düstere, strenge und stolze Krieger war eben
so wenig geneigt mit seinen Jugendgenossen die Be=
kanntschaft zu erneuern, sondern zeigte gegen Alles
was Finne und Schwede hieß einen eisigen Hoch=
muth. Mit allen seinen Sympathien Russe gewor=
den, hegte er einen sichtbaren Abscheu gegen Alles
was an Schweden erinnerte. Vielleicht weil ihn bei
diesen Erinnerungen eine Stimme in seinem Innern
wegen des Bösen verklagte das er dem Vaterland
anthun geholfen. Sicher rief das Bruderblut das
er vergossen um Rache, so oft er mit Landsleuten
zusammentraf, und so kam es daß er aller Berüh=
rung mit ihnen auswich.

Zehn Jahre waren verflossen, seit der General
von seinem Posten in Finnland abberufen wor=
den. Während dieser Zeit war er einige Male in
Kronbrück gewesen, indessen nur ganz kurz; aber er

schickte jedes Jahr seinen Amtmann herüber, um die Rechnungen zu untersuchen und dafür zu sorgen daß das Gut sorgfältig verwaltet wurde.

Im selben Jahre wo Aberney nach Junta zog, hatte der Verwalter von Kronbrück schon im April Befehl erhalten daß das Gut in Ordnung gebracht und mit der größten Pracht eingerichtet werden solle; denn der General und sein Sohn beabsichtigten zugleich mit einer größeren Anzahl von Gästen gegen Johannis anzukommen und den Sommer über dort zu verweilen.

Die große Wohnung, alle Gastzimmer und die Zimmer des jungen Barons erhielten neue Möbel und wurden mit fabelhafter Pracht eingerichtet. Die ganze Gegend und die Nachbarn, bis auf die Einwohner der elendesten Hütte herab, wußten von nichts Anderem als von den Herrlichkeiten zu erzählen die nach Kronbrück gebracht wurden.

Die Bewohner Ektorps und Juntas waren indeß die einzigen die nicht davon sprachen, obschon ersteres nur fünf Viertelmeilen und letzteres nur eine Meile von Kronbrück lag. Die Ursache lag gewiß nicht in einer etwaigen Unkenntniß von diesen Merkwürdigkeiten, sondern ganz einfach darin daß alles Neue was man sich erzählte zwischen dem Großknecht Jvar und der alten Annika blieb, die es weder Schuldfried noch Frau Smith mittheilte. Ebenso stand es mit Tante Sara. Die Alte interessirte sich ungemein für Klatschereien und Neuigkeiten, brachte sie aber niemals weiter zu ihrem Neffen, weil sie wußte daß er alles solches Gerede verabscheute. So kam es daß die Hauptpersonen in gänzlicher Unwis=

senheit von Dingen lebten welche die Zungen des
ganzen Bezirks ausschließlich beschäftigten.

Am Tag vor Johannis kam der General sammt
seinem Sohne und einer großen Anzahl von Gästen
nach Kronbrück. Das so lange verlassene Gut wim=
melte von Leuten. Schöne Damen, stattliche Cava=
liere in schimmernden Uniformen und sterngeschmückte
alte Herren erfüllten die Säle. Die Rückkehr des
jungen Erben von den deutschen Universitäten wurde
mit allen möglichen Lustbarkeiten gefeiert.

Lothar Constantin Caniß war damals ein Jüng=
ling von 17 Jahren, mit einem feinen, intelligenten,
bleichen und interessanten Gesicht. Ein übermüthiges
Lächeln und ein Gepräge höhnischer Verachtung ent=
stellten indeß die sonst regelmäßigen Züge. Es schien
als wären allzu früh geweckte Leidenschaften in schar=
fen Streit mit den edleren Instincten seines Her=
zens gerathen und hätten in seinem Innern ein
Chaos hervorgerufen, aus welchem nur hochmüthige
Selbstüberschätzung und Verachtung gegen Andere
recht deutlich hervorgingen. Er war groß und
schlank, von beinahe schwächlicher Constitution, die
mit dem Feuer in seinem Auge und der Lebhaftig=
keit seiner Bewegungen nicht recht zusammenstimmte.
Wenn man diesen Jüngling ansah, fragte man sich
unwillkürlich, ob es ein physisches oder moralisches
Leiden sei was vor der Zeit die Wangen gebleicht
und den Körper gebeugt, so daß erstere ihre Ju=
gendfrische und lezterer seine Geschmeidigkeit verlo=
ren hatte.

Constantin hatte seit seinem siebenten Jahre sei=
nen Vater nicht gesehen. Sechs Wochen vor ihrer

Ankunft in Kronbrück umarmte der General seinen
Sohn nach so langer Trennung. Vielleicht hatte
diese Vater und Sohn einander entfremdet und die
Kälte hervorgerufen womit er dem General bei ihrem
ersten Zusammentreffen entgegentrat. Dem sei wie
ihm wolle, Thatsache war daß er einen gänzlichen
Mangel an kindlicher Ergebenheit zeigte und die
Zärtlichkeit des Vaters mit auffallender Kälte er=
wiberte. Gleich nach Constantins Ankunft in Pe=
tersburg äußerte der General den Wunsch, der Sohn
möchte in die Kriegsschule treten und sich zum Ma=
rineoffizier ausbilden. Darauf antwortete Constantin:
„O ja, warum nicht? Es ist ganz eins was
ich werde. Für einen Russen paßt es am besten
ein Henkersknecht von Handwerk zu werden.“

„Mein Sohn, Du solltest Dich erinnern daß...“

„Daß ich in diesem verfluchten Lande hier vor=
sichtig sein muß,“ fiel Constantin höhnisch ein. „Seien
Sie ruhig, Vater; ich werde das nicht vergessen.“

Der General runzelte die Brauen, ohne zu dem
Sohne ein Wort zu sagen. Dagegen ließ er dessen
Hofmeister, Dr. Wagner, rufen. Mit scharfen Reben
verwies er ihm die falsche Richtung in welche der
Geist seines Sohnes geleitet worden zu sein scheine.

„Ich beauftragte Sie barüber zu wachen daß er
zu einem verständigen Jüngling und einem guten
russischen Edelmann ausgebildet werde; aber zu mei=
nem Erstaunen finde ich daß er weder in der einen
noch der andern Beziehung meinen Erwartungen
entspricht. Sollte Ihr polnisches Blut Sie vielleicht
verleitet haben meinen Instructionen zuwider zu han=
beln? In diesem Fall könnte es geschehen daß...“

„Herr General," fiel Wagner mit einem ein=
schmeichelnden Lächeln ein, „ich habe meine Pflicht
als Gouverneur gewissenhaft zu erfüllen gesucht; aber
Baron Constantin ist wie ein junger Löwe; er läßt
sich nicht so leicht zähmen und geht die entgegen=
gesezte Richtung von derjenigen die man ihm vor=
zeichnet. Gleichwohl ist er sehr klug und wird sich
nie compromittiren."

„Gut, wir wollen sehen. Sie bleiben mir ver=
antwortlich."

Abends stellte sich der Doctor bei seinem Schü=
ler ein, der in einem äußerst prachtvollen Cabinet
in seiner Privatwohnung auf einem Sopha lag.

„Ah so, der Alte hat Ihnen den Marsch ge=
macht, mein lieber Doctor," sagte der Jüngling,
„und das haben Sie so krumm genommen daß Sie
aus purer Angst nicht auf die Abenteuerjagd mit
mir ausgehen wollen? Pah! Lassen Sie ihn nur
brummen! Ich schwöre daß Ihnen, was auch ge=
schehen mag, kein Leid widerfahren soll. Also fort
mit allen Scrupeln, und lassen Sie uns versuchen
ob dieß abscheuliche Petersburg nicht auch Würfel,
Mädchen und Wein bieten kann."

„Baron, wir sind nicht mehr in Heidelberg, und
darum sage ich bestimmt: Hier werden keine Toll=
heiten gemacht!"

„Meinen Sie? Und wenn ich sie auf eigene
Faust, ohne Gesellschaft begehe, wer will mich daran
hindern?"

„Ich!"

„Auf welche Art?" rief Constantin und sprang auf.

„Ich würde mich dann gezwungen sehen dem

General zu sagen daß ich schwach genug gewesen sei in directem Gegensaz zu seinen Instructionen zu handeln, und daß ich Sie, statt einen russischen Unterthanen aus Ihnen zu bilden, zu einem freisinnigen Manne erzogen habe. Ja, ich würde dann gestehen daß ich seinen Willen vollständig übertreten und Sie seinem Verbote zum Troz Schwedisch habe lernen laffen."

„Nun was geht es mich an wenn Sie ihm das Alles fagen?"

„Nicht viel; aber er würde mich nach Sibirien schicken laffen."

„Ha, Wagner, Sie haben eine abscheuliche Art über mich zu siegen."

Constantin warf sich wieder auf den Sopha. In diesem Augenblick hatten die Züge des Jünglings einen wahrhaft edlen Ausdruck.

Einen ganzen Monat hatte sich die vornehme Gesellschaft in Kronbrück aufgehalten, als Schuldfried und Tage an einem schönen Juliabend von Junta weggingen. Lezterer wollte seine Spielgenossin nach Hause begleiten, was ganz zur Tagesordnung gehörte.

Durch den großen hohen Fichtenwald der zwischen Junta und Ektorp lag, führte ein schöner Weg. Wenn man fuhr, hatte man nicht viel über eine Viertelmeile von Aberney's Gut bis auf den Hof der Wittwe. Halbwegs von der Anhöhe pflegten die Kinder sich zu sezen und auszuruhen; sie schwazten dann über dieß und das, oder auch sang Schuldfried ihrem Be-

8 *

gleiter Etwas vor. Der genannte Abend war un=
gewöhnlich warm und ruhig. Sie sezten sich unter
eine alte hohe Tanne welche sie mit ihren Zweigen
überschattete.

„Warst Du auch schon in Kronbrück?" fragte
Tage.

„Nein, gewiß nicht, und Du kannst überzeugt
sein daß ich nie hingehen werde," antwortete Schuld=
frieb mit der allerliebsten schnippischsten Miene von
der Welt.

„Und warum das? Ich denke mit der nächsten
Gelegenheit einmal hinüber zu kommen und diesen
stattlichen Herrensiz anzusehen. Du mußt wissen,
Anders erzählt mir, die Zimmer dort seien mit Ses=
seln und Sophas von Gold und Silber möblirt. Es
sind jezt so viele Gäste aus Rußland da, daß täglich
große Feste gegeben werden. Gewiß wäre es recht
angenehm Alles das mitanzusehen, und ich gedenke
dieser Tage einmal mit Anders hinüberzugehen."

„Nein, Tage, das darfst Du nicht thun," rief
Schuldfrieb mit einem Ausbruck von Angst.

„Warum nicht?"

„Weil ..." Schuldfrieb sah sich erschrocken um
und fuhr dann mit gedämpfter Stimme fort: „Weil
auf ganz Kronbrück ein Fluch ruht, der alle diejeni=
gen trifft die diesen Unglücksort betreten, so daß ein
Unglück sie früher oder später heimsucht."

„Wie kindisch Du herausschwazest," versezte der
vierzehnjährige Tage mit einer Miene überlegenen
Verstandes.

„Liebster Tage, das ist gar kein so unverständi=
ges Gerede, sondern die reine Wahrheit. Du mußt

wissen daß der Vater des Generals Caniß ein Ver-
räther war, d. h. daß er Schwede war und dennoch
gegen die Schweden Krieg führte. Während des
Krieges wurden viele finnische und schwedische Ge-
fangene nach Kronbrück gebracht, und da soll der
General sie so schlecht behandelt haben daß sie vor
Elend starben. Jeder von ihnen rief einen Fluch
auf Kronbrück, seinen Eigenthümer und Alle die sein
Haus betreten herab. Ueberdieß starb die Mutter
des Generals dort aus Gram darüber daß ihr Mann
sich an den Russen verkaufte, und sie geht als Geist
und weint über ihren bösen Sohn. Der General
hat auf Kronbrück seinen Bruder umbringen lassen
und ihn in einem Keller begraben, so daß man,
wenn es Mitternacht wird, tiefe Seufzer aus dem
Grabe hört. Hu! was für ein grauenhafter Ort
dieses Gut ist!"

„Wer hat Dir diese Geschichten da erzählt?"
fragte Tage mit einer sehr nachdenklichen Miene.

„Annika hat mir an den Winterabenden so viele
sonderbare Sachen über Kronbrück und seinen Eigenthümer gesagt. Eines Abends erzählte sie wie schlecht
die schwedischen und finnischen Gefangenen behandelt
wurden, und während sie so sprach, kam meine
Mutter und hörte was sie sagte. Mama ersuchte
sie dann nie mehr Etwas zu erwähnen was den General betreffe, sondern lieber von andern Dingen zu
reden. Meine Mutter legte ihre Hand auf meine
Schulter und fügte hinzu: ‚Beschäftige Deine Einbildung nicht mit Kronbrück, sondern bedenke daß
wir auch in unsern Gedanken das Böse meiden sollen, und böse ist Alles was den Namen Caniß führt.'"

„Ich will doch mit Papa darüber reden," fiel Tage ein. „Von ihm kann ich gewiß erfahren ob es wahr ist was Deine Annika gesagt hat."

Nachdem dieser Beschluß gefaßt worden, bat Tage seine kleine Begleiterin um ein Lied. Mit klarer Stimme sang sie wie folgt:

> Nein, meine Ruhe tausch' ich nimmer
> Um alles Gold der neuen Welt;
> Was hilft des Staubes eitler Schimmer,
> Wenn's mich im tiefen Herzen quält?
> Mich rührt nicht leckrer Mahlzeit Lust,
> Mich locket nicht des Goldes Pracht:
> Ach, nur die Unruh' in der Brust,
> Das ist's was ewig in mir wacht.

Im Augenblick wo der Gesang verstummte, sprang ein Jüngling über den Graben hinter ihnen und rief in gebrochenem Schwedisch:

„Höre Mädchen, singe das Lied noch einmal, es gefällt mir; ich will es noch einmal hören."

Schulbfried und Tage erhoben sich beim Anblick des Fremdlings. Tage nahm Schulbfried bei der Hand und sagte:

„Komm, laß uns gehen!"

„Thue zuerst was der Baron befohlen hat," sagte ein Herr von etlichen und dreißig Jahren, der jezt ebenfalls über den Graben sprang und sich vor die Kinder stellte. Auch seine Aussprache hatte etwas Fremdes in der Betonung.

„Sollst Du auf Befehl singen, Schulbfried?" fragte Tage. Auf den Wangen des Knaben brannte die Röthe des Verdrusses und er blickte die Unbekannten stolz an.

„Du unverſchämter Junge, Du wirſt doch nicht
verlangen baß ich bas Mäbchen barum bitten ſoll?"
rief der Jüngling.

„Ja, bas verlange ich," antwortete Tage trozig.

„Liebe Kinber, es iſt ber junge Baron Caniß,"
ſagte der ältere Herr unb wollte den Knaben auf
den Kopf tätſcheln; bieſer aber ſtieß bie Hanb weg
unb ergriff nur um ſo feſter Schulbfriebs Arm, in=
bem er mit einem Ausbruck bes Entſezens ſagte:

„Caniß!"
Beibe machten eine Bewegung ſich zu entfernen.

„Bleibt ſtehen!" commanbirte Conſtantin unb
ſtellte ſich ihnen in den Weg. „Haſt Du nicht ge=
hört baß ich bas Lieb ba noch einmal hören will?"

„Ich will nicht ſingen," ſagte Schulbfrieb unb
warf einen Blick bes Abſcheus auf Conſtantin. „Ich
ſinge nie für..."

„Einen Ruſſen," ergänzte Tage unb that einige
Schritte um ſich mit Schulbfrieb hinwegzubegeben;
aber Conſtantin ergriff bas Mäbchen am Arm unb
riß ſie von Tage weg, inbem er heftig ſagte:

„Ich habe geſagt baß Du ſingen ſollſt, unb ba
hilft Alles nichts. Wenn Du nicht gehorchſt, ſo be=
kommſt Du Schläge unb Dein naſeweiſer Protector
ba auch." Conſtantin erhob ſeine Reitgerte als
wollte er wirklich ſeine Drohung ausführen.

„Keine Uebereilung," warnte ber ältere Herr,
konnte jeboch nicht mehr ſagen; benn als Tage ſah
baß Conſtantin über Schulbfrieb ſeine Reitgerte er=
hob, ſtürzte er auf ben jungen Baron los unb ver=
ſezte ihm einen Schlag ins Geſicht, inbem er ganz
raſenb rief:

„Laß Schulbfried los!"

Mit einer kräftigen Bewegung seines Arms schleu=
derte Constantin den Knaben, der ihm an Größe
und Stärke sehr unterlegen war, weit von sich, so
daß er rücklings in einen Graben fiel.

„Elender Junge, ich zermalme Dich und Deine
Schwester, weil Du es gewagt hast Hand an mich
zu legen," schrie Constantin und gab Schulbfried
zuerst einen Schlag ins Gesicht und dann auf die
Schulter. Bei diesem Anblick war Tage wieder auf
den Beinen, und mit wilder Raserei warf er sich
auf Constantin, der, um sich selbst zu vertheidigen,
Schulbfried loslassen mußte. Es entstand ein fürch=
terlicher Kampf, aber nach einigen Augenblicken blieb
der Sieg auf Seite Constantins. Er hatte Tage
unter sich bekommen und erhob seine Reitgerte um
seinen Gegner mit dem Stiel recht gründlich durch=
zubläuen, aber Schulbfried ergriff den erhobenen
Arm indem sie mit angstvoller Stimme rief:

„Sie sollen, Sie dürfen Tage nicht schlagen!"

Ohne seine Bewegung in seinem aufgereizten
Zustand zu berechnen, schleuderte Constantin das
Mädchen eben so heftig von sich wie so eben den
Knaben. Sie fiel rücklings und blieb unbeweglich
liegen. Bei Schulbfrieds Dazwischenkunft war es
jedoch Tage gelungen wieder loszukommen, und einige
Augenblicke wälzten sich die beiden Jünglinge wie
Bälle um einander her, bis sie wieder auf den Bei=
nen standen. Aber beim erneuten Zusammentreffen
ergriff Constantin seinen Gegner im Nacken, hielt
ihn hoch in die Luft und schleuderte ihn dann rück=

lings auf den Boden, worauf er ihm noch einige
Streiche gab mit den Worten:

„Unverschämter Bauernlümmel, jezt wirst Du Deinen Ton herabstimmen lernen."

„Um Gotteswillen, Baron, bedenken Sie daß
wir in Finnland sind," rief Dr. Wagner, der über
die bewußtlose Schuldfried hingebeugt dastand. „Ich
glaube Ihre Raserei hat beide Kinder das Leben
gekostet."

Bei Wagners Worten entfiel die Reitgerte der
Hand Constantins; er faßte Tage um den Leib und
richtete ihn auf. Das Blut rann dem Knaben von
der Stirne. Als er aufgehoben war, schöpfte er tief
Athem, machte eine schwache Anstrengung um loszukommen, und stand wieder aufrecht, taumelte aber
als er einen Schritt gegen Constantin thun wollte,
so daß er stehen bleiben und sich an einen Baum
stüzen mußte. Jezt hörte man das Geräusche eines
Wagens der herannahte.

„Fort, Baron!" sagte der Doctor; „wenn Jemand
Sie sähe, könnte es zu großen Widerwärtigkeiten führen. Sputen Sie sich, oder bei Gott, wenn Sie
noch einen Augenblick bleiben, so thue ich nichts um
den Kindern hier zu helfen."

„Aber . . ." stammelte Constantin.

„Baron Canitz!" sagte der Doctor in entschiede-
nem Tone und erhob sich in seiner vollen Größe.
„Entfernen Sie sich sogleich; Sie haben bereits mehr
als zu viel Unheil angerichtet."

Constantin sprang über den Graben und verschwand im Walde.

Tage hatte sich soweit erholt daß er mit dem

Schnupftuch das Blut abtrocknen konnte das ihm über die Augen rann. Sein erster Blick, als er diese frei hatte, fiel auf Schuldfried.

„Mein Gott, was ist geschehen?" stammelte er, und das Schnupftuch um seine blutige Stirn haltend, taumelte er auf seine kleine, bleiche Camerädin zu, die eben jetzt einen tiefen Seufzer ausstieß und die Augen aufschlug.

„Wie ist's, mein Kind?" fragte der Doctor.

„Liebe, liebe Schuldfried, wie steht's mit Dir?" schluchzte Tage, indem er sich an ihrer Seite auf die Knice warf und mit seiner freien Hand eine der ihrigen ergriff.

Schuldfried schaute zuerst den Doctor, dann ihren Cameraden an und warf sich hierauf diesem um den Hals, indem sie in Thränen ausbrach und murmelte:

„Tage, Tage, er hat uns geschlagen!"

Sie griff nach ihrem Backenknochen, über dessen feiner Rundung ein dunkelrother Streif von Constantins Reitpeitsche zu sehen war. Inzwischen kam der Wagen immer näher und wurde bald sichtbar. Es war ein bedeckter Reisewagen. Als er eben vorbeifahren wollte, rief Wagner dem Kutscher Halt zu. Dieser kam der Aufforderung sogleich nach.

„Wohin fährst Du?" fragte der Doctor.

„In das Wirthshaus von X.," lautete die Antwort.

„Sagt mir, Kinder, woher seid ihr?" sagte Wagner zu Tage, der noch immer Schuldfrieds Hände in den seinigen geschlossen hielt. Die Kleine hatte einen so heftigen Schlag ins Genick bekommen daß sie ganz verwirrt war.

„Schuldfried wohnt in Ettorp, dicht hier neben,"

sagte der Junge, indem er den Schmerz vergaß den seine Stirnwunde ihm verursachte.

„Kannst Du," fuhr der Doctor gegen den Kut= scher fort, „Deine Herrschaft bitten daß sie diese bei= den Kinder in den Wagen nehme und auf ein klei= nes Gut bringe das auf dem Wege nach X. liegt? Sie sind gefallen und haben sich verletzt, so daß sie nicht heimgehen können."

„Das müssen Sie selbst fragen, denn sehen Sie, die Dame die ich führe, versteht mein Gerede nicht," antwortete der Kutscher.

Die Reisende schob in diesem Augenblick die Vor= hänge vom Wagenfenster weg, und ein verschleiertes Frauengesicht kam zum Vorschein.

„Verzeihen Sie, Madame," sagte der Doctor auf Französisch, „daß ich Sie aufhalte; aber ich muß Sie bitten daß Sie diesen Kindern da die Güte er= weisen möchten sie auf ein Gut zu bringen das ganz in der Nähe liegt."

Die Dame nickte zustimmend und öffnete selbst den Schlag. Wagner hob Schuldfried und auch Tage, der sich kaum vor einem Augenblick entschließen konnte ihre Hand loszulassen, hinein.

„Warte am ersten Hof rechts wohin Du kommst," sagte der Doctor zu dem Kutscher, nachdem er der Dame gedankt hatte. „Ich werde vor Dir dort sein," fügte er hinzu. Im nächsten Augenblick war Wag= ner über dem Graben und verschwand im Wald.

Während der Fahrt behandelte die Dame beiden Kinder mit großer Zärtlichkeit. Sie hatte ihr Schnupftuch genommen und Tages blutende Stirne verbunden, wie auch Schuldfrieds Schläfe

mit wohlriechendem Waſſer beſprengt. Während die=
ſer Beſchäftigung hatte ſie den dichten Schleier auf=
gehoben. Sie hatte ein bleiches kummervolles Ge=
ſicht mit großen dunkeln Augen. Sie war nicht mehr
jung; aber Etwas in dieſen Zügen flüſterte daß ſie
in ihren jüngern Jahren ein vortheilhaftes Aeußeres
gehabt habe. Als ſie an die krumme und ſchmale
Allee kamen die aus dem Waldweg nach Ektorp hin=
abführte, hielt der Wagen an. Doctor Wagner öff=
nete den Schlag. Nachdem er der Dame abermals
gedankt, hob er Schuldfried heraus; aber als er
Tage heraushelfen wollte, ſtieß der Junge ſeine Hand
hinweg und ſprang ſelbſt herab. Im nächſten Augen=
blick war die Reiſende verſchwunden und der Doctor
mit ſeiner Laſt nach Ektorp hinabgegangen, wo er
Annika begegnete, die beinahe einen Schlag bekam,
als ſie das Kind von einem fremden Herrn getragen
und von einem Jungen mit blutiger Binde um den
Kopf begleitet ſah. Gleichwohl gelang es Wagner
der Alten klar zu machen daß die beiden Kinder er=
ſchreckt worden, in Folge deß gefallen ſeien und ſich
verlezt haben, wie auch daß Schuldfried Ruhe und
Pflege bedürfe. Da Wagner mit ſtarker ausländi=
ſcher Betonung ſchwediſch ſprach, ſo hatte Annika
einige Mühe ihn ſogleich zu verſtehen. Sie begriff
i___ ___e Hauptſache, nämlich daß für Schuldfried
___ Pflege Noth thue; auch währte es nicht
___ lag das kleine Mädchen in ihrem Zimmer
___ Stock. Annika wurde von dem Doctor in
volle Thätigkeit verſezt mit Senfpflaſtern u. ſ. w.
Tage hatte Schuldfried getreulich begleitet und mit
ängſtlichen Blicken das verwirrte Ausſehen ſeiner

Freundin betrachtet. Während er so an der Sophalehne stand, kam es ihm vor als begänne der Boden
unter seinen Füßen sich zu bewegen, und endlich war
es ihm als ob er Schuldfried nur noch durch einen
Nebel sähe; er griff krampfhaft in die Sophalehne,
fühlte sich aber in diesem Augenblick von ein paar
Armen umfaßt, worauf Alles um ihn her verschwunden war.

Als Annika zurückkam, fand sie Tage auf dem
Bette liegend und Schuldfried auf dem Sopha.

„Herr Jemine, ist des Professors Junge auch
weg!" rief sie: „Gott tröste mich!"

Nachdem Tage vom Doctor verbund und wieder zur Besinnung gebracht war, ersuchte er Annika
anspannen und ihn nach Junta zurückführen zu lassen. Wagner erklärte, die Ohnmacht sei nur eine
Folge des Blutverlustes und Tages Zustand im
Uebrigen ganz und gar nicht gefährlich. Anders
verhielt es sich mit Schuldfried; sie hatte eine schwere
Contusion am Kopfe erhalten und diese hatte eine
starke Gehirnerschütterung verursacht.

Mit elf Jahren, wenn man einen gesunden Körper hat, ist die Natur ein mächtiger Arzt. So auch
bei Schuldfried.

Frau Smith, die erst nach des Doctors Weg-
gang von Annika unterrichtet worden war, nahm sogleich ihren Platz an Schuldfrieds Krankenbe...
aber nach einigen Wochen befand sich diese...
aller Gefahr. Doctor Wagner hatte sie mit r...
werthem Eifer und einer Sorgfalt die dem Arzt alle
Ehre machte ver...

Frau Smith wich beharrlich jedem Zusammen-

treffen mit dem Doctor aus, obschon sie Tag und
Nacht bei dem Kinde wachte. Sobald Wagner kam,
ging Frau Smith ins anstoßende Zimmer, und An=
nika war diejenige die ihn empfing und seine Vor=
schriften ausführte.

Schon am ersten Tag nach dem betrübenden Er=
eigniß fand sich Aberney auf Ettorp ein. Er wurde
von einer Dienerin in den Saal geführt, und nach=
dem er eine Weile dort gewartet, übergab ihm ein
Dienstbote ein Billet folgenden Inhalts:

„So lange Schuldfriebs Zustand erfordert daß
die Mutter ihrem Krankenlager wacht, bittet die
Mutter daß Sie diese Tochter nicht besuchen mögen.
Ueber ihren Gesundheitszustand sollen Sie jeden Mor=
gen in Kenntniß gesezt werden.“

Aberney las das seltsame Billet zweimal durch
und entfernte sich dann. Während der ganzen Krank=
heit Schuldfriebs schickte er zweimal täglich um nach
ihrem Befinden zu fragen; aber wenn auch der Pro=
fessor, mit seinen hohen Begriffen von der persön=
lichen Freiheit jedes Menschen, Frau Smiths Wunsch
allzu sehr respectirte um sie auf irgend eine Weise zu
belästigen, so war dieß doch Etwas wozu der kleine
Cage ganz und gar keine Lust hatte.

Vier volle Tage mußte der Junge vor Schmerz
und Wundfieber das Bett hüten, aber troz Allem
er dabei ausstand, würde er sich ganz sicher
Ettorp begeben haben, wenn Aberney ihm nicht
hätte sein Zimmer zu verlassen. Es ist
sehr ungewiß ob er diesem Verbote nachgekommen
wäre, wenn nicht Tante Sara oder Aberney ihm
beständig Gesellschaft geleistet hätte. Es blieb ihm

also nichts Anderes übrig als daß er sich ruhig hielt, und dieß machte ihn höchst ungeduldig. Es kam ihm vor als würden seine Schmerzen mit jedem Tage schlimmer, und in seiner Unruhe darüber daß er auf Junta bleiben mußte, während er bei Schulpfried hätte sein mögen, jammerte er unaufhörlich und warf sich auf seinem Lager hin und her. Er bereitete seiner Umgebung eine ordentliche Geduldprobe. Ganze Tage lang grübelte er über ein Mittel aus seinem Krankenzimmer zu entkommen und sich nach Ettorp zu begeben.

Am vierten Abend, als Abern lbst einen neuen Verband um die Stirne des Jungen gelegt und dieser dabei große Unverträglichkeit gezeigt hatte, sagte der Professor:

„Du bist doch ein rechter Tropf, daß Du wegen dieser Schramme so jammern magst! Wie kann ein Junge sich wegen einer solchen Kleinigkeit grämen?"

„O es ist nicht darum, sondern weil ich einge= sperrt sein muß," stammelte Tage.

„Du hast immer Fieber gehabt, und so lange dieses währt, mußt Du auf Deinem Zimmer blei= ben. Gute Nacht jezt, Junge, und danke Gott daß Du nicht eben so krank bist als die kleine Schul= fried." Der Professor tätschelte ihn auf den Kopf und entfernte sich.

Wie unwissend zeigen sich nicht die klügsten Men= schen bei Beurtheilung der Gefühle von Kindern oder jungen Leuten! Sie fassen nur die Aeußerun= gen derselben auf, aber nicht die Motive. So auch jezt. Aberney sah bei Tage nur die Ausbrüche sei= ner Ungeduld, nicht aber das was sie hervorr

und deßhalb glaubte er ihn daran erinnern zu sollen
daß seine Cameräbin noch übler daran sei als er.
Die Folge davon war jedoch daß Tage um jeden
Preis nach Ettorp gehen mußte.

Abends, nachdem Tante Sara gute Nacht gesagt
hatte und alle Hausgenossen von Junta zur Ruhe
gegangen waren, stand Tage auf. Er war zwar ein
wenig wirr im Kopf und auch etwas schwach auf
den Beinen, aber sein Beschluß stand fest; er mußte
nach Ettorp, und sollte er auch dahin kriechen müssen.

Ganz behutsam schlich er sich die Treppe hinunter und hatte große Mühe um mit freundlichen Worten den Hofhund zu beschwichtigen, der sich der nächt-
lichen Wanderung widersezen wollte. Endlich war
es ihm gelungen in den Wald zu kommen, und obschon seine Kräfte gering waren, so wanderte er doch
unerschrocken weiter in der schönen Sommernacht.
Wohl zehnmal mußte er ausruhen und eine Weile
seinen schwer schmerzenden Kopf in die Hände legen
um Kraft zu sammeln; aber troz Schmerzen und
Schwäche fiel es ihm nicht ein einziges Mal ein
seinem Plan zu entsagen. Als er ungefähr drei
Viertheile des Weges zurückgelegt hatte, sank er vor
Mattigkeit zusammen. Er legte seinen kranken Kopf
an einen Rasen und dachte:

„Ich muß weiter, ich muß weiter, und sollte ich
darüber sterben. Es ist bloße Weichlichkeit daß ich
mir so müde vorkomme; in einer Weile seze ich
meinen Weg fort und ruhe nicht bis ich in Ettorp bin."

So groß war die Willenskraft des fünfzehnjäh-
rigen Jungen daß er nach einigen Minuten seine

Wanderung ununterbrochen bis nach Ektorp fortsezte. Er ging in den Hof und schleppte sich buchstäblich bis unter den Giebel des Hauses, wo, wie er wußte, Schuldfrieds Fenster sich befand. Wie oft hatte sie es ihm nicht gezeigt! Unter dieses Fenster, welches den liebsten Gegenstand umschloß den der Jüngling besaß, sezte er sich. Es wurde ihm jezt leichter ums Herz als er sich so nahe bei ihr befand. Er legte sich auf die Bank, gebrauchte seine Müze als Kopfkissen, faltete die Hände zum Gebet und so schlief er vor Müdigkeit ein.

Die ersten Strahlen der Sonne fielen auf den Schlafenden und weckten ihn. Sein Kopf schmerzte heftig, und es währte lange ehe er ihn aufzurichten vermochte. Mit einer kräftigen Anstrengung geschah es endlich dennoch. Lange saß er unbeweglich da und begann zu überlegen wie er Schuldfried zu Gesicht bekommen könnte. In diesem Augenblick öffnete sich das Fenster über seinem Kopf. Tage schaute hinauf, sah aber Niemand. Statt dessen entdeckte er hinter der Hecke ein Spalier das an der Wand hinaufging und beinahe zum Fenstersims reichte. Tage überlegte:

„Wenn ich Annika bitte mich zu Schuldfried hineinzulassen, so weist sie mich ab, wie Papa gethan hat; aber wenn ich an diesem Spalier da hinaufklettern und ins Zimmer hineinspringen würde, so träfe ich sie ganz gewiß, wer auch brinnen sein möchte.“

Gesagt, gethan. Tage begann, obschon mit einiger Schwierigkeit, am Spalier hinaufzuklettern. Als er ans Fenster kam, warf er einen Blick ins Zim=

mer hinein. Es war Niemand darin. Rechts stand
ein Bett dessen Vorhänge sorgfältig zugezogen wa=
ren. Noch ein Paar Schritte und der junge Aben=
teurer befand sich in Schuldfrieds Zimmer. Die Thür
eines anstoßenden Zimmers stand halb offen. Tage
blieb einen Augenblick stehen und lauschte, aber als
Alles ruhig und still blieb, schlich er sich bis zum
Bette vor und schob die Vorhänge weg. Hier ruhte
Schuldfried auf dem schneeweißen Lager, selbst blaß
wie eine geknickte Lilie. Sie schlummerte. Tage
stand unbeweglich da und betrachtete die theuren
Züge mit bethränten Augen. Sie kam ihm wie
todt vor. — So verflossen einige Minuten, als
Schuldfried plözlich die Augen aufschlug.

„Tage!" rief sie mit einer Stimme die, ob=
schon matt, dennoch ihre ganze Freude verkündete.
Sie schlang ihre Arme um seinen Hals und flü=
sterte: „Gott sei Lob und Dank daß Du gekom=
men bist!"

Bei Schuldfrieds Ruf ließ sich eine Bewegung
im anstoßenden Zimmer vernehmen; ohne daß eines
der Kinder darauf achtete, wurde die Thüre aufge=
schoben und Frau Smiths düstere Gestalt erschien
auf der Schwelle. Beim Anblick des Jungen zog
sie sich schnell zurück, und unmittelbar darauf hörte
man ein Geklingel. In der nächsten Minute trat
Annika ein. Die Alte wagte nicht zu brummen, ob=
schon sie beim Anblick Tages große Lust zu hadern
empfand; denn der Doctor hatte gesagt, Schuldfried
müsse in Ruhe erhalten werden. Sobald sie davon
zu sprechen anfing daß er sich entfernen solle, wurde
Schuldfried aufgeregt, und nun verstummte Annika

sogleich. Schuldfried hielt Tages Hand fest und
wollte nicht ~~daß~~ er sie verlasse. Annika, die nicht
wußte wie ~~sie~~ sich benehmen sollte, ging zu Frau
Smith hinein um ihren Willen zu hören. Inzwi=
schen ergriff Schuldfried den Arm Tages und sagte
heftig:

„Tage, Du darfst nie davon reden daß man uns
geschlagen hat. Du hast es doch zu Niemand
gesagt?“

„Nein, Schuldfried, das habe ich nicht. Ehe ich
Genugthuung für mich und für dich erhalten habe,
sage ichs Niemand,“ antwortete der Junge mit einer
stärkeren Farbe auf seiner Wange. Er erzählte jezt
wie er sich fortgestohlen habe und daß er vor dem
Frühstück wieder daheim sein müsse.

Als Annika zurückkam, brachte sie von Frau Smith
die Erlaubniß mit daß Tage wiederkommen und
Schuldfried besuchen dürfe wie er es wünsche. Frau
Smiths Oberknecht erhielt Befehl Tage nach Junta
zurückzukutschiren.

Bei seiner Heimkehr erhielt Tage Vorwürfe von
Aberney; diese aber waren nicht gefährlich und wur=
den gänzlich vergessen, als der Professor versprach
daß er am folgenden Tag nach Ektorp gehen dürfe.

Nach einigen Wochen befand sich Schuldfried
vollkommen auf dem Wege der Besserung und ver=
brachte die Nachmittage auf einer Bank außen im
Hofe liegend. Sie litt jezt nur am Schwindel,
einem Uebel von welchem der Doctor behauptete
daß sie es noch einige Zeit behalten würde. Tage

9*

war jeden Nachmittag bei ihr und dann las er ihr vor oder erzählte Geschichten.

Endlich nach einem Monat war sie vollkommen gesund und konnte zu ihrer unbeschreiblichen Freude die Fahrten nach Junta wieder unternehmen; aber mit den angenehmen Spaziergängen nach Hause war es zu Ende, denn der alte Anders brachte Schuld= fried zu Wagen hin und her.

Oft wenn Tage und Schuldfried allein waren, sprachen sie mit tiefer Erbitterung von Constantin Canitz, und dann pflegte das Mädchen mit feuer= rothen Wangen und blizenden Augen zu rufen:

„Wenn ich hundert Jahre alt würde, könnte ich die abscheuliche Schande nicht vergessen daß Du und ich von ihm geschlagen worden sind. Mama hat immer gesagt, es sei eine unaustilgbare Erniedri= gung Schläge zu bekommen, und siehst Du, Tage, noch nie hat mich Jemand auch nur mit einem Fin= ger berührt, um mich zu schlagen. Er, ein Canitz hat es gethan und ich werde es ihm nie verzeihen."

Sie deutete auf die Schramme an Tage's Stirne und fügte hinzu:

„Bis in meinen Tod werde ich den Menschen verabscheuen der Dir dieß zugefügt hat, und wenn ich seinen Namen höre, wird mich immer der Schlag schmerzen den er mir ins Gesicht gab."

Constantin hatte nach den Vorfällen mit den Kindern ganz plözlich Kronbrück verlassen, obschon alle Gäste und der General selbst noch blieben. Dr. Wagner war zum Bezirksarzt ernannt worden und somit ebenfalls geblieben.

Alles was man von Constantins plözlicher Ab=

reife erfuhr, war daß er noch am selben Abend wo
der Auftritt im Walde statt hatte ein Billet erhielt
das ein Bot aus dem Gasthaus brachte. Nach
Durchlefung deffelben war er fogleich fortgeritten
und erft am folgenden Morgen zurückgekommen, wo
er den General auffuchte und eine lange Unterre=
bung mit ihm hatte.

Nachmittags erklärte der General feinen Gäften,
fein Sohn müffe in die Kriegsfchule in Petersburg
eintreten.

———

Wir wollen uns jezt fechs Jahre weiter verfezen.
Für die Bewohner von Ektorp und Junta waren fie
verfloffen, ohne daß fich etwas befonders Merkwür=
diges zutrug.

Jeden Herbft reifte Profeffor Aberney von Junta
nach Abo. Tage und Tante Sara zogen dann mit,
und während ihrer Abwefenheit wurde Junta von
einem Oberknecht und feiner Frau bewohnt. In
Ektorp verfloß der Winter einförmig; Schuldfried
las, fpielte, arbeitete, fuhr in die Kirche und befuchte
die eine oder andere Hütte wo ihre mildthätigen
Hände immer einen Segen hinterließen. So war
ihr Leben von Kindheit auf dahingegangen, und fie
empfand keine Sehnfucht nach einer andern Lebens=
weife.

Im Frühjahr kehrte Aberney nach Junta zurück;
fie traf dann ihren guten Freund Tage und Tante
Sara wieder, und nun begannen die Lectionen, Spa=
ziergänge, Spiele und Gefpräche, welche Schuldfried
immer mehr an Tage und Aberney feffelten. So

waren drei Jahre vergangen. Am vierten Frühling
kamen Sara und Aberney allein. Tage war auf
Aberneys Wunsch nach Schweden gegangen und
sollte sich in Carlsberg zum Marineoffizier aus=
bilden.

So verfloßen drei Jahre, ohne daß Schuldfried
ihren theuern Jugendfreund wieder sah.

Schuldfried zählte jezt siebzehn Sommer. Aus
dem hübschen Kind war eine schöne Jungfrau ge=
worden, die noch immer ihren frischen frohen Sinn
und ihr ungekünsteltes Herz bewahrte. Das in voll=
kommener Einsamkeit erzogene Mädchen hatte indeß
Nichts von der Scheu eines Einsiedlers, und wußte
von keiner schwermüthigen Träumerei. Wenn sie
manchmal beim Singen ihrer Lieder träumte, so
waren es heitere Träume, frisch und naturwahr wie
ihr ganzes Wesen, oder auch stolz wie ihr Character,
niemals aber sehnsuchtskrank oder wehmüthig.

Fröhlich wie eine Lerche, eilte sie an einem schö=
nen Tag zu Anfang Mai nach Junta. Sie war
durch einige Zeilen Aberneys von seiner Ankunft da=
selbst unterrichtet worden. Ihr guter Freund war
im höchsten Grad überrascht, als er seinen Schüz=
ling wieder erblickte, und sah wie sie sich in den
lezten Monaten zum Weibe entwickelt hatte. Der
Blick den er auf sie heftete, bewies daß der gelehrte
Mann, obschon in seine Studien vertieft, gleichwohl
von einer ungewöhnlichen Schönheit überrascht wer=
den konnte.

Tante Sara, deren ganz besonderer Liebling sie
geworden war, bewirthete sie mit allem Kostbaren
was ihre Vorrathskammer an Eingemachtem und

Backwerk besaß, und das junge Mädchen war an
Seele und Herz noch so vollkommen Kind, daß sie
sich all die guten Sachen die Sara aufstellte recht
wohl munden ließ.

Der erste und auch der zweite Besuch auf Junta
wurden vollständig von Erzählungen wie man den
Winter zugebracht, so wie von all den mehr oder
weniger merkwürdigen Ereignissen die einigermaßen
von der täglichen Ordnung abwichen, in Anspruch
genommen. Vor dem Erker sitzend erzählte sie ihrem
guten Freund, wie sie Aberney fortwährend nannte,
daß sie ein langes Gewebe gemacht, daß sie so und
so viel Garn gesponnen, welche Bücher sie gelesen,
welche Musik sie eingeübt, wie oft sie die Kirche besucht, was für schöne Topfpflanzen sie aufgezogen,
und wie viele Taubenpaare sie jetzt besaß. Als der
Bericht über all diese Merkwürdigkeiten zu Ende
war, fügte sie hinzu:

„Ich habe auch reiten gelernt.“

„Reiten!“ wiederholte Sara und sah bestürzt
von ihrer Stickerei auf. „Das ist nicht möglich. Es
ziemt sich nicht für ein sittsames Mädchen. In meiner Jugend würde man so Etwas nicht gestattet
haben. Bloß sehr vornehme Damen können sich
solche Unweiblichkeiten erlauben, ohne daß es sehr
auffällt.“

„Wenn eine vornehme Dame reiten kann ohne
daß es anstößig ist, so kann auch ich es thun; denn
was für die eine paßt, das paßt auch für die andern.“ Schuldfried sah mit einer lächelnden und trozigen Miene Tante Sara an. „Annika daheim,“ fuhr
sie fort, „bekam beinahe einen Schlag, als sie mich

zum erften Mal zu Pferde fah. Sie fprang fogleich zur Mama um zu klagen; aber damit war Nichts gewonnen. Ich erhielt von meiner Mutter volle Erlaubniß meinen Zelter zu tummeln." Schuldfried lachte. Tante Sara glättete ihre Schürze, ein Zei= chen daß die Alte bei übler Laune war. Aberney ergriff mit echter Profefforsmiene das Wort:

„Liebes Kind, das follteft Du, glaube ich, ganz bleiben laffen. Eine Reiterin zu fein, ift gerade Nichts was ein Weib fchmückt. Es ift gar nicht anmuthig zu fehen wie ein junges Mädchen gleich einem Cofaken zu Pferde einherfprengt. Wir Män= ner bewundern in der Frau gerne ein fchüchternes und mildes Wefen das in feinem Thun und Laffen alles Mannhafte verabfcheut."

„Ach mein guter Freund, ein folches mildes und fchüchternes Wefen werde ich nie," verfezte Schuld= fried. „Die Furcht ift mir fremd, und da ich nichts Böfes thue, fo muß ich Alles thun können was mich gelüftet. Ich liebe Bewegung und Freiheit. Diefe zwei Vortheile habe ich befeffen fo weit ich mich zu= rückerinnern kann. Sie waren meine Schäze und find es noch jezt; beßhalb liebe ichs wie eine Winds= braut auf meinem Pferde dahinzufliegen. Wollte Gott daß ich ein rechtes Reitpferd befäße, aber fo glücklich bin ich nicht."

Ein kleiner Disput entftand zwifchen Schuldfried und Aberney, wobei er fich über den wirklich über= legenen Verftand des Mädchens, ihr logifches Den= ken und die Klarheit ihrer Beweisführung wundern mußte. Dieß war indeß ganz natürlich, wenn man bedenkt daß Schuldfried, in Folge der wiffenfchaft=

lichen Richtung die sie durch Aberney erhalten, ihren Geist wahrhaft ausgebildet und ihren von Natur außerordentlich guten Kopf ungewöhnlich geübt hatte.

Bei ihrem dritten Besuch begannen die Lectionen wieder. Wenn Schulbfriebs Stimme schon in ihren Kinderjahren schön war, so hatte sie jetzt eine ungemeine Kraft und Klarheit gewonnen und war eine wahre Nachtigallenstimme geworden.

Ein Paar Wochen verfloßen schnell für Schulbfried, die ihre Lectionen liebte und sich an der Seite ihres väterlichen Freundes so glücklich und froh fühlte. Eines Tags beschloß Schulbfried nach Junta zu reiten. Sie machte den Weg sonst immer zu Fuße. Der Oberknecht Jvar hatte ihr Mittags gesagt daß Bleß, das beste von den drei Pferden auf Ettorp, frei sei, im Fall das Fräulein davon Gebrauch machen wolle. Natürlich wollte Schulbfried das, und der Oberknecht erhielt den Auftrag es zu satteln.

Nach dem Mittagessen ging Schulbfried in den Stall hinab. Sie wollte Annika nicht wissen lassen daß sie ritt, weil die Alte sonst ein Geschrei von dem Schreck angefangen hätte worein Schulbfried sie verseze.

In einem kurzen Blousenröckchen und Beinkleidern von dunklem selbstgewobenem Zeug, mit einem runden Strohhut auf dem Kopf, war Schulbfried eine, wenn auch nicht gerade elegante, doch ausgezeichnet schöne Reiterin. Mit dem Pferd und Geschirr verhielt es sich jedoch anders. Bleß war ein kleiner, brauner Bauernklepper, mit einem weißen Stern auf der Stirne, einer langen ungekämmten Mähne und kurzen Ohren die er unaufhörlich spizte.

Die Ausrüstung bestand aus einem alten abgetra=
genen Sattel den der Oberknecht bei irgend einer
Auction gekauft, so wie aus einem Zaumgeschirr das
ebenfalls seine besten Tage gesehen hatte. Die Zü=
gel waren von Hanf, allerdings ganz neu, aber un=
beschreiblich einfach. Doch was bedeutete das Alles?
Die Hauptsache für Schuldfried war daß sie reiten
durfte; das Uebrige war Nebensache. Fröhlich und
stolz saß sie im Sattel, gleich als wäre ihr Klepper
ein ausgezeichneter andalusischer Springer und das
Gebiß mit Gold und Edelsteinen geschmückt. Es
ging frisch weg, obschon nur im sogenannten Hunde=
trab. Als sie ein Stück weit gekommen war, hielt
sie ihr Pferd an und ließ es im Schritt gehen. Der
Wald war Schuldfrieds Entzücken und durch diesen
ritt sie immer langsam.

Gott weiß an was das Mädchen dachte, wäh=
rend Bleß mit seiner Last gemächlich voranschritt.
Ganz plötzlich wurde sie durch Hufschläge hinter ihr
aus ihren Gedanken geweckt. Es kam Jemand in
gestrecktem Galopp einhergeritten. Bleß erhob sei=
nen Kopf und wieherte. Schuldfried wandte sich um
und wartete mit nicht geringer Neugierde wer es
wohl sein könnte. Sie erinnerte sich nicht einen
Reiter in der Gegend gesehen zu haben, seit General
Caniß vor drei Jahren gestorben war. Daß es
kein Bauernjunge war der auf der Waide umherritt,
hörte man wohl an den leichten Hufschlägen.

„Wie angenehm," dachte Schuldfried, „daß man
einmal einen Fremden zu sehen bekommt! Das wäre
wahrhaft epochemachend!"

Kaum hatte sie das gedacht, als ein schneeweißer

Zelter den kleinen Hügel heransprang den sie hinter sich gelassen hatte. Das Pferd trug auf seinem Rücken einen schlanken Reiter.

Ohne im Mindesten über den Anblick eines jungen Mannes zu Pferde zu erschrecken, ließ Schuldfried ihren Bleß seinen bescheidenen Hundetrab weiter gehen und wartete ungeduldig bis sie den Reiter zu sehen bekäme. Jezt war er ganz nahe. Wieder wandte sie ihren Kopf.

Bei dieser Bewegung riß der Reiter die Zügel an sich, just in dem Augenblick wo sein Pferd vorbeispringen sollte. War es die ungewöhnliche Schönheit des Mädchens, oder war es der eigenthümliche Anblick dieser schlanken, eleganten Frauengestalt in einem so dürftigen Reitkleid und auf einem Pferd das zu ganz andern Diensten bestimmt war als es jezt verrichtete, was den jungen Mann veranlaßte so plözlich anzuhalten, oder war es wirklich der Grund den er angab, als er seine Uniformsmüze abnahm und sagte:

„Entschuldigen Sie und erlauben Sie mir die Frage ob dieß der rechte Weg nach Kronbrück ist?"

Seine Augen hafteten mit dem Ausdruck der größten Ueberraschung auf dem Mädchen.

„Nein, Sie sind ganz davon abgekommen, und müssen entweder bis zu dem Kreuzweg bei Junta vorreiten oder zurück bis zu dem Hauptweg am Ende des Waldes," antwortete Schuldfried, zwar mit einer starken Röthe auf den Wangen, aber sonst ohne allen Zwang. Sie hatte mit der Hand die beiden verschiedenen Richtungen bezeichnet die er einzuschlagen hatte.

„Dann will ich lieber vorwärts," antwortete der junge Mann mit einem fremden Accent; „ich kehre nicht gerne um, wenn ich einen Weg betreten habe."

„Dieß ist gleichwohl zuweilen unumgänglich nöthig, denn sonst würden wir nie in die Heimath zurück= kehren die wir verlassen müssen."

Schuldfried sagte dieß mit ihrer gewöhnlichen Ungezwungenheit, ohne sich durch die klaren und strah= lenden Augen des Fremden belästigt zu fühlen. Sie war sich ihrer eigenen Schönheit viel zu wenig be= wußt, um den Ausbruck unverstellter Bewunderung in seinem Blicke zu beachten. Der junge Mann da= gegen schien gar nicht geneigt seinen Weg allein fort= zusezen, sondern ritt im gleichen Schritt mit Schuld= fried weiter, nahm das Gespräch wieder auf und führte es auf eine eigenthümlich lebhafte und origi= nelle Art die unwillkürlich interessirte. Schuldfried wußte kein Wort davon, bis sie an dem Kreuzweg waren.

„Hier scheiden sich unsere Wege," sagte sie lächelnd; „Kronbrück liegt rechts."

„Und wohin geht Ihr Weg?" fragte der Fremde.

„Links nach Junta. Wenn Sie jezt gerade vor= wärts reiten, werden Sie bald die Hauptstraße fin= den." Sie nickte zum Abschied mit dem Kopfe.

„Erlauben Sie eine Frage: Ist das Ihre Hei= math wohin Sie jezt reiten?"

„Nein, ich will nur einen Freund besuchen. Le= ben Sie wohl!" Schuldfried nickte abermals mit dem Kopfe. In dieser Bewegung lag etwas so be= stimmt Abweisendes, daß des jungen Mannes einzige Antwort darin bestand seine Müze abzunehmen und

mit einigen verbindlichen Worten für die angenehme
Gesellschaft zu danken, worauf er sich im Galopp
entfernte.

Nachdenklich sezte Schuldfried ihren Weg fort.
Die feinen schönen Gesichtszüge des Fremden, feine
stolze und dennoch ungezwungene Haltung, seine
tiefen und durchbringenden Augen, Alles das hatte
auf Schuldfried einen lebhaften Eindruck gemacht,
besonders da in diesem Gesichte etwas lag was ihr
bekannt vorkam.

„Vermuthlich gleicht er irgend einem Traumbild in
meinem Innern,“ dachte Schuldfried lächelnd, „denn
in der Wirklichkeit selbst habe ich noch keinen andern
Menschen gesehen als den Pastor, Aberney, Tage
und Tante Sara, so wie die Leute im Hause.“

An diesem Tag ging es mit der Lection ungewöhnlich schlecht. Schuldfried schenkte dem natur-
geschichtlichen Vortrag ihres guten Freundes keine
Aufmerksamkeit, sondern unterbrach ihn unaufhörlich
mit Fragen über ganz andere Gegenstände. Endlich
sagte sie lachend:

„Heute wäre es gewiß angenehmer Etwas über
Finnland und den lezten Krieg zu hören. Ach mein
guter Freund, die Wärme ist so drückend daß ich nicht
denken kann.“

Aberney sah mißlaunisch aus, was er seit der
Ankunft Schuldfrieds gewesen war; denn es war
ihm unangenehm sie zu Pferde zu sehen. Aber bei
diesem Beweis von mangelndem Interesse wurde er
es noch mehr. Schuldfried bemerkte sogleich die
Wolke auf seiner Stirne; sie neigte ihren Kopf schief
und sagte lächelnd:

„Sie dürfen nicht böse sein, Onkel, wenn ich zu=
weilen unaufmerksam bin, aber dieß kommt daher
daß mich manchmal eine Sehnsucht ergreift von die=
sem Lande reden zu dürfen das so manche blutige
Kämpfe durchgemacht hat, und das ich eben beßhalb
so innig, so von ganzem Herzen liebe daß ich mich
nie versöhnen kann mit ..." Eine Hand legte sich
auf Schuldfriebs Lippen; es war Tante Sara.

Inzwischen war die Wolke von Aberneys Stirne
verschwunden, und er begann von diesem Finnland
zu reden das auch ihm lieb und theuer war. Ein
Besuch des Pastors unterbrach indeß bald das Ge=
spräch, und da Aberney jezt von diesem in Anspruch
genommen wurde, so nahm Schuldfried Abschied und
begab sich nach Hause. Als sie den großen Wald=
weg hinabritt, wunderte sich Schuldfried darüber daß
sie Onkel Aberney Nichts von der Begegnung mit
dem Fremden gesagt hatte. Sie konnte nicht begrei=
fen warum sie es nicht gethan, und wäre beinahe
umgekehrt um diesen Fehler gut zu machen, als ihre
Aufmerksamkeit auf einen Gegenstand am Kreuzweg
gelenkt wurde. Dort stand nämlich ein weißes Pferd
an einen Baum gebunden. Sie erkannte es sogleich.

„Hat er seinen Weg nach Kronbrück nicht fort=
gesezt?" fragte Schuldfried in Gedanken; „oder warum
hat er das Pferd hier gelassen?"

Jezt erhob sich eine männliche Gestalt. Er hatte
von den Gebüschen verdeckt unter dem Baume ge=
legen wo das Pferd stand. Ehe Schuldfried an
Ort und Stelle kam, hatte er sich in den Sattel ge=
schwungen und erwartete sie zu Pferde.

„Zürnen Sie über meine Keckheit Sie hier zu

erwarten?" fragte er mit einer höflichen Verbeugung und einem verbindlichen Lächeln.

„Sie wollten ja nach Kronbrück?"

„Allerdings; aber bei näherer Ueberlegung zog ich es vor den andern Weg zu nehmen den Sie mir bezeichneten."

„Geschah es darum weil Sie dann doppelt so weit zu reiten hatten?"

„Ja, es gibt wirklich in unserem Leben Augenblicke wo wir die Zeit festzuhalten und den Weg zu verdoppeln wünschen den wir zurückzulegen haben."

„Sie sagten indeß daß Sie nicht gerne umkehren."

„Das ist wahr, aber ich kehre nicht um, sondern seze nur meinen Weg fort. Im Uebrigen liegt in den Umständen so viel was uns veranlaßt unser Benehmen zu ändern. Nur unsere Principien dürfen nie verändert werden."

Ohne eine weitere Erlaubniß abzuwarten, ritt er neben Schuldfried her.

„Wenn man Finnland zum ersten Mal besucht," sagte er im Laufe des Gesprächs, „so hat seine Natur etwas Abschreckendes durch seine tiefen Wälder, seine Moräste und seine Berge. Das Land ist für einen Nichteingebornen nicht sehr einladend."

„Das sagen Sie weil Sie dieses Land mit seinem Reichthum an Seen und seiner großartigen Natur nicht kennen. Ach, in meinen Augen ist es schön und lieblich."

„Sie sind darin geboren und erzogen. Wenn Finnland noch so häßlich wäre, so hätte es doch ein Recht auf seine schönen Töchter stolz zu sein."

„Sagen Sie lieber auf seine muthigen Söhne. Seine Männer sind wie die Felsen bei denen sie aufgewachsen sind, stark und muthig."

Der junge Mann lächelte, indem er antwortete: „Das glauben wir alle von unsern Landsleuten."

„Möglich, aber in diesem Fall entscheidet die Geschichte. Das Volk das mit Heldenmuth für seine Selbstständigkeit gesiegt und gestritten hat, ist von Character ein großes Volk."

„Wie die Finnen," fiel der Fremde etwas ironisch ein.

„Ja, das finnische Volk ist groß von Character," antwortete Schuldfried mit flammenden Wangen und blickte den Fremden stolz an.

„Ich kenne Ihr Volk nicht, aber ich glaube gern was so schöne Lippen sprechen, besonders wenn es mit so vieler Begeisterung vorgetragen wird. Sie dürfen indeß nicht vergessen daß Finnland jezt ein russisches Fürstenthum ist. Es ist also nicht immer siegreich aus dem Kampfe hervorgegangen."

„Es wurde nicht besiegt, sondern verrathen. Gegen die Gewalt hat der Finne bis auf den lezten Mann gestritten, aber gegen Betrug und Verrath gibt es keinen Heldenmuth."

„So jung und schon so heimisch in ernsten Dingen daß Sie mit Wärme Ihre Nation vertheidigen?"

Das Interesse des Fremden hatte sich bedeutend gesteigert.

„Sind wirklich hohes Alter und große Kenntnisse nöthig um die Vatererbe zu lieben? Jeder Bauer hegt ja dasselbe Gefühl. Die Liebe zum Vaterland ist uns angeboren."

„Möglich; sie ist indessen ein Instinct den nicht Alle haben. Ich kenne Menschen welche die ganze Welt als ihr Vaterland betrachten."

„Dieß müssen sehr Wenige sein."

„Glauben Sie das?" sagte der Fremde mit einem eigenthümlichen Lächeln. „Ich gehöre leider zu diesen Wenigen die kein Vaterland anerkennen."

„Ich beklage Sie," versezte Schuldfried und versezte ihrem Pferde einen kleinen Schlag mit der Weidengerte die sie als Reitpeitsche benüzte.

Bleß trabte ein wenig schneller.

„Warum reiten Sie ein so schlechtes Pferd?" rief der Fremde unwillkürlich, als er eine Weile den Bauerngalopp betrachtet hatte welchen Bleß ausführte.

„Aus dem einfachen Grund weil ich kein anderes besize," antwortete Schuldfried lachend, ohne im Mindesten verlegen zu werden.

„Wer hat Sie reiten gelehrt?"

„Unser Oberknecht und ich selbst. Sie halten mich ganz gewiß für eine schlechte Reiterin. Aber das bedeutet Nichts, denn ich reite einzig und allein weil ich es angenehm finde. Ach ich möchte wie ein Sturmwind dahineilen können!"

„Wirklich! Und doch reiten Sie so langsam?"

„Durch den Wald, ja! Da lausche ich gerne auf die Seufzer der Waldfrau die durch die Bäume säuseln, und auf den Gesang der Vögel; da ist mir so wohl."

Es entstand eine kleine Pause. Schuldfried hatte ihr Pferd wieder im Schritt gehen lassen und schien einige Augenblicke vergessen zu haben daß sie nicht allein war. Der Fremde brach das Stillschweigen.

„Sie wohnen hier in der Gegend?"

„Ja, ich bin hier aufgewachsen."

Sie waren jetzt auf einem Hügel, und durch eine Oeffnung im Wald zeigte sich ein schöner Landsee und an demselben ein Gut. Schuldfried deutete auf das Letztere und fügte hinzu:

„Dort liegt meine Wohnung Ektorp."

„Ah!" — Eine leichte Wolke glitt über die breite und klare Stirne des Fremden, als drängte sich ihm eine unangenehme Erinnerung auf.

„Sie sind vermuthlich ein Reisender der Finnland zum Erstenmal besucht," begann Schuldfried wieder, ohne die Veränderung auf seinem Gesicht zu bemerken.

„Ja ich bin Reisender und halte mich gegenwärtig in Kronbrück auf."

„In Kronbrück! — Der Eigenthümer ist also zurückgekehrt? Er war, Gott sei Dank! mehrere Jahre nicht hier."

„Warum sagen Sie Gott sei Dank?"

„Weil ... weil ... er ein Russe ist," antwortete Schuldfried. „Für jeden solchen der sich nicht in Finnland befindet danke ich Gott."

Das Gesicht des Fremden verfinsterte sich, und es lag ein eigenthümlicher Ausdruck in seiner Stimme, als er antwortete;

„Sie sind unbedachtsam und vergessen gänzlich daß ich ein Fremder bin."

„O nein; aber welchen Nutzen hätten Sie davon wenn Sie meine Worte übel deuteten? Ich habe ja bloß gesagt was ich denke, und das kann doch kein Verbrechen sein?"

„Zuweilen doch, z. B. wenn ich selbst ein Russe wäre!"

„Sie!" — Schuldfried zerrte so stark an ihrem Pferde, daß Bleß, der an solche Bewegungen ganz und gar nicht gewöhnt war, einen heftigen Seiten=sprung machte und bei dieser Gelegenheit die Reite=rin aus dem Sattel warf. Sogleich stand der Fremde auf dem Boden und beugte sich hinab um Schuld=fried aufzuheben. Bleß, der sich frei fühlte, folgte seinem Verlangen nach dem Stalle und sprang in vollem Carriere nach Hause. Das Pferd des Frem=den dagegen blieb lammfromm stehen, während sein Herr Schuldfried aufhob.

„Wie ists? Haben Sie sich beschädigt?" fragte er theilnehmend.

Ein sonderbares Spiel des Schicksals wollte daß sie sich jetzt auf demselben Plaze befanden wo Con=stantin vor sechs Jahren Tage und Schuldfried miß=handelt hatte.

„Ich kann auf dem einen Fuß nicht stehen; ich muß ihn verrenkt haben," antwortete Schuldfried, die bei dem Versuche zu stehen vor Schmerz todes=blaß wurde.

Mit starken Armen trug der Fremde sie auf eine weiche Grasbank wo er sie niedersezte.

„Dieses Ihr Mißgeschick muß ich auf mein Ge=wissen nehmen," sagte er. „Wie stehts mit dem Fuße?" fügte er sanft hinzu. „Wenn Sie nicht hier bleiben wollen, so reite ich auf Ihr Gut und schaffe einen Wagen her; oder wenn Sie auf meinem Pferde sizen zu können glauben, so will ich Sie zu Fuße begleiten. Das Gehen wird, wie Sie selbst finden, unmöglich."

„Ach da will ich lieber Ihr Pferd benüzen. Sie sind gar zu gütig daß Sie es mir so ritterlich anbieten." — Schulbfried lächelte.

„Aber Sie dürfen nicht länger hier bleiben, denn Ihr Fuß erfordert baldige Hilfe, und bis ich nach Kronbrück zum Arzte komme, steht es noch lange an."

„Zum Arzte!" rief Schulbfried erschrocken. „Nein, um Gottes willen schicken Sie nach keinem Arzt. Man wird mich daheim schon pflegen."

Das Wort Arzt erinnerte sie an das einzige Mal wo sie eines solchen bedurft hatte.

„Und man wird es schlimmer machen. Das ist wahrscheinlich."

Er beugte sich hinab um Schulbfried aufzuhelfen, aber sie schob sachte seinen Arm zurück und sagte:

„Ich bin schon manchmal gefallen und habe mir wehe gethan, aber ich habe nur ein einziges Mal ärztliche Hilfe gebraucht. Versprechen Sie mir daher daß Sie keinen Arzt schicken wollen."

„Ich verspreche Nichts; aber ich sage mit aller Bestimmtheit daß Sie hier nicht länger bleiben dürfen." Ehe Schulbfried noch weitere Einwendungen machen konnte, war sie vom Boden aufgehoben und auf das Pferd gesezt.

„Thut der Fuß sehr weh?" Schulbfried konnte vor Schmerz kein Wort sagen; auch erwartete er keine Antwort, sondern nahm das Pferd beim Zügel und brachte so das arme Mädchen nach Ektorp. Kein Wort wurde zwischen ihnen gewechselt. Am Thor

bat Schulbfried ihren Begleiter, er möchte anhalten
unb ihr aus bem Sattel helfen, was er auch that.
Sie sezte sich auf eine kleine Bank die bort stanb,
unb als er sie über den Hof führen wollte, sagte sie:

„Nein, lassen Sie mich hier bleiben. Wenn Sie
sich entfernt haben, will ich Jemanb zu Hilfe rufen."

„Warum erlauben Sie nicht baß ich Sie die
wenigen Schritte über ben Hof begleiten unb stüzen
barf?"

„Meine Mutter sieht nicht gern Gäste," antwor=
tete Schulbfried. Er betrachtete sie einige Minuten,
als wäre er unschlüssig ob er gehorchen solle ober
nicht; dann nahm er seine Müze ab, machte eine
achtungsvolle Verbeugung unb entfernte sich mit ben
Worten:

„Leben Sie wohl! Möge Ihr Fuß balb gut
werden!"

Ehe Schulbfried einige Worte bes Dankes stam=
meln konnte, hatte er sich auf sein Pferd geschwun=
gen unb enteilte ventre à terre. Sie blickte ihm
wehmüthig nach. Es kam ihr vor als ob ber Buch=
fink ber zwitschernb auf bem Baum über ihrem Kopfe
saß eine ganze Menge trauriger Geschichten erzählen
wollte. Eine eigenthümliche Unruhe unb Qual er=
füllte ihre sonst so ruhige Brust, unb eine stille
Ahnung flüsterte baß bie Geschichte mit bem Fuß
Unglück bebeute. Endlich als sie von bem enteilen=
ben Reiter nichts mehr sah, begann sie zu rufen,
unb nach einer Weile erschien Annika in ber Küchen=
thüre; ba eine hohe Syringenhecke die Bank verbeckte
wo Schulbfried saß, so konnte bie Alte sie nicht

ſehen, ſondern ging erſt nach einigen wiederholten
Rufen auf die Richtung los woher die Töne kamen.
„Was gibts? Warum ſchreiſt Du ſo ſchrecklich?"
„Liebe Annika, ich habe den Fuß verrenkt und
kann nicht vom Fleck," antwortete Schuldfrieb.
„Herr mein Vater, was iſt das? Haſt Du den
Fuß verrenkt? Wie Du ausſiehſt! Ganz verrückt
wie eine Landſtreicherin! Jezt begreife ich; Du biſt
ausgeritten. Das Mädchen, das Mädchen, es ſtürzt
gewiß noch in ſein Verderben . . ." Hier unterbrach
ſich Annika plözlich, denn Schuldfrieb wurde ſehr
blaß.

„Peter, Peter," begann die Alte einem Knecht
zuzurufen der des Weges kam; „trag das Fräulein
hinauf, ſie hat ſich den Fuß verlezt."

Annika ging ſelbſt habernd voran, und Peter
folgte mit Schuldfrieb, die er auf Jungfer Annikas
Befehl in ihr Zimmer hinauftrug.

Als man ihr den Strumpf auszog, zeigte es ſich
daß der Fuß geſchwollen war. Annika wuſch ihn
mit Branntwein, während ſie mit Schuldfrieb überlegte wie man es vermeiden könne Frau Smith we-
nigſtens an dieſem Abend noch Etwas zu ſagen.
Troz aller Bemühungen Annikas wurden die Schmerzen immer ſtärker, und die Alte wurde ganz troſtlos,
als der Verſuch den Fuß durch Ziehen wieder ins
rechte Geleiſe zu bringen ohne Erfolg blieb.

„Es wird wohl das Beſte ſein, liebes Herzchen,
wenn Jvar oder Peter nach Kronbrück zum Doctor
hinüberreitet," ſagte Annika. In dieſem Augenblick
hörte man einen Wagen vorfahren und vor dem
Gitterthor anhalten. Dieß war etwas ſo Außer-

orbentliches baß Annika troz ihrer Angst von der stöhnenden Schulbfried hinweg und ans Fenster sprang.

„Ein fremder Herr und das mitten in diesem Elend," rief sie und eilte hinaus. Im Vorhaus traf sie den Ankömmling, einen ältern Mann von vortheilhaftem Aeußern. Annika erkannte sogleich Dr. Wagner.

„Man hat mir gesagt baß Fräulein Smith sich verlezt habe," sagte der Doctor.

Annika stierte ihn an, und in ihrem Kopf spudten wunderliche Ideen von Walbgeistern und dergleichen die Botendienste verrichtet hätten. Wer sonst hätte nach dem Doctor schicken können, und wie ließ es sich natürlich erklären baß er gerade in dem Augenblick kam wo sie seine Hilfe wünschte? Als die Alte nichts antwortete, fuhr Wagner fort:

„Sollte man etwa Spott mit mir getrieben haben, und sollte Fräulein Smith meiner Hilfe nicht bedürfen?"

„Ach Du lieber Gott, freilich bedarf sie Hilfe; aber es ist so wunderbar, es ist... es ist..."
— Annika verneigte sich einmal ums andere und führte den Doctor zu Schulbfried hinauf.

Er grüßte die Patientin, die bei seinem Anblick die Farbe wechselte, mit ausgesuchter Höflichkeit, untersuchte den beschädigten Fuß und fand baß er gänzlich verrenkt war. Mit einigen gewählten Worten bat er Schulbfried um Entschuldigung baß er genöthigt sei ihr Schmerz zu verursachen. Schulbfried überstand jedoch den Schmerz mit bewundernswürdiger Gebulb und ohne baß ein Laut der Klage über ihre Lippen kam. Der Doctor verschrieb hierauf einige Umschläge.

Als der Wagen mit dem Arzt weiter rollte, kam Frau Smith langsam aus dem Garten. Die verflossenen sechs Jahre hatten die Runen des Kummers noch tiefer in ihre Züge eingegraben. Ihr ganzes Aussehen schien von Schmerz versteinert zu sein. Bei ihrem Eintritt in die Vorhalle rief sie Annika, die sogleich aus Schuldfriebs Zimmer herabkam.

„Ich meinte ein Wagengerassel zu hören," sagte Frau Smith. „War ein Gast da?"

„Ja, der Doctor von Kronbrück," antwortete Annika ganz dreist.

„Was sucht er hier?"

„O, drum hat Schuldfried . . ."

„Schuldfried, Schuldfried," wiederholte Frau Smith, indem sie auf die Alte zutrat. „Was ist ihr begegnet?"

„Sie hat den Fuß verrenkt. Aber es ist nichts Gefährliches, der Doctor hat ihn bereits eingerichtet."

Ohne mehr anzuhören, ging Frau Smith zu ihrer Tochter hinein. Annika murmelte:

„Gott sei Dank daß sie nicht fragte wie der Doctor hieherkam, denn da hätte ich ihr nicht antworten können."

Wir versezen uns jezt nach Kronbrück. Der große Herrensiz hatte seit dem vor drei Jahren erfolgten Tod des Generals leer gestanden. Constantin befand sich, als sein Vater starb, auf einer See-

erpedition. Jezt nach sechs Jahren kam der junge
Eigenthümer ganz plözlich in Begleitung zweier russischen Edelleute die leidenschaftliche Jäger waren
auf seinem Erbgute an.

Das Schloß in Kronbrück war ein vierediges
Gebäude mit zwei großen Flügeln. General Canitz
hatte die Zimmer mit fürstlicher Pracht einrichten
und möbliren lassen. Da war aller Luxus ange-
häuft der den Geschmack des reichen Russen kenn-
zeichnete. Das Haus mit seinen Marmorsäulen und
Balconen war ein wahrer Palast. Der größte Saal
im ersten Stock, der mitten im Hause lag und quer
durch dasselbe ging, mit Fenstern die bis auf den
Boden reichten, und Glasthüren die zum Balcon
hinausführten, kann als Probe für die Einrichtung
der übrigen Gemächer dienen. Die Tapeten daselbst
waren von grauem Seidendamast mit eingewobenen
Blumen in Roth und Silber. Die zwischen den
Fenstern angebrachten Spiegel waren in versilberte
Rahmen eingefaßt, mit Einlagen von den prächtig-
sten Crystallen und Mineralien. Die Möbel, von
versilbertem Holz, waren mit demselben Zeug über-
zogen woraus man die Tapeten genommen. Ein
großer und vier kleinere silberne Kronleuchter mit
rothen Gläsern hingen von der Decke herab, und in
allen Ecken des Salons standen Marmorgruppen die
silberne Candelaber hielten.

Die Vorhänge waren mit kostbaren Borten und
Quasten von Roth, Grün und Silber versehen.

Auf einem der vielen kleinen Sophas die sich in
diesem Zimmer befanden, lag an demselben Abend
wo Schuldfried ihre Begegnung mit dem Fremden

gehabt der junge Eigenthümer von Kronbrück. Die Glasthüren nach dem Gartenbalcon standen offen und ließen balsamische Blumendüfte hereinströmen.

Lothar Constantin Caniß war um diese Zeit etwa zwei und zwanzig Jahre alt und hatte ein höchst vortheilhaftes Aeußere. Die hohe und breite Stirne war so frei und offen, daß es schien als könne sie von keinen Wolken beschattet werden. Die tief lie= genden, großen und dunkeln Augen hatten einen gemischten Ausdruck von Intelligenz, Milde, Feuer, Leidenschaft und Kühnheit. Das Gesicht war gerade= zu oval, die Nase fein geschnitten, der Mund klein und mit blendend weißen Zähnen versehen; ein dunkles Haar und dito Backenbart umrahmten das Gesicht.

Für den Augenblick schien Constantin von un= ruhigen Gedanken gequält zu sein. Einmal ums andere sah er auf seine Uhr, und da ihm dieß keine Zerstreuung gewährte, ergriff er endlich eine silberne Glocke, die auf einem Marmortischchen neben ihm stand, und klingelte heftig. Ein Bedienter in grü= ner und rother Livree erschien sogleich.

„Ist der Doctor zurückgekommen?" fragte Con= stantin den Eintretenden auf russisch.

„Nein, noch nicht," lautete die Antwort die in derselben Sprache abgegeben wurde.

„Sage ihm, sobald er kommt, daß ich warte." — Dieselbe Frage und derselbe Auftrag wiederholte sich jetzt zum siebenten Mal, seit der Doctor Kronbrück verlassen hatte. Als der Bediente nach einer tiefen Verbeugung das Zimmer verließ, begann Constantin in sichtbarer Ungeduld auf und ab zu gehen. Endlich blieb er bei einer der aufgeschlagenen Glasthüren stehen und schaute hinaus. In der Ferne zeigte sich der See. Die Sonne lehnte ihre glühende Wange an seinen kühlen Schooß.

Welcher Art auch die Betrachtungen waren die den jungen Mann beschäftigten, so wurde er bald durch den Eintritt einer Person darin gestört. Constantin wandte sich sogleich um und Dr. Wagner kam auf ihn zu.

„Nun Doctor, wie stehts?" fragte Constantin auf französisch.

„Den Fuß habe ich jezt eingerichtet, aber sie muß sich zwei bis drei Wochen ruhig halten und darf sich gar nicht rühren," antwortete der Doctor mit einem verbindlichen Lächeln.

„Ich versprach Ihnen die größtmögliche Beloh= nung, wenn Sie den Schaden bald heilen würden."

„Herr Baron, meine Kunst kann nur der Natur zu Hilfe kommen; wir Aerzte sind keine Götter."

„Nein, das merke ich wohl; und wahrlich, ich weiß nicht was Ihre Kunst nüzen soll wenn die Na= tur die größte Arbeit verrichten muß." — Constan= tin warf sich auf einen kleinen Sopha den er an die offenen Glasthüren geschoben hatte.

„Sie dient dazu einen verrenkten Fuß einzurich= ten, einen gebrochenen Arm zu verschienen, Wunden die man sich zugezogen hat zu heilen, ferner ..."

„Aha, Sie haben ein gutes Gedächtniß, merke ich. Wissen Sie was, Doctor, Sie sind ein eigen= thümliches Gemisch von Schlauheit und Keckheit, von demüthiger Kriecherei und dreister Offenheit. Sie sind, wie alle Ihre Landsleute, eine wunderliche Zu=

fammenfezung aus einem Schurken und einem ehr=
lichen Kerl."

Ueber die lächelnden Züge des Doctors flog ein
drohender Ausdruck, aber so schnell daß er keine
Spur hinterließ.

„Was Sie über mich und meine Landsleute be=
merken, das kann man, wage ich zu behaupten, von
allen Leuten sagen. In jedem Winkel unsers In=
nern findet sich immer der Same woraus ein Schurke
gebildet werden kann. Es kommt ganz auf die Ver=
hältnisse an worein wir kommen, ob der Schurke
oder der ehrliche Mann die Oberhand behält."

„Oder ob sie Hand in Hand gehen werden, wie
bei Ihnen?"

„Ganz richtig, aber jezt muß ich Sie verlassen."
Der Doctor machte einen tiefen Bückling. Constan=
tin streckte die Hand aus und sagte lächelnd:

„O glauben Sie nicht daß Sie mir so leicht da=
von kommen. Gurzskow und Brunskowirz sind auf
der Jagd. Ich bin also allein und wünsche daß
Sie mir heute Abend Gesellschaft leisten. Ich habe
allerlei mit Ihnen zu plaudern; es ist sehr lange
her daß wir uns nicht mehr vertraulich unterhielten.
Sie müssen mir also für den Rest des Tages Ge=
sellschaft leisten."

„Mit dem größten Vergnügen," antwortete der
Doctor verbindlich, legte seinen Hut weg, schob einen
Lehnstuhl vor und wollte sich eben sezen, als Con=
stantin sagte:

„Haben Sie die Güte zu klingeln. Wir können
unmöglich reden, wenn wir nicht Pfeifen und Wein
haben."

Als der Doctor nach der Klingel griff, warf er einen düstern Blick auf den jungen Mann der ihn mit einer gewissen gleichgiltigen Ueberlegenheit behandelte.

Einige Augenblicke später finden wir den Arzt und den Eigenthümer von Kronbrück mit Pfeifen im Mund und mit Gläsern vor sich, aus denen sie einen sehr edeln Traubensaft nippten. Eine lange Pause war entstanden. Der Doctor schien gänzlich damit beschäftigt seine außerordentlich kleinen Füße zu betrachten. Constantin dagegen schaute gedankenvoll die Rauchwirbel an. Seine Nachdenklichkeit war wirklich, aber des Doctors Bewunderung für seine Stiefel war rein fingirt, weil er von Zeit zu Zeit auf Constantin einen lauernden Blick warf. Endlich brach Lezterer das Schweigen. Er heftete seine durchbringenden Augen auf den Doctor und fragte:

„Haben Sie Nichts von Ihrer neuen Patientin zu erzählen?“

„Ich habe Ihnen ja bereits über ihren Gesundheitszustand berichtet,“ antwortete der Doctor ganz gleichgiltig, ohne scheinbar verstehen zu wollen daß Constantin von ihr zu hören verlangte.

„Ei wie, spielen Sie nicht den Einfältigen. Sollten Sie Ihren Scharfsinn so gänzlich verläugnen um . . .“

„Um nicht zu ahnen daß ganz andere Gefühle als Mitleid Ihnen Unruhe um das Schicksal des Mädchens einflößen, wollen Sie sagen. O nein, ich verstehe Ihre Gefühle jezt vollkommen eben so gut wie früher, aber jezt schweige ich und warte auf Ihr

Geständniß daß Sie das Mädchen nicht bloß schön, sondern unwiderstehlich reizend gefunden haben. Sie gleicht einer üppigen Rose die mit ihrer Schönheit und ihrem Duft selbst einen Heiligen verlocken kann sie brechen zu wollen. Und daher kommt Ihr Interesse."

„So!" Constantin lächelte beinahe höhnisch. „Sie glauben also ich könne kein Mitleid empfinden, wenn es nicht in meinen egoistischen Begierden seinen Ursprung habe?"

„Vom Glauben, Herr Baron, ist hier nicht die Rede; ich bin vollkommen überzeugt daß es sich so verhält; aber Sie wollten nicht davon mit mir reden, sondern von dem schönen Mädchen da drüben auf dem kleinen Ettorp."

„Sie haben Recht. Was ich bin, wie viel Gutes oder Böses in mir liegt, das weiß noch Niemand, nicht einmal ich selbst, und am allerwenigsten Sie."

Es enstand eine Pause.

„Sahen Sie des Mädchens Mutter?" fragte Constantin.

„Nein, nur die alte Magd."

„Wissen Sie Etwas von den Bewohnern Ettorps?"

„O ja, eben so viel wie alle Andern hier in der Gegend, vielleicht noch Etwas mehr. So z. B. weiß ich daß dieses Mädchen, dessen Schönheit Sie jezt eingenommen hat, dasselbe Kind ist das Sie vor sechs Jahren mißhandelten."

„Wirklich? Ich fürchtete es in Wahrheit." — Constantin sah betrübt aus. — „Noch mehr; ich meinte in diesen schönen Zügen das Gesicht des Kindes zu erkennen, als es bewußtlos dalag und Sie mich zwangen zu entfliehen."

„Ferner weiß ich daß die Mutter ein gänzlich ab= geschiedenes Leben führt. Sie geht mit Niemand um, fährt niemals aus, außer dreimal jährlich in die Kirche, empfängt nie einen Besuch außer vom Pastor. In dieser Einsamkeit hat sie ihre schöne Tochter erzogen, die ohne allen Zwang aufwachsen durfte. Sie ist in Bezug auf Gewohnheiten und Beneh= men ein Naturkind, aber an Geistesbildung den meisten Mädchen ihres Alters überlegen. Ferner weiß ich Etwas was Sie vielleicht selbst nicht wissen, näm= lich daß Frau Smith von dem General, Ihrem Vater, Ektorp auf zwölf Jahre gepachtet hat, und daß dieser Pacht jetzt erneuert werden oder die Wittwe abziehen muß. Das gibt natürlich ein Geschäft zwi= schen Ihrem Verwalter und der alten Dame." — Des Doctors Augen ruhten mit einem beinahe bos= haften Ausdruck auf Constantin.

„Nun das sind ja ganz gleichgiltige Sachen," bemerkte dieser.

„Allerdings; aber wer weiß wozu die Kenntniß davon in Zukunft führen kann? Es ist immer gut zu wissen auf welchem Fuß man mit Leuten steht für die man sich interessirt. Der eigene Vortheil ist der Ursprung aller Ergebenheit."

„Welche abscheuliche Lebensphilosophie!"

„Möglich, aber gleichwohl ist sie es der wir alle in unserer Handlungsweise huldigen."

Constantin zuckte verächtlich die Achseln, als wollte er andeuten daß er diesen Einwurf ganz und gar keiner Antwort werth finde.

„Von wem hat das Mädchen die ungewöhnliche Geistesbildung erhalten von der Sie sprechen?"

„Theils von ihrer Mutter, theils von einem Nachbar, Professor Aberney, dem Eigenthümer von Junta."

„Dem Vater des Jungen der an jenem abscheulichen Tage so hartnäckig das Mädchen zu vertheidigen suchte?"

„Er ist nur Pflegevater. Der Professor ist Junggeselle und ein Mann von etlichen und vierzig Jahren, stattlich in seinem Aeußern und ein echter Finne von Character." ·

„Ich verstehe, ein Stierschädel."

„Ja wenn Sie die unerschütterliche Festigkeit, Rechtschaffenheit und warme Vaterlandsliebe welche das finnische Volk auszeichnen so nennen wollen."

„Wann wurden Sie, Doctor, ein solcher Bewunderer dieses „trägen und halsstarrigen" Volks?"

„Mit Erlaubniß, Herr Baron, ich bewundere nicht, sondern spreche bloß von einer Thatsache."

„Gut, wollen Sie jezt hören was ich in Bezug auf das Mädchen wünsche?"

„Brauchen Sie es wirklich zu sagen? Ich sollte meinen, das wäre vollkommen überflüssig. Fürs Erste, das Mädchen soll nicht erfahren daß Sie Constantin Canitz sind. Sie soll Sie für Gurzskow oder irgend einen Andern halten, nur nicht für den Eigenthümer von Kronbrück. Ferner wollen Sie durch mich eine Correspondenz zu Stande bringen, und endlich soll ich das Terrain sondiren, damit Sie erfahren wie Sie mit dem Mädchen in Berührung kommen können."

Constantin sprang vom Sopha auf, stürzte ein volles Glas hinab, lief einmal im Zimmer hin und her, und blieb dann mit gekreuzten Armen vor dem Doctor stehen, indem er langsam sagte:

„Haben Sie das Mährchen gelesen wie der Teufel Seelen wirbt?"

„Nein, ich lese niemals Mährchen."

„Das ist Schade, sonst würden Sie sich selbst darin erkannt haben, denn er macht es ganz wie Sie. Er nimmt die schönsten Vorsäze eines Menschen und wendet sie zum Bösen. Dieß geht so zu, daß er, im Augenblick wo ein guter Beschluß gefaßt wird, der menschlichen Schwachheit alle möglichen Mittel zeigt wie sie ihre Leidenschaft befriedigen kann. Das thun auch Sie. Als ich mich von dem Mädchen entfernte, beschloß ich sie nie wieder zu sehen. Ich schickte Sie hin, damit sie baldige Hilfe erhalten sollte, weil ich mich für den Urheber des Unglücks ansah. Ich wollte unerkannt bleiben, damit in ihr keine unangenehme Erinnerung an unser kurzes Beisammensein erwachen sollte. Endlich wollte ich Ihnen meinen Wunsch mittheilen von ihrer öconomischen Stellung Kenntniß zu erhalten, und dann sollten Sie sagen daß der Fremde der ihr die Unannehmlichkeit mit dem verrenkten Fuße zugezogen habe jezt wieder abgereist sei. Alles das war, auf Ehre und Seligkeit, meine feste Absicht."

„In diesem Fall können Sie ja Ihre schönen und romantischen Vorsäze auch ausführen."

Constantin that in sichtlicher Aufregung wieder einen Gang durch das Zimmer. Des Doctors Blick folgte ihm.

„Ich möchte wissen," begann Constantin wieder,
indem er vor den offenen Glasthüren stehen blieb,
„ob mein Vater nicht einen schrecklichen Mißgriff be=
ging als er Sie zu meinem Gouverneur machte.
Sie waren der Mann den ich bis zur Anbetung
liebte. Sie besaßen also eine unbegrenzte Gewalt
über mich, Sie hätten mich mit Ihrem überlegenen
Verstand leicht vom Bösen abhalten können, und
gleichwohl gab es kaum eine Ausschweifung oder
unrichtige Handlung in meinem Jünglingsleben, die
nicht aus dem Samen erwachsen wäre den Sie in
mein Inneres gelegt hatten."

„Wenn es so wäre, wie konnten Sie mich dann
einen ehrlichen Mann nennen?"

„In Ihrem Verhältniß zu mir als Lehrer habe
ich Sie nie ehrlich genannt, sondern gerade darin
waren Sie ein Schurke."

„Und dennoch haben Sie mir den Plaz verschafft
den ich jezt besize?"

„Das that ich aus zwei Gründen. Erstens weil
Sie durch Ihre Hofmeisterstelle bei mir eine Zeit
vergeudeten die Sie nüzlicher hätten anwenden kön=
nen. Ich stand bei Ihnen in einer großen Schuld
die ich nicht so leicht abtragen konnte. Ihr Ein=
kommen als Hofmeister konnte Ihnen den Verlust
der Zeit die ich Sie kostete nicht ersezen. Um meine
Schuld zu bezahlen, mußte ich es so einrichten daß
Sie ein Amt erhielten das mit Ihren Ansprüchen
übereinstimmte."

„Und dieß glauben Sie von der Stelle die ich
jezt inne habe? Warum nicht eben so wohl von der=

jenigen die Ihr Vater mir bei der Fürstin N. ver=
schaffen wollte?"

„Darum weil Sie dann in Rußland hätten leben
müssen, bei einer Russin, umgeben von Allem was
Ihre gehässigen Gefühle gegen die Unterdrücker Po=
lens hätte wecken können. In Rußland würde jede
Spur eines bessern Instinctes in Ihnen vertilgt
worden sein. Hier dagegen, in einem Lande bessen
Volk den Leiden fremd war die Ihr eigenes getrof=
fen, gab es Nichts was die schlummernde Erbitte=
rung in Ihrer Seele weckte. Dem ehrlichen Manne
Wagner verschaffte ich durch meinen Vater die Stelle
als Bezirksarzt und machte ihn zum Arzte für Kron=
brück, weil ich vollkommen überzeugt war daß Sie
da ein hinreichendes Feld für Ihre Thätigkeit und
Menschenliebe erhalten würden. Die vergangenen
Jahre haben mir gezeigt daß ich Sie nicht unrichtig
beurtheilte. Sie sind bei Arm und Reich beliebt
und hochgeschäzt. Sie waren der Freund der Ar=
men, der Beistand der Reichen, Sie haben als Arzt
und Mensch gewissenhaft Ihre Pflicht erfüllt."

„Und gleichwohl nannten Sie mich so eben noch
einen Schurken," fiel der Doctor mit seinem geschmei=
digen Lächeln ein.

„Ja und das thue ich noch jezt, denn die Lebens=
philosophie die Sie mir beibringen wollten, verräth
einen Schurken. Die Geschicklichkeit womit Sie auf
den Saiten meines Innern spielten, so daß Sie vor
der Zeit meine Begierden erregten, verräth einen
Schurken, und wenn ich heute nicht ein grundver=
dorbener junger Mann mit einem von Ausschwei=
fungen vertrockneten Herzen bin, so ist dieß nicht

11*

Ihr Verdienst, sondern diese Ehre gebührt meinen
Naturanlagen und dem Umstand daß ich mehrere
Jahre hindurch von dem schleichenden giftigen Ein=
fluß Ihrer Lehren getrennt war." Constantin ver=
stummte.

Dr. Wagner schien nicht geneigt das Gespräch
fortzusezen. Er rauchte ganz gleichgiltig seine Pfeife
und ließ den jungen Baron ungestört in den Be=
trachtungen fortfahren worein er versunken war.
Plözlich wandte sich Constantin an den Doctor:

„Warum wollten Sie einen moralisch elenden
Menschen aus mir machen? Warum haben Sie bei
jeder Versuchung die Mittel angedeutet, wodurch ich
meine uneblen Wünsche befriedigen könnte? Sie ha=
ben somit Alles gethan damit ich untergehen sollte?"
Constantins Stimme war gereizt.

„Herr Baron, Sie haben sich selbst aufgeregt,
und deßhalb erscheint Ihnen Alles in einem falschen
Licht, sonst würden Sie einsehen daß ich nur nach
meinen Grundsäzen gehandelt habe. Ich bin all
diesen Vorurtheilen die dem großen Haufen als
Geseze gelten fremd, und ich habe Sie behandelt
ohne dieselben dazwischen treten zu lassen. Ich habe
die Ueberzeugung daß ein junger Mann von allen
Verhältnissen des Lebens Kenntniß erhalten muß,
um vom Leben selbst eine wahre Anschauung zu be=
kommen. Er muß den schäumenden Pocal des Ge=
nusses gekostet haben, um seine eigene Schwäche und
Stärke kennen zu lernen. Meine Lebensphilosophie
lautet dahin daß wir unser Dasein genießen sollen.
Ist diese Ansicht unrichtig, so mögen Sie mich be=
klagen, aber nicht anklagen; denn sie ist einmal die

meinige und eine andere konnte ich Ihnen nicht bei=
bringen."

„Ihr eigenes Leben ist durchaus keine Reihen=
folge von taumelnden Genüssen, sondern ganz un=
tabelhaft."

„Warum? Weil meine Genüsse nicht von der
gleichen Art sind wie bei andern Menschen. Ich
liebe den Wein, aber nur in mäßigem Gebrauche;
ich habe noch nie ein Weib gefunden das mir rei=
zend erschienen wäre. Dieß hat zur Folge daß ich
mich niemals den Freuden des Weins oder der
Liebe hingegeben habe. Ich habe eine Hauptleiden=
schaft, das sind meine Studien. Ihnen gebe ich
mich hin und genieße sie mit vollen Zügen. Mein
Beruf als Arzt ist mir theuer. Dieß der Grund
warum ich ihm sorgfältig nachkomme. Wenn es mir
kein Vergnügen machte, so würde ich ein saumseli=
ger und gleichgiltiger Doctor sein. Denn wir thun
nur das gut was uns Freude gewährt. Ich über=
lasse mich ohne Zwang Allem was das Leben an=
genehm machen kann. Es ist nicht meine Schuld,
Herr Baron, wenn die Natur mir weniger Mittel zum
Genuß verliehen hat· als Ihnen."

Wiederum entstand eine kleine Pause, worauf
der Doctor von etwas Anderem zu reden anfing,
und bald war es ihm gelungen Constantins In=
teresse so sehr an den Gegenstand zu fesseln den er
behandelte, daß dieser ihr früheres Gespräch ver=
gessen zu haben schien.

Wenige Menschen besaßen ein größeres Talent
mit ihrer Beredsamkeit zu interessiren und zu fesseln
als Dr. Wagner, und gerade das machte ihn so ge=

fährlich, wenn er seine in sittlicher Beziehung so ge=
fährlichen Sophismen verfocht.

Die beiden Herren nahmen ein leckeres Abend=
brob zu sich. Es war Mitternacht vorüber, als der
Doctor nach seinem Hute griff um nach Hause zu
gehen. Er bewohnte den linken Flügel, der an und
für sich einen stattlichen Herrensitz ausmachte.

Constantin reichte dem Doctor zum Abschied die
Hand und ließ ihn bis an die Thüre gehen, ohne
über seinen morgigen Besuch bei Schuldfried ein
Wort zu sagen. Der Doctor hütete sich wohl den
Gegenstand zu berühren. Er wollte eben öffnen,
als Constantin mit erkünstelter Gleichgiltigkeit sagte:

„Wann besuchen Sie morgen Ihre junge Pa=
tientin?"

„In aller Frühe," lautete die Antwort. Noch
eine Verbeugung, ein Druck auf das Schloß und
der Doctor verschwand.

Constantin blieb mitten im Zimmer und schaute
noch immer nach der Thüre. Er murmelte vor
sich hin:

„Welche höllischen Gedanken und Wünsche hat
nicht dieser Dämon in meiner Brust erweckt! Ach
welch ein erbärmliches Werkzeug bin ich nicht in
dieses Menschen Hand! Aber bin ich denn wirklich
der schwache Character der sich von Leidenschaften
beherrschen läßt die ihm ein Anderer einimpft? Ach!
Ich weiß selbst nicht was ich bin, bis ein mächtiges
und starkes Gefühl die Seele beherrscht und in die
Saiten des Herzens greift. Bisher habe ich keine
von diesen innern Kräften empfunden die aus uns
Sterblichen entweder Größen oder Erbärmlichkeiten

machen. Ich habe nie Eltern, nie eine Familie be=
sessen, nie Liebe weder zu Vater noch zu Mutter
empfunden; ich habe nie einen Freund und, was
noch schlimmer ist, nie ein Vaterland gehabt. Mit
einem Vater der von seinem Vaterland abgefallen,
einer Mutter die ich nie gekannt, ist sogar mein
Blut gemischt, und nicht einmal der Instinct fesselt
mich mit Vorliebe an Landsleute oder eine Vater=
erde. Ich gehöre zu einer Nation die ich verachte;
ich diente einem Monarchen den ich verabscheue;
meine ganze Stellung ist geeignet in meinem In=
nern dieses Chaos von Bösem und Gutem hervor=
zurufen das bisher meinen Character gekennzeichnet
hat. Ich, der reiche und mächtige Caniß, bin sehr
beklagenswerth; denn mit 22 Jahren bin ich lebens=
satt und besize nichts Anderes als einen Reichthum
wofür ich mir Alles kaufen kann, nur keine wirk=
lichen Freunde, keine Eltern, kein Vaterland und
kein Glück. Der Ueberfluß kann einen Sinnenrausch
schaffen und Gelegenheit geben unsere Launen zu
befriedigen, aber nicht einen einzigen glücklichen Augen=
blick schaffen."

———

Am folgenden Morgen, als der Doctor eben
seinen Cafe trinken wollte, trat Constantin in seine
elegante und behagliche Wohnung. Wagner saß in
einer großen Bibliothek, deren sämmtliche Wände
mit vollen Bücherschränken besezt waren. Bei Con=
stantins Anblick erhob er sich sogleich und begrüßte
ihn mit ausgesuchter Höflichkeit, indem er sagte:
"Was verschafft mir so frühe die Ehre Ihres

Beſuchs, Herr Baron?" Bei ſich dachte er: „Ich war
überzeugt daß er vor meiner Wegfahrt noch kommen
würde, und ich will mein Leben daran ſezen daß er
einen Brief mitbringt den ich dem Mädchen geben
ſoll."

„Ich wollte Sie vor Ihrer Abfahrt treffen, lie=
ber Doctor, um Sie zum Mittageſſen einzuladen,"
ſagte Conſtantin.

„Ich nehme die Einladung mit großem Danke
an. Sobald ich von meinen Krankenbeſuchen heim=
komme, werde ich die Ehre haben mich einzufinden."

Conſtantin ſprach von einigen gleichgiltigen Sa=
chen und entfernte ſich dann zu nicht geringer Ueber=
raſchung des Doctors, der einen Vertrauensauftrag
erwartet hatte.

„Was beabſichtigte er eigentlich mit dieſem Be=
ſuch?" fragte Wagner ſich ſelbſt. „Solche Einla=
dungen läßt er ſonſt immer durch die Dienerſchaft
ergehen; folglich war dieſe hier nur ein Vorwand.
Er, der reiche und ſtolze Caniz, ſollte ſich einer Ein=
ladung wegen perſönlich bei Wagner einfinden? Un=
möglich." Der Doctor lächelte höhniſch und ging
an das Cafetiſchchen zurück das er verlaſſen hatte.
Als er die Taſſe aufhob, bemerkte er einen Brief
der daneben lag. Er war an ihn adreſirt.

„Aha!" ſagte der Doctor mit einem ſardoniſchen
Lächeln; „jezt erklärt ſich die große Artigkeit." Er
wog den Brief in der Hand und hielt in Gedanken
folgenden Monolog:

„Was enthält wohl das da? Laß uns darüber
nachdenken. Nun, einige Phraſen darüber daß ich
mit meinen Redensarten ſeinen ſchlechteren Menſchen

geweckt habe u. s. w. und dann bittet er mich zu guter Lezt einen Gruß oder ein Billet an das Mäd=chen zu bestellen das ich behandle. Pah! Der Tropf besizt nicht einmal moralische Kraft genug um den Bruder Liederlich zu spielen, ohne deßhalb Andere anzuklagen." Die lächelnde Miene des Doctors ver=änderte sich plözlich und nahm ein Gepräge unver=söhnlichen Hasses an, indem er fortfuhr: „Du täu=schest Dich, weichlicher Jüngling, wenn Du glaubst daß ich Dich einzig und allein zu Ausschweifungen verleiten wolle. Nein, ich will Deinen Untergang; ich wünsche aus Deinem Leben eine Kette von Qualen und Verbrechen machen zu können die Dein Inneres mit den Martern der Angst zerfleischen sollen, wenn Dein stolzes Herz zum Bewußtsein sei=ner Selbsterniedrigung erwacht. Was müßtest Du nicht erleiden, wenn es einen Vergleich mit dem Un=heil aushalten sollte das Dein Geschlecht über die Meinigen gebracht hat!"

Er erhob sich heftig und erbrach das Siegel. Der Brief enthielt ein Billetchen an Fräulein Smith und folgende Zeilen an Wagner:

„Sie haben mir Ihre Botendienste angetragen; folglich, bester Doctor, beleidige ich Sie nicht mit dem Auftrag. Uebergeben Sie inliegendes Brief=chen an seine Adresse, aber am Liebsten so daß sie es erst findet wenn Sie sich entfernt haben."

„Keine Anklagen," murmelte der Doctor, „um so besser." Er steckte den Brief ein. „Ich kannte Dein schwaches Gemüth zu gut, um nicht zu wissen daß Du Dich an der Angel verfangen würdest die ich auswarf."

Eine Viertelstunde später rollte des Doctors Wagen nach Ektorp.

———

Auf dem Sopha der gerade vor dem Fenster in Schuldfriebs Zimmer stand, lag das junge Mädchen und sah betrübten Blickes auf die belaubten Bäume, die im Winde nickten, und auf die Wellen des Sees, die langsam von dem Ufer wegrollten. Beide Fenster waren offen, und die leichten Sommerwinde kamen mit den Armen voll von Samenduft, und flogen in das jungfräuliche Gemach des Mädchens, um ihre frischen Wangen zu liebkosen.

Frau Smith hatte die ganze Nacht bei der Tochter zugebracht, aber am Morgen sie verlassen, weil Annika den Arzt erwartete und die scheue Wittwe keinen Fremden treffen wollte.

Annika war äußerst geschäftig gewesen, hatte Blumen hereingebracht, die Umgebung des Sophas mit Laub geschmückt und alles Mögliche gethan um ihren kleinen Wildfang nicht gar zu sehr durch die Gefangenschaft leiden zu lassen.

Schuldfried hinwiederum war außerordentlich zerstreut und achtete nicht auf die tausenderlei Aufmerksamkeiten wodurch die alte Dienerin ihre Ergebenheit zeigen wollte. Es schien klar daß Etwas sie quälte. Endlich konnte Annika die Frage nicht unterdrücken:

„Mein Herr und Gott; liebes Kind, thut der Fuß so schrecklich weh oder was fehlt Dir denn? Es ist gerade als hättest Du Deinen Kopf in einem Ameisenhaufen liegen, so drehst und verzerrst Du

Dich, und bemerkst gar nicht wie zierlich ich Alles
für Dich hergerichtet habe. Sprich jezt, Kind, was
macht Dich so unruhig?" Annika klopfte Schuldfried
mit ihrer braunen, knotigen Hand auf die Wange.

„Ach, liebste Annika, der Schmerz im Fuß ist es
nicht; er thut nir so besonders weh, sondern der
Verbruß darüber daß ich meinen guten Freund,
Onkel Aberney, nicht treffen kann. Ich möchte ihm
gar zu gerne einen Brief schreiben, aber ich weiß
nicht wie ich es anstellen soll. Alles das beun=
ruhigt mich."

„Hem, hem," sagte Annika, konnte aber nicht
mehr vorbringen, denn jezt kam der Doctor. Wag=
ners Besuch währte dießmal länger als am vorher=
gehenden Tag, und sein Benehmen war weniger
ceremoniös und herzlicher. Er sprach von der Ge=
gend, von Finnland und dem finnischen Volk, und
es gelang ihm durch seine angenehmen Manieren so
wie durch seine gewandten Formen Schuldfried mehr
Vertrauen einzuflößen als zuvor. Als er aufstand
um sich zu entfernen, sagte er:

„Jezt habe ich eine ganze Stunde mit Ihnen
verschwazt; aber ich mache mir kein Gewissen dar=
aus. Sie besizen, während Ihr Fuß Sie ans Bett
fesselt, noch immer Zeit genug zu Betrachtungen."

Annika begleitete ihn hinaus. Im Vorsaal sagte
sie mit einem Knix:

„Verzeihen Sie, Herr Doctor, aber ich möchte
gern eine Frage an Sie stellen."

„Recht gern."

„Wie haben Sie erfahren daß Schuldfried sich
den Fuß verrenkte?"

„Die Sache ist ganz einfach. Ich war auf dem
Heimweg begriffen, als ein junger Herr mich anrief
und sagte, das Fräulein auf Ektorp habe sich be=
schädigt, worauf ich sogleich hieher fuhr."

„Ah dann war es also wirklich eine Fügung Got=
es," sagte Annika.

„Oder des Teufels," murmelte der Doctor, als
r in seinen Wagen stieg.

Auf dem Tisch neben Schuldfrieb lag ein Buch
worin sie gelesen hatte; als der Doctor gegangen
war, nahm sie es wieder. Bei dieser Bewegung
öffnete sich das Buch von selbst, und siehe da lag
in elegant zusammengelegter Brief mit der Adresse
an Fräulein Smith. Eine dunkle Röthe zog sich
über Schuldfriebs Wangen, und zornig schlug sie
das Buch wieder zu. In diesem Augenblick trat
Annika ein, um zu fragen ob Schuldfrieb Etwas be=
dürfe, weil sie sonst gehen würde um etwas Wichti=
ges mit der Frau zu sprechen. Als das junge Mäd=
chen wieder allein war, öffnete sie ganz langsam das
Buch und drehte den Brief mit unentschlossener
Miene, während sie dachte: Von wem mag dieß
ein? Und wie ist dieß hiehergekommen? Ihr Herz
schlug ganz ängstlich und der Brief wurde wieder
zurückgelegt. Du darfst ihn nicht öffnen, sprach die
Vernunft. Was kann wohl Böses daran sein? flü=
sterte die Neugierde. Der Brief wurde wieder vor=
genommen, umgedreht, besichtigt und zulezt, ohne
daß Schuldfrieb recht wußte wie es zugegangen, war
r geöffnet. Die lebhaften und neugierigen Augen
asen Folgendes:

„Als ich Sie gestern verließ, war mein fester

Entschluß Sie nie wieder zu sehen, weil ich mich anklagte die Ursache des geschehenen Unglücks gewesen zu sein. Noch mehr, ich sah in diesem Unglücksfall ein warnendes Zeichen des Schicksals, das mich gewiß ausersehen habe Ihnen einen Schmerz, einen Kummer zu bereiten. Diesem wollte ich dadurch zuvorkommen daß ich aller Berührung mit einer Dame auswich die schon bei unserer ersten Bekanntschaft von einem Leiden betroffen wurde. Trotz all meiner Vorsätze erhalten Sie diesen Brief von mir. Mein gestriger Beschluß ist also heute umgestoßen worden. Doch das weiß ich selbst noch nicht; ich weiß bloß daß ich mein ganzes Leben lang dankbar sein würde, wenn ich Ihre Verzeihung für die Unannehmlichkeit erlangen könnte die ich durch Aufdrängung meiner Gesellschaft gestiftet habe."

Schuldfried las dieses Schreiben, dem alle Namensunterschrift fehlte, zu wiederholten Malen. Was war an seinem Inhalt das sie fesselte und angenehm berührte? Sie wußte es selbst nicht; aber alle Unruhe und Ungeduld war verschwunden, und als Annika wieder zu ihr kam, war sie ganz überrascht von Schuldfrieds ruhigem und freundlichem Aussehen.

„Ei wie artig Du aussiehst! Nun, nun, ich komme auch mit einer frohen Botschaft. Mama hat Jvar erlaubt nach Junta hinüber zu reiten und dem Professor zu sagen daß Du den Fuß verrenkt hast."

Schuldfried machte in der Freude eine so heftige Bewegung, daß ihr Fuß zu schmerzen anfing; aber dieß verhinderte sie nicht Annika von ganzem Her-

zen zu umarmen und zu drücken, die dem jungen
Mädchen so gutmüthig entgegen lächelte.

Schuldfried durfte einen Brief schreiben und zwar
schaffte ihn an Ort und Stelle. Als Frau Smith
bei ihrer Tochter eintrat, streckte diese beide Hände
gegen sie aus und sagte mit der Lebhaftigkeit ihres
Alters:

„Du gute geliebte Mama, daß Du mich nach
Junta schicken ließest! Jezt schreibt mir gewiß Onkel
Aberney einige Zeilen; ach wie bin ich so dankbar!"
Frau Smith lächelte in ihrer düstern Weise, tätschelte
das Mädchen auf ihren Kopf und sezte sich ans
Fenster, ohne ein Wort zu sagen. Sie hatte einen
solchen Plaz daß Schuldfried ihr Gesicht im Profil
sah. Als sie den Kopf über ihre Arbeit gebeugt
dasaß, schienen ihre Züge in Marmor gehauen, so
leblos waren sie. Die pergamentartige Farbe ihres
Gesichtes, das silberweiße Haar, die gerade Nase und
die fest eingepreßten Lippen, Alles das sah beinahe
gespensterhaft aus. Ganz mechanisch führte sie die
Nadel, ohne auch nur ein einziges Mal aufzuschauen.
Eine unaussprechliche Beklommenheit kam über Schuldfrieds kaum noch so fröhliches Gemüth und inniges
Mitleid erfüllte ihr Herz. Sie dachte:

„Welcher Art ist der Schmerz der so unauswisch-
bare Furchen in meiner Mutter Gesicht gezogen?
Was sind das für bittere und düstere Erinnerungen
die ihre Seele in einem ewigen Kummer erhalten?
O mein Gott! Welche Qual dieses Gesicht zu betrachten und darin Leiden zu lesen die nie gemildert
werden können! Gibt es denn keine Freude für sie,
die so gut, so zärtlich, so bewundernswürdig ist?

Sie gleicht einem Märtyrer und wie ein solcher
flößt sie eine beinahe religiöse Verehrung ein. Man
fühlt daß der Abstand zwischen ihr und uns Andern
unermeßlich ist, und eben darum wagt man ihr nicht
nahe zu kommen." Schuldfried seufzte so tief, daß
Frau Smith hastig aufschaute und sie anblickte.

„Was fehlt Dir, mein Kind? Hast Du heftige
Schmerzen?" fragte sie.

„O nein, Mama, aber es beunruhigt mich
Etwas." Schuldfried streckte ihre Hände gegen die
Mutter aus. „Komm und seze Dich hieher. Wenn
ich Dich so weit von mir wegsizen sehe, so kommt
es mir vor als ob der Abstand zwischen uns unendlich wäre."

Frau Smith stand auf und sezte sich zu ihrer
Tochter. Kosend streichelte sie den schönen Kopf,
während sie mit ihrem unbeschreiblich wehmüthigen
Lächeln sagte:

„Der Abstand zwischen Dir und mir ist wirklich
unermeßlich. Du bist der lächelnde frische Frühling
der nichts von den Stürmen des Herbstes weiß.
Ich..." sie drückte den Kopf der Tochter an ihre
Brust.... „ich bin der Winter. Mein Leben ist
Nacht; das Deinige dagegen ist ein sonniger heiterer
Lenzmorgen. Ach, möge es ewig so bleiben, möge
nicht ein einziger Schatten von meinem düstern
Schicksal auf Deinen Lebenspfad fallen!" Frau
Smith küßte der Tochter Stirne.

„Dein Leben, Mutter, ist also sehr unglücklich
gewesen?" Schuldfried sah mit einem eigenthümlich
fürchtenden und dennoch forschenden Blick zu Frau

Smith auf. Die Züge der Mutter blieben finster und sie antwortete mit düsterem Tone:

„Kind, suche niemals das verflossene Leben Deiner Mutter zu erforschen. Das wäre der Tod für mich und ein Unglück für Dich selbst." Sie erhob sich um von der Tochter wegzugehen, aber Schuldfried hielt sie zurück.

„Verzeih wenn ich Dich betrübte; aber Du ahnst nicht wie mir zu Muthe wird, wenn mein Blick auf Deinem Gesichte ruht und ich bedenke daß es, so lange ich mich erinnern kann, immer gleich traurig war; daß nie ein Lächeln des Glücks und der Befriedigung Deine Züge erheitert hat. O meine geliebte, theure Mutter, ich bin ja Dein Kind, laß mich jezt Deine Freundin werden, diejenige welche die Last Deiner Sorgen theilt; sie werden dann gewiß weniger schwer werden."

Schuldfried schlang ihre Arme um den Hals der Mutter und schaute mit zärtlich bittendem Blick zu ihr auf. Frau Smith schloß das Mädchen an ihre Brust und sagte mit ungewöhnlich klarer und ruhiger Stimme:

„Ja Du bist meine Schuldfried, und eben darum will ich daß des Lebens düstere Seiten Dir ewig fremd bleiben sollen. Siehst Du die Blume dort im Fenster, wie schön blüht, welche Üppigkeit in diesen Farben und welches heitere Grün in den Blättern die sie umgeben! Nun wohl, die Erde, ihre Mutter, ist gleichwohl schwarz, aber die Blume fragt nicht warum sie Trauerkleid trägt. Mach Du es eben so. Genieße die Strahlen der Sonne, den Hauch des Westwindes, Alles was Dein junges

Gemüth erheitern und erfreuen kann; aber frage
nicht warum Deiner Mutter Haar vor der Zeit er-
graut, ihre Wange vom Kummer gefurcht oder ihr
Glück entschwunden ist. Diese Fragen würden
Deinen Lebensmorgen in eine düstere Nacht verwandeln."

Es lag etwas Feierliches und dennoch liebevoll
Warnendes in der Stimme. Eine Pause entstand,
Schuldfried war in eine so wunderbare Stimmung
gekommen, daß sie es nicht wagte das Schweigen
zu unterbrechen. Frau Smith begann nach einer
langen Pause wieder:

„Wenn Dein Blick auf meinen düstern Zügen
weilt, so bedenke daß der Gott der die Herzen liest
auch gerecht ist, und daß er Niemandens Leben
durch Kummer verzehren läßt, ohne daß der Leidende
denselben verdient hat. Laß Du Deinen unschuldigen Blick nicht auf meinem düstern Gesichte ruhen,
sondern erhebe ihn zum Himmel. Welcher Art auch
meine innern Leiden sein mögen, so besitze ich dennoch einen Reichthum, ich besitze Dich. Du
bist meine schöne, herrliche Blume, die ich gleich der
Erde in meinem Schooße genährt und aufgezogen
habe. Gottes Sonne hat mit Wohlgefallen Deine
schuldfreie und sündlose Wange geküßt; — und Gott
ist gnädig gegen mich gewesen, da ich Dich behalten
durfte."

„Mutter, wie fromm und ergebungsvoll bist nicht
Du! O wer auch einmal so werden könnte!"

Bei diesen Worten zuckte Frau Smith zusammen,
blickte mit angstvollem Blick auf die Tochter, küßte
sie schnell auf die Stirne und murmelte:

„Gott bewahre Dich, mein Kind, daß Du nicht so wirst wie ich!" Dann verließ sie eilig das Zimmer.

        — — ·· —

Als Ivar von Junta zurückkam, brachte er den Gruß daß der Professor am Nachmittag herüber= kommen würde. Bei dieser Nachricht that Schulb= frieb einen lauten Freudenschrei; aber im nächsten Augenblick schaute sie ganz ängstlich auf Annika, als hätte sie von ihr zu wissen gewünscht ob es wohl angehe daß ein Fremder nach Ektorp auf Besuch komme.

„O, liebes Kind, Du begreifst doch daß ich die Sache veranstaltet habe, als ich von Mama Erlaub= niß erhielt nach Junta zu schicken."

„Welche Sache?" fragte Schulbfrieb, die der Alten durchaus nicht das Talent zutraute ihre Ge= banken zu errathen.

„Stelle Dich nicht so einfältig. Ich sehe wohl, Du bist unruhig barüber daß Mama es übel neh= men könnte wenn der Professor kommt."

„Ja, das bin ich allerbings. Ich fürchte baß . . ."

„Du bist eine Närrin baß Du glauben kannst, Annika habe nicht mehr Verstand als ein Spaz . . . Sei ganz ruhig, Dein lieber Professor darf herein= kommen; ich habe für die Sache gesorgt."

Annika ging hinaus, und Schulbfrieb bekam eine wahre Achtung vor dem Verstand der Alten, einer Eigenschaft welche sie bisher ganz und gar nicht bei ihr anerkannt hatte.

Sie konnte den Nachmittag kaum erwarten, und dann lauschte sie mit gespannter Aufmerksamkeit auf jedes Geräusch das sich hören ließ, bis endlich Wagengerassel an ihre Ohren schlug. Jezt war es etwas Hartes ruhig liegen bleiben zu müssen und dem willkommenen Gast nicht entgegeneilen zu dürfen. Endlich ging die Thüre auf, und mit einem Freudenruf streckte sie ihre Arme dem Eintretenden entgegen.

Ein unbeschreiblich freundliches Lächeln spielte auf Aberneys Lippen, als er die Wonne erblickte die aus dem Gesicht des jungen Mädchens hervorleuchtete.

„Ich sollte böse sein," sagte er lächelnd, „und Dich tüchtig ausschelten wegen Deiner Missethat. Was habe ich über das Reiten gesagt?"

Er ergriff ihre beiden Hände und drückte sie herzlich.

„Nur nicht schelten!" rief Schuldfried und führte die Hände des geliebten Lehrers an ihre Lippen. „Bin ich nicht genug gestraft daß ich nicht ausgehen, nicht herumstreifen und nach Junta kommen darf? Jezt bedarf ich meines Freundes der mich tröstet. Ach Onkel, Sie wissen nicht wie sehr ich Sie liebe, wie der Gedanke mich schmerzte Sie nicht treffen zu dürfen! Wenn Sie das wüßten, so würden Sie einsehen daß die Strafe welche ich erleide groß, viel zu groß ist."

Ein wundersames Gefühl regte sich in Aberneys Brust, als er Schuldfrieds ungekünstelte Versicherung ihrer Ergebenheit und Sehnsucht hörte. Er, der während seines ganzen Mannesalters so einsam da-

12*

geſtanden, beſaß jezt zwei junge warme Herzen die mit wahrer ungeheuchelter Zärtlichkeit an ihm hingen.

Wie ſehr man ſich auch in Studien vertiefen mag, ſo will doch das Herz ſeine Nahrung haben, und es gibt Augenblicke wo es ſich öbe empfindet ſo einſam mit all ſeiner Gelehrſamkeit dazuſtehen, ohne ein menſchliches Weſen das man liebt und von dem man geliebt wird. Auch fühlte ſich Aberney in dieſem Augenblick zufriedener und glücklicher als während ſeines ganzen Mannesalters. Gerührt drückte er einen Kuß auf Schulbfrieds Stirne und ſagte:

„Habe Dank für Deine herzliche Liebe, mein Kind. Sei überzeugt daß Du in mir immer einen treuen Freund beſizen wirſt, wie auch das Schickſal ſich für uns beide geſtalten mag.“

Aberney kam jezt jeden Mittag nach Ektorp. Als Schulbfried ein wenig beſſer wurde, pflegte er ſie in den Hof hinauszutragen.

———— ——

Der Doctor beſuchte ſeine Patientin jeden Vor= mittag und hielt ſich gewöhnlich lange auf, indem er ſich mit Schulbfried über Gegenſtände unterhielt von denen er dachte daß ſie ſich dafür intereſſiren würde. Treu wie eine Schildwache, blieb Annika während ſeines Beſuches im Zimmer ſizen. Die Alte dachte, es ſei nicht in der Ordnung daß man den Arzt allein mit dem Kinde laſſe. Wagner ſchien durch dieſe Anweſenheit ganz und gar nicht beläſtigt zu werden, ſondern that als ob ſie nicht vorhanden

wäre. Er brachte Schuldfried oft werthvolle Bücher
mit. Bei jedem Buch das er ihr übergab erröthete
sie, besonders wenn er mit verbindlichem Lächeln
hinzufügte:

„Hier ist eine Arbeit die Sie interessiren muß."
Sie war dann überzeugt einen Brief, einige Zeilen
der Unruhe, der Theilnahme darin zu finden.

Bei Aberneys erstem Besuch hatte Schuldfried
fest beschlossen ihm ihr Zusammentreffen mit dem
Fremden zu erzählen, wie auch den am Morgen
empfangenen Brief zu zeigen. Aber so oft sie den
Mund öffnete um dieses bemerkenswerthe Ereigniß
mitzutheilen, strömte ihr das Blut in die Wangen,
und es wollte ihr durchaus nicht über die Zunge
kommen. Als Schuldfried zwei Tage nach des Doc=
tors erstem Besuch wieder ein Billet erhielt, wurde
es unruhig in ihrem Innern. Sie empfand ein
großes Bedürfniß sich Jemand anvertrauen zu dür=
fen, und nun beschloß sie Alles zusammen der Mut=
ter zu erzählen. Aber als Frau Smith eintrat und
Schuldfried ihre düstern Züge erblickte, da wurde sie
von demselben unergründlichen Gefühl der Furcht
ergriffen das sie von Kindheit an empfunden hatte.
Es war ihr unmöglich zwanglos und vertraut mit
der Mutter zu sprechen. Folglich wurde die Ge=
schichte mit dem Fremden wiederum auf die Seite
geschoben, und nun entstand etwas Anderes was
sich immer zu einem Geheimniß gesellt, nämlich daß
sie in ihrem Innern auszuklügeln anfing, es sei ganz
und gar nichts Böses daran wenn ein Mensch ihr
schreibe, und die Sache gehe ja Niemand an als sie
selbst. Nie hatten die Mutter, Annika oder Aberney

es als etwas Unrechtes bezeichnet wenn ein Mensch
dem andern einen Brief schicke. Tage hatte ja meh=
rere Jahre lang an Schuldfried geschrieben und sie
an ihn; warum brauchte sie sich also darüber zu be=
unruhigen daß der Fremde sich auf diese Weise um
ihr Befinden erkundigen wollte? Der Schluß ihrer
Betrachtungen war daß sie ohne weitere Scrupel
jede Zeile las die sie erhielt, und bald kam es so
weit daß sie sich darnach sehnte, obschon der Brief
oft bloß aus folgenden Worten bestand:

„Wann wird Ihr Fuß Ihnen gestatten einen
Spaziergang zu machen? Sehen Sie, das ist meine
erste Frage wenn ich erwache, die lezte wenn ich ein=
schlafe."

Oder auch ein andermal: „Ich möchte wissen ob
Sie sehr böse auf mich sind."

Oder: „Werden Sie mir ein Paar Zeilen von
Ihrer Hand in einem der Bücher lassen die hieher
zurückkehren?"

So inhaltslos diese Billete waren, so las Schuld=
fried sie doch unzählige Male. Es war ein uner=
klärlicher Zauber der die Einbildungskraft des jun=
gen Mädchens auf eine eigenthümlich hinreißende
Art fesselte und verführte. Deßungeachtet hatte sie
sich keinen Augenblick versucht gefühlt eine Antwort
zu schicken. In Folge ihrer höchst eigenthümlichen
Erziehung und gänzlichen Unkenntniß der Geseze der
Convenienz würde sie, wenn sie Lust gehabt hätte
die Briefe zu beantworten, es auch gethan haben
ohne etwas Tadelnswerthes daran zu finden. Jezt
schien es ihr als würde sie den Zauber dieser schrift=
lichen Mittheilungen gänzlich zerstören, wenn sie selbst

einen einzigen Buchstaben als Antwort schriebe. So waren zwei Wochen vergangen. Vormittags der Besuch des Doctors mit beifolgenden Billeten die sich immer irgendwo fanden, wenn er sie verlassen hatte; Nachmittags Aberney und Lectionen; Abends Gesang oder Gespräch bis acht Uhr, wo Aberney seine Schülerin, wie er Schuldfried nannte, verließ.

In der dritten Woche sagte der Doctor, seine Patientin könne, auf Annikas Arm und einen Stock gestüzt, einen Gang versuchen. Als Aberney an diesem Tage kam, fand er Schuldfried im Hofe sizend.

„Jezt, mein lieber guter Freund, darf ich zu gehen anfangen," rief sie ihm entgegen. „Ach geben Sie mir Ihren Arm, Onkel, und lassen Sie uns über das Thor hinaus am Birkenhain spazieren gehen."

Lachend und vergnügt wie ein Vogel der aus dem Käfig entkommen ist, ging Schuldfried, auf Aberneys Arm gestüzt, zum Thore hinaus. Er wandelte so langsam mit ihr, daß sie zulezt mit heiterer Ungeduld sagte:

„Ach das ist ja ein wahrer Schildkrötenschritt, wir müssen etwas rascher gehen."

„Allerdings, aber dann könnte der Fuß wieder wehe thun. Wer die Freuden des Lebens genießen will, muß es mit Maß thun, sonst wird man bankrott."

„Dann werden Sie gewiß niemals bankrott, Onkel," meinte Schuldfried.

„Nein, und zwar aus zwei Gründen." Aberney sah nachdenklich aus.

„Laſſen Sie hören."

„Erſtens weil ich ſo wenig Freuden genoſſen habe, und zweitens weil man um ſo ſparſamer wird je weniger man zu vergeuden hat."

Schulbfried betrachtete ihn. Sie gingen ſchwei= gend den Hügel hinan. Als er ihr geholfen Plaz zu nehmen, und ſich ſelbſt ein Stück weg von ihr ins Gras geſtreckt hatte, ſagte ſie:

„Haben auch Sie Kummer gehabt, mein Freund?"

„Das Vergangene liegt hinter uns, und ich ſehe nicht gerne zurück, ſondern vorwärts," antwortete Aberney mit einem ſo entſchieden abweiſenden Tone, daß Schulbfried ein wenig erſchrack. Höchſt ſelten gebrauchte der Profeſſor dieſen kalten Ton gegen ſie.

Eine lange Pauſe entſtand; Aberneys Augen folgten den leichten, hineilenden Wolken welche der Wind über den Himmel jagte. Schulbfrieds Blick weilte auf ihm. Sie dachte:

„Wie ſonderbar iſt nicht der Menſch! Sein Ge= ſicht gleicht einem Büchereinband, worauf man den Titel lieſt, aber ganz und gar nicht den Inhalt. Ob dieſer heiter oder ernſt iſt, gibt der Umſchlag nicht zu erkennen. Ich möchte gar zu gerne einen Blick in die Seele meiner Mutter und meines Freun= des werfen."

In dieſem Augenblick wandte ſich Aberney zu ihr und ſagte mit einem freundlichen Lächeln:

„Warum biſt Du ſo ſtill, mein fröhliches Kind?"

„Ich dachte an meine Mutter, und an Sie, Onkel."

„Und was dachteſt Du?"

„Das wage ich nicht zu ſagen."

„Fürchteſt Du mich?" Er reichte ihr die Hand. Schuldfried legte die ihrige hinein.

„Ja, der Ausdruck in Ihrer Stimme erſchreckte mich."

„So vergiß ihn und ſage mir was Du dachteſt."

„Ihre Antwort erinnerte mich daß ich im Gan= zen doch ſehr einſam in der Welt baſtehe."

„Du? Du beſizeſt doch eine Mutter, einen Freund und einen Jugendcameraden, die Dich alle drei lieben."

„Meine Mutter und mein Freund ſind beide Fremde für mich, wenn es ſich um ſie ſelbſt han= delt."

„Du haſt entſchieden Unrecht."

„Sagen Sie das nicht, ſondern denken Sie ein wenig nach. Iſt es auch ſchon vorgekommen daß Sie mit mir von ſich ſelbſt geſprochen haben?"

„Und warum ſollte ich das thun?" Aberneys Züge wurden wieder ernſter. „Du biſt noch ganz jung. Dein Herz und Dein Gemüth kennen die Schattenſeiten des Lebens nur aus den Schilde= rungen die Du davon geleſen haſt. Du biſt glück= lich ſo lange dieſer Zuſtand währt. Mein Leben bietet nichts Lehrreiches für ein Mädchen und kaum etwas für einen Jungen. Merke, nur Kinder und alte Leute fühlen das Bedürfniß von der Vergan= genheit zu erzählen. Ein Mann genügt ſich ſelbſt in Allem was ihn allein betrifft! Wir müſſen übri= gens nie wünſchen in das Leben Anderer einzudrin= gen, weil dieß ein Gebiet iſt das lediglich dem In= dividuum allein gehört."

Wiederum entſtand eine Pauſe. Schulfrieds

Hand blieb geschlossen in der Hand Aberneys, ohne daß sie oder er darauf zu achten schien. Schuldfried brach das Schweigen.

„Sie sagen daß wir nie in das Leben Anderer einzubringen suchen sollen. Vielleicht haben Sie Recht, und gleichwohl erscheint es mir unausführbar. Wie können Sie, mein Freund, eine solche Beschaffenheit des Herzens verlangen, daß es gleichgiltig den Ausdruck von Schmerz auf einem Gesichte sehen kann, ohne die leidende Person trösten zu wollen? Wenn dieß unsern Mitmenschen im Allgemeinen gilt, wie viel mehr also denjenigen die wir lieben! Ach, Onkel, Sie wissen nicht was es heißt, von Kindheit auf Kummer und Verzweiflung in den Zügen einer geliebten Person zu lesen, und dennoch wie eine Fremde dastehen zu müssen und die Kümmernisse nicht theilen zu dürfen!"

„Mein Kind, Du denkst jetzt an Deine Mutter," sagte Aberney.

„Ja."

„Sage mir, Schuldfried, warum sprichst Du so selten von ihr mit mir? Schon als Kind vermiedest Du es von dieser für Dein Herz theuren Person zu sprechen, und wenn es je einmal geschah, so war es stets flüchtig und kurz. Ich wollte keine Fragen an Dich machen, weil . . ."

„Weil Sie in die Geheimnisse Anderer nicht einbringen wollten." Schuldfried lächelte wehmüthig. „Und gleichwohl habe ich manchmal gewünscht daß Sie es thäten. Es war mir zuweilen als ob die Unruhe die mich quält verschwunden wäre, wenn ich Ihnen die Ursache hätte erzählen dürfen."

„Aber, mein Kind, es stand Dir ja immer frei mir Dein Herz zu öffnen." Aberney streichelte ganz väterlich die kleine Hand die er in der seinigen hielt.

„Nein, es war mir unmöglich ohne Veranlassung von meiner Mutter zu sprechen. Ueberdieß ...."

„Nun, warum unterbrichst Du Dich?"

„Ueberdieß dachte ich daß mein Freund, wenn er mich nur halb so lieb hätte wie ich ihn, mehr von sich selbst reden würde."

„Du bezweifelst also daß ich Dich liebe?"

„Nein, das nicht gerade, aber Sie lieben nicht so warm wie ich. Sie sind wie ein Vater, ein Lehrer, ein Freund; aber ich bin Ihnen nicht so lieb wie eine Tochter."

„Du bist noch zu sehr Kind, Schuldfried, um zu begreifen daß eines Vaters Ergebenheit sich nicht auf dieselbe Art äußert wie die einer Tochter. Sonst würdest Du schon lange eingesehen haben daß ich Dich so herzlich liebe, wie wenn Du mein eigenes Kind wärest. Aber lassen wir das; ich spreche nicht gern von meinen Gefühlen." Er streichelte wieder die kleine Hand. „Aber ich höre Dich gerne Deine Gedanken und Eindrücke erzählen. Wenn ich nicht früher den Wunsch aussprach daß Du von Deiner Mutter sprechen mögest, so geschah deß aus dem einfachen Grunde weil ich erwartete, Du würdest es thun."

Aberney und Schuldfried hatten keine Ahnung davon daß sie von zwei Personen bespäht wurden, die indeß so weit von ihnen entfernt waren daß sie nichts von dem Gespräch hören konnten. Die eine

war Frau Smith. Als die Tochter, auf Aberneys
Arm gestüzt, das Haus verließ und sich nach der
Laube begab, hatte sie sich ganz unbemerkt an der
Hecke hin und zu einer Bank geschlichen, hinter wel-
cher sie durch das Laub hindurch sie und ihren vä-
terlichen Freund sehen konnte.

Frau Smiths Augen hatten sich gleichsam in
Aberneys Züge eingebohrt, und einmal ums andere
hob ein schwerer qualvoller Seufzer ihre Brust.

Der zweite Beobachter war Niemand anders als
Constantin. Er lag hinter einem Wachholderbusch
auf der andern Seite des Weges, von wo aus man
den Hof von Ettorp und auch den Hügel sehen
konnte wo Schuldfried jezt saß. Man konnte sagen,
in den Zügen des jungen Mannes sei, vom Augenblick an wo Aberney die Hand Schuldfriebs faßte,
eine solche Veränderung vorgegangen, daß man bei
dem wilden Ausbruck in seinem Blick Mühe gehabt
hätte ihn wieder zu erkennen. Als Aberney, der
sein Gesicht von ihm abgewandt hatte, Schuldfried
streichelte, ballte Constantin krampfhaft seine Fäuste
und biß seine Zähne so heftig zusammen, daß einige
Blutstropfen auf den Lippen sichtbar wurden.

Schuldfried fuhr fort:

„So lange ich mich erinnern kann, habe ich,
bevor ich Sie und Tage kennen lernte, nur zwei
Menschen geliebt, meine Mutter und Annika. Mein
Gefühl für die erstere hat auf einem so hohen Grad
von Verehrung beruht, daß ich es nie wagte mich
ihr mit vollem Vertrauen zu nähern; ja ich weiß
kaum daß ich mich in ihrer Anwesenheit erdreistet
habe zu lachen oder mir irgend einen Ausbruck der-

Freude zu gestatten. Wenn ich als Kind ganz mun=
ter ein Liedchen sang, tanzte oder spielte, und meine
Mutter kam, so verstummte ich augenblicklich; meine
Freude verschwand."

„War Deine Mutter streng?" fragte Aberney.

„Nein weit entfernt, sie hat mir nie ein böses
Wort gesagt. Ich kann mich nicht erinnern daß
ich je von ihr einen Zank erhalten hätte; sie war
immer sehr gut, zärtlich und freundlich."

„Und dennoch diese Furcht?"

„Ja! Die Ursache dürfte in ihrem düstern, ver=
schlossenen und melancholischen Character liegen. Als
ich noch ganz klein war, sprach sie höchst selten, we=
der zu mir noch zu Annika. Sie pflegte mich dann
auf ihren Schooß zu nehmen, heftig an ihr Herz
zu drücken und hernach in ein wildes Weinen aus=
zubrechen, das so gewaltsam wurde daß Annika
mich gewöhnlich von ihr trennte; und dann geschah
es daß ich sie mehrere Tage lang nicht sah. Wenn
sie sich wieder zeigte, so war sie still und düster,
liebkoste mich mit einer Miene verzweifelten Schmer=
zes, und dann verbrachte sie einige Tage bei stren=
ger Arbeit, bis ein neuer Ausbruch von Kummer
erfolgte, und hernach war sie wieder mehrere Tage
unsichtbar. Diese Anwandlungen von wilden Zärt=
lichkeitsbezeugungen und heftigem Schmerz beun=
ruhigten und erschreckten mich. Ich liebte, aber fürch=
tete sie. Mein heiterer Sinn scheute sich vor ihrem
Kummer, weil ich ihn weder begriff noch theilen
durfte. Wenn ich fragte: ‚Mama, warum weinst Du?'
so wurde ihr inneres Leiden noch größer und sie
eilte von mir weg. Annika sagte dann immer:

‚Liebes Kind, Du darfst Mama nichts fragen.‘ Als
ich heranwuchs, wurden die heftigen Ausbrüche sel=
tener, und als das Schicksal Sie und mich zusam=
menführte, hatten sie gänzlich aufgehört. Die Thrä=
nenquelle schien erschöpft zu sein, ohne daß der
Kummer sich gemildert hatte, und ich glaube daß
der stumme und düstere Schmerz meiner Mutter
mich, noch mehr erschreckte, während der Eifer womit
sie für meine Erziehung sorgte und mich Gott und
meine Mitmenschen lieben lehrte, meine Liebe noch
erhöhte. Frei und ohne alle Bande durfte ich auf=
wachsen, und meine Unterrichtsstunden waren die
einzigen worüber ich nicht nach eigenem Belieben
verfügte. Annika verhätschelte mich einerseits und
suchte andererseits meine oft übermüthigen Anwand=
lungen im Zaume zu halten, aber ohne daß ich mich
um ihr Gerede viel bekümmerte. Sie war nicht
meine Vertraute, weil sie brummte wenn ich meine
Ausflüge machte, und obschon ich mich nicht im
Mindesten darum bekümmerte, so fand ich es doch
nicht angenehm. Mit meiner Mutter wagte ich
beinahe nie zu reden, außer wenn ich und Annika
manchmal in Unfrieden kamen.“

„Aber warum wagtest Du nicht mit Deiner
Mutter zu reden? Mißfiel es ihr?“

„Ich weiß nicht, denn sie antwortete mir immer
freundlich und mild. Aber es war mir immer als
stände sie so hoch über mir daß ich sie mit meinen
kleinen Freuden und Leiden nicht belästigen wollte.
Sie war und ist noch jezt in meinen Augen eine
Heilige. Schon oft habe ich sie in Gedanken wie
ein höheres Wesen angeredet. Im vorigen Jahre,

als ich zur Beichte ging, sagte ich es zu ihr. Aber
da erschrak sie dermaßen darüber daß sie sich vor
mir auf die Kniee warf und unter heftigem Schluch=
zen rief: ‚O mein Kind, wie soll ich es wagen Dei=
nen Blicken zu begegnen, nachdem ich Dich so
schrecklich getäuscht habe?‘ Seitdem kommt manch=
mal eine qualvolle Unruhe über mich, und ich meine
ein undankbares Kind zu sein, weil ich das Ver=
trauen meiner Mutter nicht suche, sondern mich freier
und heiterer fühle wenn ich nicht bei ihr bin. Ach,
Sie wissen nicht wie ergebungsvoll sie ist. O ich wollte
viel darum geben wenn ich das Recht hätte sie zu
trösten, die Vertraute ihres Kummers zu werden.“
Schuldfried verstummte.

„Dank, mein Kind, für Deine Mittheilung,“
sagte Aberney; „aber laß alle Unruhe schwinden.
Denke so: Meine Mutter hat das Theuerste was
sie besaß durch irgend ein Unglück verloren, und
dieß ist die Wunde woran ihr Herz blutet. Jede
Berührung derselben verursacht ihr ein großes Lei=
den. Laß sie deßhalb ihren Kummer für sich be=
halten; er kann nur dadurch gemildert werden daß
Du nicht davon sprichst.“

„Ach sagen Sie mir das noch einmal, damit ich
mich nicht darum anklagen muß daß ich Nichts zur
Milderung dieses Kummers beitrage.“

„Du kannst gegen ein solches Seelenleiden Nichts
ausrichten. Das Einzige was in Deiner Macht
steht, ist daß Du sie in Frieden und Freude einen
Strahl von Trost sehen lässest. Und jezt wollen
wir Nichts mehr von diesem Gegenstand sprechen.
Sieh, welch ein herrlicher Abend! Höre wie die

Vögel ihr Abendlieb an die untergehende Sonne
singen. Und Du mußt dankbar sein gegen Gott."

Aberney hatte dadurch daß er Schuldfriebs Auf=
merksamkeit auf den schönen Abend lenkte, ihre Ge=
danken gänzlich von dem Gegenstande abgeführt
wovon sie so eben sprachen. Er stellte Betrachtun=
gen an über die Poesie die wir auch in der Materie
wiederfinden. Es lag etwas so Tiefes in seinen
Worten daß seine Zuhörerin staunte und sich zugleich
hingerissen fühlte. Er verstand es durch geniale
Ideen zu blenden und sie zugleich durch die Einfach=
heit seines Vortrags klar zu machen, so daß jeder
denkende und fühlende Mensch sie begriff. Er sprach
lange davon, wie nothwendig es für unsern vor=
wärts strebenden Geist sei in Allem das Ideal von
Vollkommenheit zu suchen, damit wir selbst ihm nahen
können.

Als die Sonne hinter dem Wald verschwunden
war, erhob sich Aberney mit den Worten: „Jezt
will ich Dich hinein begleiten und mich dann nach
Hause begeben."

Einige Augenblicke darauf rollte des Professors
Wagen fort, und in demselben Augenblick meinte
Schuldfried die Hufschläge eines vorbeikommenden
Pferdes zu vernehmen; sie saß am offenen Fenster
und wandte ihren Kopf um zu sehen ob sie recht
hörte. Auf dem Waldweg der an Ektorp vorbei=
führte, galoppirte wirklich ein Reiter. Schuldfried
erkannte den weißen Springer, und es wurde ihr
nicht schwer den Mann zu errathen. Bei dieser
Entdeckung brannte eine lebhaftere Farbe auf ihren

Wangen und ihr Herz schlug schneller. Warum?
Das wußte sie selbst nicht.

———

Die Sommernacht war so weit vorangeschritten,
daß man auf Kronbrück im großen Salon die Lich-
ter anzündete. Das prächtig beleuchtete Zimmer
war leer; nur Dr. Wagner streckte sich ganz gemächlich in einem der Fauteuils, rauchte seine Pfeife und
las in einem Buch. Außen auf dem Balcon stand
Constantin über die Brustwehr hingelehnt. Er schaute
in die halbdunkle Sommernacht hinaus, als hätte
er gehofft daß ihre milden kosenden Winde den Auf-
ruhr in seinem Innern beschwichtigen oder das sie-
dende Blut kühlen sollten. Endlich als er lange
unbeweglich dagestanden, ging er in den Salon
hinein. Beim Getöne seiner Tritte sah der Doctor
von seinem Buche auf, las aber sogleich weiter.
Constantin ging im Zimmer auf und ab.

„Wissen Sie, Doctor, was für Leute Ektorp
besuchen?"

Seit Wagners erstem Besuch bei Schuldfried
hatte Constantin nicht von den Leuten auf dem Hof
der Wittwe gesprochen. Der Doctor unterrichtete
ihn, so oft er heimkam, von Schuldfrieds Befinden
und fügte auch das eine oder andere Wort über
ihre Liebenswürdigkeit und seltenen Talente hinzu.
Constantin hörte es an ohne ihn zu unterbrechen
oder aufzumuntern. Wenn er fertig war, begann
der junge Mann gewöhnlich von andern Dingen
zu reden. Die Briefe an Schuldfried schickte er dem
Doctor jedesmal vor seiner Abfahrt zu. Es schien

flar daß Constantin absichtlich einem Gespräche über sie auswich. Auch wunderte sich Wagner daß er jezt so direct mit einer Frage herausrückte die auf sie Bezug hatte. Wagner antwortete sogleich, ohne das Buch wegzulegen, als ob es sich um die gleich= giltigste Sache von der Welt handelte:

„Außer mir und Professor Aberney soll Niemand diesen einsamen Ort besuchen."

„So, dann sind Sie sehr schlecht unterrichtet."

„Wirklich? Ich möchte gleichwohl das Gegen= theil glauben."

„Jeden Nachmittag kommt auf Besuch ein statt= licher Mann in den besten Jahren. Er verbringt den ganzen Abend bei Ihrer Patientin. Wissen Sie wer das ist?"

„Professor Aberney."

„Ich sage Ihnen ja daß es ein Mann in seinen besten Jahren ist und ganz und gar kein Greis."

„Entschuldigen Sie," fiel der Doctor lächelnd ein. „Ich habe nie behauptet daß der Professor ein Greis sei."

„Aber er ist doch wohl ein guter Fünfziger?"

„Ganz und gar nicht; er ist höchstens etliche und vierzig alt."

„Derjenige von dem ich rede, ist jedoch jünger," rief Constantin ungeduldig.

„Er sieht jünger aus als er ist. Ich kann Sie versichern daß der Mann den Sie meinen kein An= derer ist als Professor Aberney."

„Er scheint auf einem sehr vertraulichen Fuß mit Ihrer Patientin zu stehen?"

„Ja, sie hegt eine unbedingte Ergebenheit ge=
gen ihn."

Bei diesen Worten des Doctors schwollen die
Adern auf Constantins Stirne. Er drehte sich auf
dem Absatz und ging einige Male auf und ab. Der
Doctor begann seine Lectüre wieder; dann folgte
er dem Baron mit einem eigenthümlichen langen
Blicke.

„Sie sagten mir einmal," fuhr Constantin nach
einigen Gängen fort, „von diesem Professor; was
war es?"

„Ich kann mich nicht erinnern was es sein
mochte, außer daß er für keinen Freund Rußlands
gilt. Seit einigen Jahren halten die russischen Be=
hörden ein Auge auf ihn. Sie hielten ihn im Ver=
dacht politischer Intriguen."

„Ja, ja, ich erinnere mich jezt auf Alles. Er
geht also bei der menschenscheuen Wittwe aus und
ein?"

„Nicht bei der Mutter, aber bei der Tochter,
oder vielmehr die Tochter geht bei dem Professor
aus und ein. Er war und ist ihr Lehrer. Vielleicht
wird er eines Tags noch etwas mehr."

„Was meinen Sie?"

„Ich meine daß Nichts ihn verhindert um die
Hand seiner liebenswürdigen Schülerin anzuhalten;
er wäre nicht der Erste der sich eine Frau erzogen
hätte."

„Sie wollen meine Eifersucht gegen den Mann
reizen," sagte Constantin mit gedämpfter Stimme.

„Ihre Eifersucht? Wie ist das möglich? Das
Mädchen ist Ihnen ja gleichgiltig."

13 *

„Sie wissen das Gegentheil."

„Ganz und gar nicht."

„Still, diese Fuchsschwänzerei da hilft Sie nichts, Sie ärgern mich nur damit, denn Sie wissen daß das Mädchen mich interessirt."

„Nun wohl, Baron, so sage ich: Wenn es so steht, nehmen Sie sich in Acht. Professor Alverney steht hoch in der Achtung des schönen Kindes. Er verabscheut übrigens schon den Namen Russe."

„Das thut auch sie," dachte Constantin.

„Es wird Ihnen nie gelingen einen Einfluß auf das Herz des Mädchens zu gewinnen, so lange der Professor ihr zur Seite steht. Er hinwiederum wird Ihnen ganz sicherlich nicht erlauben ihm ein Kleinod zu nehmen das er entweder selbst zu besizen wünscht oder seinem Pflegesohn bestimmt hat."

„Warum folgte ich doch nicht meiner Eingebung weit von diesem Mädchen hinwegzureisen, von dem ich schon beim ersten Zusammentreffen fühlte daß es für meine Ruhe gefährlich werden sollte?"

„Dieses Mittel bleibt Ihnen noch immer und kann jeden Augenblick ins Werk gesezt werden." Der Doctor las weiter, und eine Viertelstunde verfloß ehe ein Wort gewechselt wurde.

„Sie müssen es auf irgend eine Art einrichten daß ich Eintritt im Hause bekomme," sagte Constantin.

„Das ist unmöglich; doch besizen Sie ein Mittel, nämlich wenn Sie Ihren Verwalter hinüberschicken und sagen lassen daß Sie die Erneuerung des Pachtes selbst abmachen wollen."

„Taugt Nichts. Mein Incognito ist dann zer=
stört. Wird Ihre Patientin nicht bald gesund?"

„In einer Woche ungefähr kann sie wieder als
vollkommen hergestellt betrachtet werden."

„Sie fahren morgen zur gewöhnlichen Zeit hin=
über?"

„Ja."

„Gute Nacht!" Constantin ging ins Zimmer
rechts.

„Noch ein Wort, Herr Baron, Frau Smith steht
mit ihrem lezten Jahrespacht im Rückstand."

„Nun ui b dann?"

„Sie können ihn verlangen wann Sie wollen."

„Glauben Sie daß ich um das Mädchen markten
wolle?" fragte Constantin stolz.

„Ich wünsche Ihnen gute Nacht!" antwortete
der Doctor lächelnd, machte eine tiefe Verbeugung
und verließ den Salon.

„Höllengeist!" murmelte Constantin und ging in
sein Cabinet.

––––––––

Am folgenden Tag erhielt der Doctor nicht ein
Billet von etlichen Zeilen, sondern einen Brief nebst
einem Band von Schiller für Schuldfried.

Beim Abschied übergab er ihr das Buch mit den
Worten:

„Hier ist Don Carlos von Schiller, den Sie zu
lesen wünschten. Ich hoffe, Sie werden Vergnügen
daran finden; aber erlauben Sie mir nur den Rath
daß Sie an schöne Worte eben so wenig glauben
dürfen als an ein hübsches Feuerwerk. Poeten

und Liebhabern kommt es auf Phrasen
nicht an."

Dieser lezte Saz wurde mit starker Betonung
ausgesprochen und jagte das Blut in Schuldfrieds
Wangen. Als sie allein war, untersuchte sie schnell
den Inhalt des Buches und fand darin nachstehen=
den Brief:

„Sie werden sich ganz sicher über das wundern
was ich jezt schreibe, wenn Sie finden daß ich kühn
eine Frage stelle deren aufrichtige Beantwortung ich
eben so dreist von Ihnen verlange. Sie lächeln und
denken: Ich bekümmere mich nichts um das was er
fordert. — Ich bitte nur um einen Augenblick, und
dann wird es mir leicht sein Ihnen zu beweisen,
daß Sie das Schweigen brechen müssen das Sie
bis heute so hartnäckig beobachten.

„Als der Zufall Sie und mich zusammenführte,
geschah es ganz sicher weil das Schicksal, der Be=
herrscher des Ungefährs, es so beschlossen. Welche
Rolle Sie in meinem Leben spielen werden, weiß ich
nicht. Ich kann sogar dem Interesse das Sie in
mir erweckt haben nicht einmal einen Namen oder
eine bestimmte Form geben. Nur Eines steht klar
vor mir, daß es mir eine Freude ist an Sie zu
denken, in Ihrer Nähe zu sein und Sie aus einiger
Ferne zu betrachten. Ich weiß auch daß Ihr An=
blick, wenn ich an Ihrem Hause vorbeiritt oder un=
bemerkt vorbeischlich, mir genügte, und daß ich keine
Annäherung zwischen uns wünschte. So gewiß dieß
wahr ist, eben so gewiß ist es auch daß es mich
schmerzte, ein männliches Wesen das weder Ihr

Vater noch Ihr Bruder ist, an Ihrer Seite zu er=
blicken.

„Glauben Sie nicht daß ich diesen Mann um
sein Glück beneide. Um zu beneiden, müßte ich Sie
lieben und dazu kenne ich Sie noch zu wenig. Aber
es hat mich glücklich gemacht Sie frei wie einen
Vogel denken zu dürfen, und es quält mich wenn
man sagt: ‚Dieser Mann ist zu ihrem Gatten be=
stimmt.‘

„Wollen Sie wissen warum? Unsere kurze Be=
kanntschaft ist so eigenthümlich und Ihr ganzes Be=
nehmen so verschieden von der Art und Weise aller
andern Weiber, daß Sie mir wie eine Rose vor=
kamen die mitten in einem Wald, unbekannt mit
den Blumenbeeten des Gartens, dem Getose der
Schmetterlinge und dem Zwang der Spaliere, auf=
gewachsen ist. Sie waren ein Naturkind, unerfah=
ren in allem Bösen der Welt, in ihren schiefen Be=
griffen und ihren lächerlichen Vorurtheilen, dagegen
mit einem ausgebildeten Verstand, einem unschul=
bigen Herzen und einem poetischen Gemüthe geschmückt.
Genug, Sie waren nach meiner Auffassung eine
Vereinigung von Natur, Wahrheit und Bildung mit
dem frohen und offenen Character eines Kindes.
Es lag für mich etwas Bezauberndes darin Sie so
zu denken. Ich hatte keinen höhern Wunsch als die=
ses schöne Traumbild behalten zu dürfen. Da kam
Ihr Gesellschafter und verdunkelte das freundliche
Gemälde wie ein finsterer Schatten.

„Gestern sagte man: sie ist zur Braut des Pro=
fessors Aberney bestimmt. Nun wohl, was kann ich
dagegen einzuwenden haben? Nichts. Aber Sie

waren nicht mehr mein holbes Traumbild, sondern ein Weib das sich verheirathen wird.

„Was will ich wohl? Ich will von Ihnen Bestätigung oder Abläugnung dieses Gerüchtes erhalten. Vier Worte sind Alles was ich von Ihnen begehre, und dieß ist ja sehr wenig, besonders da Sie damit meinem unruhigen Innern Frieden schenken können. Es wäre eine Grausamkeit sie mir zu verweigern. Wie die Antwort ausfallen mag, so werde ich stets in ehrerbietiger Entfernung bleiben. Aber sollten Sie auf Ihrem Stillschweigen beharren, so könnte es geschehen daß ich mich Ihnen auf die eine oder andere Art im Hause Ihrer Mutter näherte. Ich bin leider ein eigenthümliches Gemisch von Gutem und Bösem. Reizen Sie das Leztere nicht durch eine Weigerung, ich bitte darum. Schicken Sie morgen Don Carlos zurück und legen Sie die gewünschten Worte hinein.

„Gestern fühlte ich mich mehrere Male versucht Ihrer Mutter eine Visite zu machen; aber die Furcht Ihnen zu mißfallen hielt mich davon ab. Würde ich dadurch wirklich Ihren Unwillen erweckt haben? Das ist eine Frage die Ihnen hochachtungsvoll vorlegt   Lothar.“

Es war das erste Mal daß er einen Namen unter den Brief sezte. Auch blickte Schuldfried ihn an, als ob es ihr schwer würde ihre Augen davon abzuwenden. Ihr erster Gedanke war:

„Ich sollte das meinem guten Freund zeigen und ihn fragen ob ich antworten soll.“ Sie begann recht herzlich zu lachen, wenn sie sich erinnerte daß dastand, sie solle Aberneys Gattin werden, und sie beschloß ihrem Freunde kein Wort zu sagen, sondern ganz einfach die vorgelegte Frage zu beantworten.

Fünfzehn Federn wurden geschnitten, probirt und untauglich gefunden. Die sechszehnte endlich wurde für gut genug um zu schreiben angesehen; aber jezt entstand ein entsezliches Kopfzerbrechen, ob sie die Frage mit vier Worten erledigen oder ob sie sich nicht vielmehr etwas ausführlicher ausdrücken solle. Der Brief enthielt ja am Schluß noch eine andere Frage die beantwortet werden mußte. Genug, nachdem sie ihren eigenen Namen auf einen ganzen Bogen Papier geschrieben, um sich recht zu überzeugen daß die Feder gut ging, verzeichnete sie folgende Zeilen:

„Man kann seinen Lehrer sehr, sehr lieb haben ohne daß man ihn darum zu heirathen braucht. Professor Aberney hat ganz und gar keine Lust ein unwissendes Kind zur Frau zu nehmen. Es würde mich sehr verdrießen wenn Sie einen Besuch in Ektorp machten. Meine Mutter empfängt niemals einen Fremden.

„Leben Sie wohl und haben Sie Dank für all Ihre Theilnahme."

Schuldfried las ihre Antwort ein Duzendmal durch, ehe sie das Billetchen zusammenlegte, mit Mundlack schloß und darauf schrieb: Monsieur Lothar, worauf es in Don Carlos gelegt wurde.

Nachmittags kam Aberney nicht; er hatte Schuldfried mit einigen Worten angezeigt daß er auf ein Paar Tage nach Abo reise.

Am Morgen als der Doctor Schuldfried besuchte, war sie unaussprechlich verlegen, und als sie ihm beim Abschied das Buch reichte, konnte sie nicht aufschauen. Er nahm es ohne eine Muskel in seinem Gesichte zu verziehen oder seine Verwunderung darüber auszudrücken daß es so schnell durchgelesen worden.

Als Wagners Chaise im Hofe von Kronbrück unter dem Flügel des Doctors anhielt, traf er dort einen Bedienten, der ihn ersuchte sogleich zum Baron heraufzukommen, was er auch that. Bei seinem Eintritt in den Salon rief Constantin oder Lothar, wie wir unsern Helden in Zukunft nennen werden, ihm entgegen:

„Haben Sie das Buch zurück?"

„Ja." Der Doctor machte eine höfliche Verbeugung und übergab es. Lothar nahm oder entriß es ihm vielmehr mit den Worten:

„Sie essen wohl heute mit uns zu Mittag?"

„Ich werde die Ehre haben."

Ob Lothar die Antwort hörte oder nicht, ist ungewiß, denn er hatte bereits das Zimmer verlassen.

„Meine Auffassung war also vollkommen richtig," dachte der Doctor. „Schon beim ersten Zusammentreffen mit dem jungen Mädchen verliebte er sich, obschon er damals Bedenken trug sie zu seinem Opfer zu machen. Pah! Dergleichen Scrupel hegt ein Russe nicht länger als vierundzwanzig Stunden; aber dießmal dürften seine Wünsche auf einen lebhaften Widerstand stoßen, und wenn ich meine Carten recht zu mischen verstehe, wird seine Leidenschaft ihn nur zu einer schlechten Handlung nach der andern verleiten, und dann — dann — nun, nun, du stolzer, übermüthiger Caniz, dann dürfteſt du mir eines Tags entgelten was deine Familie verbro= chen hat."

Während der Haß im Innern des Doctors den Dictator ſpielte, führte in Lothars Bruſt ein ganz entgegengeſeztes Gefühl das Wort. In ſein Cabi= net eingeſchloſſen, öffnete er haſtig das Buch und nahm den Brief heraus. Er betrachtete das zuſam= mengelegte Papierchen, deſſen Inhalt im Stande ſein ſollte den Eigenthümer von Millionen ſchwer zu verlezen oder hoch zu erfreuen. So unbedeutend es von außen war, ſo ſollte es die Mittel haben ihm ein Leid zuzufügen wovon all ſein Geld ihn nicht freikaufen konnte, oder ihm eine Freude zu ſchenken die er ſich nicht dafür anzuſchaffen vermochte. Wel= ches unbegreifliche Räthſel iſt nicht das Leben! Der Menſch der allen Ueberfluß und materiellen Wohl= ſtand beſizt iſt ſehr häufig arm an wahrem Glücke.

Nachdem Lothar das Billet lange betrachtet, er= brach er es. Mit ängſtlicher Ungeduld überlas er die Paar Zeilen. Wie unendlich wenig, und doch wie viel enthielten ſie nicht!

Bei ſeiner innern Heftigkeit und Lebhaftigkeit wechſelten die Eindrücke ſehr ſchnell, obſchon ſeine ruſſiſche Erziehung ihn äußerlich verſchloſſen machte. Die Gewohnheit jeden unbedachten Ausbruch zurück= zuhalten war ihm zur zweiten Natur geworden, ſo daß er ſich nur ſelten jene ſtürmiſchen Ergießungen des Zornes oder der Freude erlaubte, die ſonſt mit ſeinem Character übereingeſtimmt hätten und ihn als Jüngling kennzeichneten.

Bei Tiſch war er außerordentlich lebhaft und

scherzte mit seinen Genossen, den beiden jungen Russen und dem Doctor. Ueber des Lezteren glatte und lächelnde Physiognomie zog ein leichter Schatten, als sein Blick auf Lothars freudebestrahlendes Gesicht fiel.

Nach der Tafel trennte man sich. Die beiden russischen Edelleute wollten auf die Jagd um ihrer Lieblingsleidenschaft nachzugehen, und Lothar stieg wie gewöhnlich zu Pferde um einen Spazierritt zu machen. Das schöne schneeweiße Thier war jezt drei Wochen lang täglich denselben Weg gegangen, so daß es von selbst den Waldpfad einschlug der nach Ektorp führte. Ein Stück vom Hofe hinweg sprang Lothar aus dem Sattel und band das Pferd an einen Baum, worauf er durch den Wald nach seinem gewöhnlichen Beobachtungsplaze zusteuerte. Er gelangte indessen nicht dahin; denn als er an der schmalen und starkgekrümmten Allee die nach Ektorp führte vorbeiwollte, sah er eine Person mit langsamen und behutsamen Schritten, auf einen Stock gestüzt, dieselbe herabkommen. Er blieb stehen. Er hatte den Gegenstand seines lebhaften Interesses wieder erkannt. Schuldfried schaute auf und machte ebenfalls Halt; denn obschon sie noch bedeutend von einander entfernt waren, erkannte sie doch den Fremden. Nach dieser Bewegung von ihrer Seite war zu vermuthen daß Lothar wie ein ungeduldiger Liebhaber hervorstürzen würde; aber statt dessen blieb er regungslos stehen, als wollte er Schuldfried damit anzeigen daß er es lediglich ihr selbst freistelle sich zu nähern oder von ihm zu entfernen. Nachdem sie ein Paar Secunden still gestanden, sezte sie ihren

Weg fort und kam ihm also entgegen. Bei dieser Bewegung von ihrer Seite näherte er sich hastigen Schrittes. Als er vor ihr stand, nahm er ehrerbietig die Müze ab und sagte:

„Ich danke Ihnen daß Sie sich bei meinem Anblick nicht umwandten. Sie hätten dadurch zu erkennen gegeben daß Sie ein Zusammentreffen mit mir nicht wünschen."

„Ich habe den ganzen Tag gewünscht, das Schicksal möchte unsere Wege einmal zusammenführen," antwortete Schuldfried lächelnd und mit einer warmen Farbe auf ihren siebzehnjährigen Wangen. „Um dem Schicksal die Erfüllung meines Wunsches wo möglich zu erleichtern, habe ich mich heute zum ersten Mal auf eigene Faust hinausbegeben."

Der ungekünstelte Ton womit dieß gesagt wurde, brachte Lothar in wirkliche Verlegenheit. Der für seine Eigenliebe schmeichelhafte Umstand daß sie ihn zu sprechen wünschte, ging dadurch ganz verloren. Sie sprach ja davon wie von der natürlichsten Sache in der Welt, ganz in demselben Ton als hätte es sich um einen Schulcameraden oder einen alten Bekannten gehandelt.

„Und gleichwohl blieben Sie bei meinem Anblick ganz zweifelhaft stehen," versezte Lothar, der nicht recht wußte was er sagen sollte.

„Das war sehr natürlich. Wir sind im Ganzen einander so unbekannt daß ich mich eben darüber besann..." Schuldfried hielt inne und lächelte wie ein Kind, wenn es etwas Schalkhaftes zu sagen beabsichtigt.

„Ueber was? Ob Sie heute gut gegen mich ge=
wesen seien?"

„O nein, ob ich nicht böse auf Sie sein sollte!"

„Auf mich? Und warum?"

„Weil Sie mich mit Ihren Briefen in Verlegen=
heit brachten."

„Das verstehe ich nicht. Wollen Sie nicht mei=
nen Arm nehmen?"

Schuldfried sah ihn an, schüttelte dann lachend
ihren schönen Kopf und antwortete:

„Ein finnisches Mädchen kann sich nicht auf einen
russischen Offizier stüzen. Das wäre eine feindliche
Hilfe."

„Halten Sie mich also für einen Feind?" Lothar
betrachtete diese bezaubernden Züge mit einem Blick
der wenigstens bewies daß s e i n e Gefühle nicht
feindselig waren.

„Ganz gewiß, alle Russen sind meine Feinde."

„Lassen Sie mich glauben daß Sie scherzen. Es
würde mir wirklich Leid thun wenn Sie im Ernst
sprächen. Ja, ich wage sogar zu behaupten daß Sie
heute das Gegentheil bewiesen haben."

„Wodurch?"

„Durch Ihre Güte womit Sie . . ."

„Ihren Brief beantworteten?"

„Ganz richtig. Sie haben dadurch eine gute
Handlung verrichtet und gezeigt daß ein finnisches
Mädchen auch Barmherzigkeit gegen einen Feind
üben kann."

„Das ist etwas was wir Alle thun könnten, der
Russe aber selten thut."

„Bitte um Verzeihung. Laſſen Sie uns von dieſem Gegenſtand abgehen.“

Schuldfried blieb bei einem geſchlagenen Baum=
ſtamm ſtehen, der gerade an der Ede des Weges
lag wo man von der Allee in den Wald abbog.
Sie ſezte ſich darauf und ſagte mit einem freund=
lichen Blid, indem ſie Lothar die Hand reichte:

„Entſchuldigen Sie mich wenn ich Sie verlezt
habe, und rechnen Sie nicht ſo genau mit meiner
Aufrichtigkeit. Ich ſage was ich denke, ohne Abſicht
damit etwas Böſes zu thun.“

„Was könnten Sie Böſes thun ohne daß man
es beim Klange Ihrer Stimme vergäße?“ Lothar
brüdte die dargebotene Hand ganz leicht und ließ
ſie ſogleich los.

„Sie ſagten Sie hätten mich zu treffen ge=
wünſcht?“ fuhr er fort. „Welchem Umſtand habe
ich dieſes Glüd zuzuſchreiben?“

„Erſtens wünſchte ich wirklich ſchon lange Ihnen
Etwas zu ſagen, und zweitens war es — Neu=
gierde.“

„Neugierde?“

„Ja gewiß. Wir haben uns ein einziges Mal
getroffen, und ſeitdem haben Sie mir beinahe drei
Wochen lang täglich einige Zeilen geſchidt. Ich
ſollte wohl meinen daß dieß Neugierde erweden
könnte. Genug, ich wünſchte noch einmal den
Mann zu ſehen der ſo beharrlich in Briefen zu mir
ſprach.“

„Es iſt das zweite Mal daß Sie ſagen: noch
einmal. Soll das bedeuten daß Sie mich dann los
zu ſein wünſchen?

„Daran habe ich nicht gedacht; aber ich wollte Ihnen sagen daß ... daß ...“ Schuldfried erröthete. Lothars Einbildung schrieb sich diese Röthe zu gut.

„Bitte, sprechen Sie. Jeder Wunsch von Ihnen ist mir Gesez.“

„Nun wohl, dann wünsche ich daß Sie nicht mehr schreiben.“

„Mißfällt es Ihnen?“ Lothars tiefliegende Augen erweiterten sich auf eine eigenthümliche Weise als er sie firirte. Er versuchte eine Spur von Verlegenheit bei dieser Frage zu entdecken, aber ganz vergebens. Schuldfried sah höchst unbefangen zu ihm auf, als sie antwortete:

„Das nicht. Die Briefe haben mich unterhalten, aber die Art ihrer Zusendung hat mich belästigt. Ueberdieß haben Sie jezt alle Illusionen zerstört, da Sie mich zum Antworten vermochten. Deßhalb“ — Schuldfried hing ihr Köpfchen ein wenig schief und fügte mit einem freundlichen Blicke hinzu — „sollen Sie nicht mehr schreiben. Ich will es nicht.“

„Seien Sie überzeugt daß ich gehorchen werde.“

„Dank!“

„Aber jezt müssen Sie sich edelmüthig zeigen.“

„Lassen Sie hören.“

„Sie müssen mitunter zu dieser Zeit hier ausruhen. Ich kann dann, wie heute, einige Worte mit Ihnen sprechen. Bemerken Sie wohl daß ich es Ihnen selbst überlasse mir diese Freude so spärlich oder freigebig wie Sie wollen zu gewähren, wenn es nur in der kurzen Zeit die ich noch in der Ge-

genb bleibe hie und da einmal geschieht. Nun, bewilligen Sie meine Bitte?" •

„Ja ich glaube."

„Versprechen Sie mirs."

„Nun wohl, ich verspreche."

„Dank!" Lothar machte eine verbindliche Verbeugung.

Die jungen Leutchen plauderten noch eine Weile, dann erhob sich Schuldfried um heimzugehen.

„Darf ich Sie nicht jezt auch begleiten?" fragte Lothar. „Hat unser kurzes Gespräch Ihr Vorurtheil gegen unsere Nation nicht in so weit zu mildern vermocht daß Sie meinen Arm annehmen wollen?"

„Wie wenig kennen Sie meinen finnischen Character, wenn Sie glauben daß Zeit oder Verhältnisse ein Vorurtheil verwischen könnten das ich einmal gefaßt habe! Ich bin, wie meine Landsleute, hartnäckig sowohl im Guten als im Bösen."

„Sie verweigern also meinen Arm?"

„Ja."

„Sie sind ein höchst eigenthümliches Mädchen, mit einer Aufrichtigkeit die manchmal frappirt."

„Im Namen dieser Aufrichtigkeit sage ich Ihnen jezt Lebewohl."

„Ich darf Sie also jezt nicht begleiten?"

„Nein."

Schuldfried erhob sich. „Der Grund liegt darin daß ich unsere Bekanntschaft Niemand mittheilte. Warum ich es nicht gethan, weiß ich selbst nicht. Ich weiß bloß daß es mir unmöglich war die Erzählung davon über die Lippen zu bringen, und

beſſen ungeachtet habe ich mehrere Male feſt be=
ſchloſſen meinem Freunde davon zu ſagen.“

„Ihr Freund iſt vermuthlich ein Spielcamerad?“

„O nein, es iſt . . .“ Schuldfried verſtummte
plözlich. Vor ihrer Erinnerung ſtand Lothars Brief
worin er fragte ob Aberney ihr Gatte werden
würde.

„Wiederum eine Unterbrechung; vielleicht war
meine Frage undelicat?“ Es blizte in Lothars
Augen.

„Ach nein, aber Ihr lezter Brief iſt an der gan=
zen Verwirrung Schuld und hat mich jezt aus dem
Concept gebracht. Mein Freund iſt Profeſſor Aber=
ney,“ fügte ſie mit einem gewiſſen Nachdruck hinzu.
„Er war mir Vater, Lehrer und hat mir ſo viel
Wohlwollen erwieſen; auch habe ich ihn ſo innig
lieb.“

„Wie beneidenswerth iſt er nicht! Aber ich will
Sie nicht länger aufhalten.“ Lothar nahm ſeine
Müze ab und im nächſten Augenblick war er ver=
ſchwunden.

In ſeinem Ton und Blick lag Etwas das einen
unangenehmen Eindruck auf Schuldfried machte: ſie
wußte nicht recht warum, aber die Erinnerung daran
beunruhigte ſie. Sie hätte ihn zurückrufen mö=
gen, um zu fragen ob ſie etwas Beleidigendes ge=
ſagt habe. Langſamen Schrittes wandelte ſie die
Allee hinab und grübelte darüber nach warum er
ſie ſo plözlich verlaſſen habe. Als ſie auf den Hof
kam, trat Annika ihr entgegen, die ſo eben von
ihrer Säuberungsarbeit im Garten zurückkehrte.

„Liebes Kind, wo warſt Du denn?“ fragte die

Dienerin unruhig; „Du hast jezt gewiß Deinen Fuß wieder verderbt. Droben ist ein Brief vom Professor. Er kam eben erst und liegt auf Deinem Zimmer."

Der Brief enthielt die Nachricht daß Aberney nach Abo gereist sei, um dort einen Schweden zu treffen mit dem er wichtige Sachen zu besprechen habe. Er gedenke erst in einigen Wochen nach Junta zurückzukommen. War Schuldfried schon vorher unruhig, so wurde sie es bei dieser Nachricht noch mehr. In der Nachschrift standen jedoch folgende Zeilen die alle trüben Gedanken verscheuchten:

„Wenn ich nach Junta zurückkomme, bringe ich einen Gast mit dessen Wiedersehen Dir gewiß Freude macht. Ich meine Tage."

Ihr Herz klopfte hoch vor Freude bei dem Gedanken daß sie Tage treffen sollte, den sie seit drei Jahren nicht gesehen. Diese drei Wochen mußten schnell vergehen, und dann, wie angenehm mußte es nicht dann werden! Ihr Gesicht strahlte jezt vor Wonne.

Bulwer sagt: „Die Natur hat den Thieren die in einem kalten Clima wohnen sollen eine dicke Haut gegeben, und den Menschen die auf ihrer Wanderung durch's Leben von Bekümmernissen heimgesucht werden sollen, hat sie ein heiteres elastisches Gemüth verliehen." So war es auch mit Schuldfried. In der Einsamkeit aufgewachsen, unbekannt mit den Menschen, dem Leben, der Wirklichkeit und allem Bittern was sie in sich schließt, war sie ein gutes und heiteres Kind das nur aus Büchern wußte was sich in der Welt zutrug. Was sie eines Tags eigentlich werden, wie ihr Character sich entwickeln würde, sollte sich erst zeigen wenn die Ereignisse die Kräfte die jezt in ihr schlummerten zur That weckten. Die Natur hatte sie, die an der Seite einer düstern und schwerbetrübten Mutter aufgewachsen war, mit einem frischen und fröhlichen Gemüthe beschenkt, das unter Gesang und heitern Spielen seine einsame und ab= gesonderte Kindheit verlebte. Sie hatte eine leben= dige starke Seele und ein warmes Herz empfangen, ohne daß diese Eigenschaften durch eine weichliche Träumerei oder eine schmachtende Sehnsucht ge= trübt wurden. Ihr frühentwickelter Verstand war durch Lectüre mehr gepflegt und gebildet worden als bei Mädchen ihres Alters sonst der Fall ist, aber er war nicht in jene vorzeitige Frühreife über= gegangen woburch Seele und Herz veralten, sondern behielt einen Anstrich kindlicher Frische die so un= schäzbar ist. Wie alle lebhaften Gemüther, empfing Schuldfried leicht Eindrücke die aber selten etwas Anderes als einen vorübergehenden Einfluß übten. Und in der gegenwärtigen Periode ihres Lebens wäre es schwer zu bestimmen gewesen ob ihr Gefühl von augenblicklichen Impulsen abhängig oder ob es stark, tief und mächtig werden solle. Jezt konnte sie von traurigen Gedanken plözlich zu fröhlichen über= gehen. Ein Nichts konnte sie betrüben, aber auch erfreuen. Der Grundton ihrer Gemüthsart war heiter und die melancholischen Gedanken wichen leicht vorübergehenden zerstreuten Wolken.

Am folgenden Vormittag erklärte der Doctor daß der Fuß vollkommen gesund sei; Schuldfried müsse jedoch vorsichtig sein und dürfe ihn nicht anstrengen. Er fügte mit seinem verbindlichen Lächeln hinzu:

„Meine Besuche als Arzt sind jezt überflüssig, aber ich hoffe daß Sie mir erlauben werden mich manchmal nach dem Befinden meiner Patientin zu erkundigen."

Ehe Schuldfried antworten konnte, verbeugte er sich und verließ das Zimmer.

———

Zwei Tage waren vergangen ohne daß Schuld= fried den Hof oder den Garten verließ. Sie hatte den Vormittag über sehr fleißig neben ihrer Mutter gearbeitet. Sie hatte wie gewöhnlich gelesen und übersezt. Sie hatte zwei volle Stunden gespielt; aber als die Mutter sie bat einige neue Lieder zu singen, hatte sie geantwortet:

„Ich kann heute nicht singen."

Nachmittags zog sich Frau Smith mit ihrer Ar= beit in ihr Zimmer zurück, und Schuldfried dachte eine Weile daran hinabzugehen und sich mit Weben zu beschäftigen; aber Annika erklärte, ihr Fuß ge= statte es durchaus nicht an dem Webstuhle herum= zutreten. So kam es daß Schuldfried den ganzen Nachmittag damit zubrachte an den Blumenrabatten im Hof und Garten zu arbeiten, ihre vielen Blumen zu pflegen u. s. w. Gegen Abend flogen ihre Augen von den Blumenrabatten hinweg nach dem kleinen Waldweg den man vom Hof aus sehen konnte; aber kein lebendiges Geschöpf zeigte sich da. Als Schuld= fried spät am Abend, nachdem alle sich gelegt hatten, am Fenster saß und über die Gegend hinschaute,

wunderte sie sich daß sie zum ersten Male in ihrem
Leben den Tag lang gefunden habe. Sicher war
es die Sehnsucht nach Aberney die das verursachte,
aber gleichwohl war es nicht des geliebten Lehrers
Bild das unaufhörlich wieder vor ihr Gedächtniß trat,
sondern die schönen und schwärmerischen Züge des
Fremden.

Der zweite Tag verging wie der erste, und auch
er erschien Schuldfried unendlich lang, obschon sie
jezt unbeschreiblich viel mit ihren Tauben, Vögeln
und übrigem Federvieh zu thun hatte, was Alles
unter ihrer Aufsicht stand und jezt schon lange ihrer
Pflege hatte entbehren müssen. Troz alle dem wurde
die Zeit lang, und was noch schlimmer war, Alles
was sie that kam ihr langweilig vor. Der Abend
fand sie wieder beim offenen Fenster, den Kopf in
die Hand gestüzt. Sie wollte eben sich selbst fragen warum sie sich diese Tage so hartnäckig innerhalb der Thore von Ektorp gehalten und nicht hin-
ausgewagt hatte. Ganz gewiß darum weil der Doctor ihr verboten hatte sich anzustrengen. So weit
hatte sie es in ihrer Selbstprüfung gebracht, als
man vom Ufer her eine schöne Männerstimme ein
höchst eigenthümliches Lied singen hörte das ein
Volkslied zu sein schien, aber kein schwedisches oder
finnisches, sondern ein solches das unter einem glühenden Himmel gedichtet worden. Schuldfrieds Blick
richtete sich nach der Gegend von wo der Gesang
kam, und sie sah einen einsamen Ruderer in einem
Boot das langsam über die spiegelhelle Fläche der
Bucht dahinglitt.

„Das ist er," dachte Schuldfried und schaute

dem Boote nach. Die Entfernung war zu groß um
die Züge unterscheiden zu können; aber die ganze
Erscheinung gab zu erkennen daß es keiner der um-
wohnenden Bauern war, so ferne nicht schon der
Gesang dieß verrathen hätte.

Noch als das Boot bereits hinter einer vorstehen-
den Landspize verschwunden war, schlugen die ent-
fernten Töne an Schuldfrieds Ohr, und lange nachdem sie verhallt waren, klangen sie noch in ihrer
Seele fort.

Am folgenden Tag, als es sich gegen Abend
neigte, ging Schuldfried zum Hofthore hinaus und
auf dem Waldwege fort. Kaum hatte sie in diesen
eingebogen als Lothar mit entblößtem Haupte vor
ihr stand.

„Sie waren sehr grausam," sagte er, „mich zu
einem so langen Warten zu verurtheilen. Ich hatte
gehofft, Ihre Güte würde zu meinem Vortheil reden."

„Es sind ja erst zwei Tage seit wir uns trafen,"
versezte Schuldfried lächelnd.

„Erst, sagen Sie. Nun wohl, Ihnen, die Sie
sich aus Furcht vor einer Begegnung mit mir nicht
zum Thore hinauswagten, ist die Zeit gewiß schnell
vorübergegangen?" Der Ton war etwas bitter und
das Auge blickte düster auf das Mädchen.

„Um die Wahrheit zu sagen, muß ich gestehen
daß diese Tage mir recht lang vorgekommen sind;
ich habe dabei viel an Sie gedacht."

Lothars Stirne erheiterte sich.

„Wie gütig Sie sind mir das zu sagen!"

„Und warum sollte ichs nicht sagen?" Schuldfried sah ihn mit einem Blicke an, der die holde Un-

fion welche die Eigenliebe ganz augenblicklich schuf gänzlich verscheuchte. „Ich wünschte Sie zu fragen warum Sie so mißvergnügt aussahen als wir das letzte Mal von einander schieden. Gewiß hätte ich Ihnen deßhalb nachgerufen wenn Sie mich nicht so plötzlich verlassen hätten. Jezt möchte ich gerne wissen was Ihr verändertes Benehmen hervorrief."

„Brauche ich es Ihnen wohl zu sagen?"

„Ganz gewiß, da ich frage."

„Und gleichwohl sollten Sie, wenn Sie an den Gegenstand unseres Gespräches denken, die Lösung des Räthsels selbst finden." Sie spazierten langsam den Weg hinan.

„Nein, ich begreife wahrhaftig nicht was Ihr Mißvergnügen erregen konnte."

„Mißvergnügen ist nicht das rechte Wort, sondern Betrübniß; ich empfand ... gleichviel was. Da Sie die Ursache nicht errathen haben, so erlassen Sie mirs sie zu sagen."

„Wie Sie belieben. Ich will Sie nicht mit Fragen quälen, zumal da Sie jezt besser gestimmt scheinen."

„Und wenn ich auch das Gegentheil wäre, was würden Sie wohl darnach fragen?"

„Viel! Es würde mich betrüben. Ich kann es nicht ertragen daß Jemand böse auf mich ist."

„Jemand! Aber wenn dieser Jemand eine Ihnen so gleichgiltige Person ist wie ich?"

„Sie sind mir nicht gleichgiltig."

„Nein, ich bin etwas weit Schlimmeres; ich bin ein verhaßter Russe."

Schuldfried blieb plötzlich stehen und sah ihn an, indem sie mit ernster Stimme sagte:

„Warum mich daran erinnern? Ich habe es in diesen Tagen gänzlich vergessen."

„Um so mehr Grund für mich Sie daran zu er= innern."

Schuldfried begann wieder zu gehen und Lothar fuhr mit ruhiger und ernster Stimme fort:

„Im Fall Sie irgend Wohlwollen gegen mich hegen, so will ich es durchaus nicht dem Umstand verdanken daß Sie meine gehaßte Nationalität ver= gessen. Ich stände ja immer in Gefahr es zu ver= lieren, sobald Sie sich erinnerten wer ich wäre. Es würde mir ganz gehen wie jezt. Sie würden augen= blicklich mißvergnügt werden, und dann ist es besser, Sie sind nie anders. Ich will mir Ihr Wohlwollen nicht erschwindeln; dafür lege ich zu großen Werth darauf."

Eine Pause entstand. Schuldfried ging gesenk= ten Blickes und Lothar betrachtete sie aufmerksam. Endlich wandte sie ihr Gesicht gegen ihn und sagte:

„Es ist wahr, ich verabscheue die Russen aus tiefstem Herzen, und ich würde mich sehr unglücklich fühlen wenn ich genöthigt wäre in Rußland unter diesem Volke zu leben; aber das hindert nicht daß sich auch unter ihnen Leute finden können mit denen man gerne umgeht und die alles Recht auf unsere Achtung besitzen."

„Sagen Sie mir, ist Ihr Haß gegen meine Landsleute ein nationaler oder hat er eine Privat= ursache?" Bei dieser Frage fixirte er sie scharf.

„Ich habe ihn mit der Muttermilch eingesogen,

und so weit ich zurückdenken kann, habe ich mit dem
Wort R u s s e das Böse bezeichnet. Als ich eilf
Jahre alt war, sollte eine kleine Privatgeschichte da=
zu kommen und meinen eingewurzelten Abscheu noch
bekräftigen. Alles zusammen hat gemacht daß ich
mich wirklich selbst darüber verwundere, wie ich Sie
ohne allen Widerwillen sehen und sprechen kann."

„Die Entdeckung daß ich Russe bin, machte in=
deß einen solch unangenehmen Eindruck daß die Folge
davon ein verrenkter Fuß war. Die wochenlangen
Schmerzen die Sie beßhalb ausstanden, werden mir
stets auf dem Gewissen liegen. Wollen Sie sich
nicht sezen? Vom Hügel hier sehen wir den schönen
See."

Er bot Schulbfried die Hand um ihr zu helfen,
aber sie sprang ganz allein über den Graben.

Lothar folgte ihr, und nachdem sie eine Weile
bagestanden und den See betrachtet hatte der durch
die Oeffnung im Walde sichtbar wurde, kam das
Gespräch so allmählig von Finnland auf andere Ge=
genden welche Lothar als Marineoffizier besucht hatte
und jezt mit außerordentlich lebhaften Farben be=
schrieb. Sie hatten sich unter einen großen Baum
gesezt dessen laubiger Wipfel sachte seine Blätter
über ihren Häuptern schüttelte. Mit gespanntem
Interesse hörte Schulbfried auf die Schilderungen
von Italien. Mit lebhaften und kühnen Farben
sprach Lothar von einem Abend in Venedig, als er
auf den Lagunen fuhr, während der Gondoliere eines
jener glühenden Lieder sang welche die Völker des
Südens characterisiren.

„Dort lernten Sie wohl das Lied welches Sie gestern Abend sangen?" fiel Schulbfried ein.

Das Mädchen war wirklich geschaffen Lothar ein wenig aus dem Concept zu bringen. Er hatte aus Zartgefühl und um ihr eine Verlegenheit zu ersparen, mit keinem Wort andeuten wollen daß er sie gesehen, und jezt sprach sie von seinem Gesange ganz wie wenn sie ihn in einer Gesellschaft gehört hätte. Er antwortete indeß sogleich:

„Ja, es war eine der vielen Barcarolen die ich in Venedig hörte."

„Singen Sie sie noch einmal, damit ich den Text höre."

„Text und Melodie sind italienisch."

„Ah, Sie meinen vielleicht, ich würde ihn nicht verstehen?" Schulbfried lachte. „Sie haben Unrecht, ich habe italienisch gelernt."

„Sie? Und von wem?" Lothar betrachtete sie mit Bewunderung.

„Von meinem guten Freund, Onkel Aberney."

„Er!" Lothars Züge veränderten sich augenblicklich und er sagte kalt: „Gewiß singt der Professor weit besser als ich, und beßhalb erlauben Sie daß ich nicht singe."

Schulbfried sah ihn an.

„Jezt sind Sie wieder verändert."

Lothar fuhr mit der Hand über die Stirne.

„Ich wünsche daß Sie nicht bemerkten wie sehr gewisse Dinge mich quälen."

„Hat mein Wunsch daß Sie singen möchten Sie gequält? In diesem Fall wollen wir nicht mehr davon reden. Ich bin so gewöhnt alle meine Wünsche

auszusprechen daß Sie sich nicht daran kehren dür=
fen. Ihr Gesang war so wunderbar schön daß ich
ihn sehr gerne noch einmal gehört hätte."

„Singt Professor Aberney?"

„Ob er singt?" rief Schuldfried in einem Tone
als hätte er eine heidnische Frage gemacht. „Er
hat eine so prächtige und starke Stimme. Tante
Sara sagt mir, er sei wegen' seiner Compositionen
und seines Gesanges weit und breit berühmt ge=
wesen."

„Der Mann besizt demnach alle möglichen Eigen=
schaften und Talente," sagte Lothar mit einem
ironischen Lächeln. „Wenn Sie erlauben, sprechen
wir nicht mehr von ihm."

„Und warum? Ich verstehe Sie nicht."

„Um so besser. Haben Sie die Frage in mei=
nem Briefe schon vergessen?"

Schuldfried konnte sich bei der Erinnerung daran
unmöglich eines lauten Lachens enthalten, so comisch
erschien es ihr daß Jemand daran denken konnte
daß Aberney, ihr väterlicher Freund, ihr Gatte wer=
ben sollte. Ihr silberhelles Lachen verscheuchte die
trüben Gedanken aus Lothars Seele.

„Ihre Frage habe ich ja beantwortet, und dieß
da ist so über die Maßen lächerlich daß ich nicht be=
greife wie Sie darauf zurückkommen können."

Das Gespräch wurde bald auf Italien zurückge=
führt und die Zeit entfloh sehr schnell. Als die
Sonne sich hinter dem Walde verbarg, sagte Schuld=
fried dem Fremden Lebewohl.

Seitdem machte Schuldfried jeden Abend einen Spaziergang, und bald erstreckten sich ihre Ausflüge bis nach Junta um Tante Sara zu begrüßen, der es jetzt schrecklich öde vorkam, da sie nicht mehr mit ihrem lieben Neffen hadern konnte. Schuldfried wurde herzlich willkommen geheißen, und die Alte wußte nicht welche Ehre sie ihr erweisen sollte. Bei allen Spaziergängen des jungen Mädchens fügte es der Zufall daß sie mit dem Fremden zusammentraf; und so oft sie sich trennten, hatte sie eine neue lie=benswürdige Eigenschaft an ihm entdeckt. Allerdings kam er ihr auch manchmal unerklärlich launisch vor; er konnte heiter scherzen und auf einmal wieder fin=ster und verdrießlich werden, wo er dann mit einem bitteren Hohne sprach der Schuldfried schmerzte. Die Ausbrüche veränderter Stimmung trafen immer ein wenn Schuldfried entweder Aberneys oder Tages Namen nannte. Sonst war er geistreich und beur=kundete in seinen Schilderungen eine poetische Auf=fassung. In seinem Benehmen war er ehrerbietig und zuweilen zurückgezogen. Man sah deutlich daß er sich gleichsam scheute ihr auf eine vertrauliche Art zu nahen. Die drei Wochen welche Aberney ausbleiben wollte, waren somit für Schuldfried ent=flohen ohne daß sie es bemerkte. Es war ein schö=. ner Samstag Nachmittag im Juli, als sie von Eltorp nach Junta ging um Tante Sara mit einigen präch=tigen Erdbeeren zu überraschen welche sie selbst ge=zogen und gepflückt hatte. Wie gewöhnlich traf sie den Fremden an der Biegung des Waldweges.

„Wissen Sie an was ich so eben dachte?" fragte sie.

„Nein, aber ich hoffe daß Sie es mir sagen."

„Nun, daß jezt beinahe zwei Monate seit unserm ersten Zusammentreffen verstrichen sind, ohne daß ich weiß wie Sie heißen oder wer Sie sind. Heute habe ich zum ersten Male daran gedacht."

„Und warum gerade heute?"

„Weil ich ganz kürzlich Annika den verhaßten Namen des Eigenthümers von Kronbrück aussprechen hörte."

„Verhaßten Namen, sagten Sie?"

„Ja er ist mir verhaßt weil er mich an einen erlittenen Schimpf erinnert. Aber lassen Sie uns nicht davon reden. Meine Mutter und mein Seel=sorger haben mich gelehrt daß man alle Beleidigun=gen verzeihen und vergessen müsse; diese ist jedoch von der Art daß ich Mühe habe bei dem Gedanken an ..."

„Caniz?" sagte Lothar mit einer eigenen Schärfe im Ton.

„Ja. Genug, sein Name erinnert mich an Ihre Bemerkung daß Sie als Gast in Kronbrück seien, und nun wußte ich noch nicht ob Sie der Gast des Doctors oder des Eigenthümers sind."

„Wollen Sie wirklich wissen wer ich bin?"

„Ja, ganz gewiß."

„Aber wenn ich Sie darum bäte es bis auf ein Weiteres nicht sagen zu müssen, was würden Sie dann antworten?"

„Daß ich es doch wisse!"

„Wirklich?"

Lothar konnte nicht verhindern daß ihm das Blut in die Wangen strömte.

„Ich habe heute einen Besuch vom Doctor ge=
habt und dieser gab es mir zu verstehen.

„Der Doctor erzählte," fuhr Schuldfried fort,
„daß auf Kronbrück zwei russische Offiziere zu Gaste
seien. Der eine von ihnen heiße Lothar Gurtzskow.
Sehen Sie, ich weiß Ihren Namen ganz genau."

„Erinnern Sie sich einmal wenn es nöthig
sein sollte, daß ich es nicht bin der Ihnen dieß ge=
sagt hat." Lothar sagte dieß mit großem Ernst.

„O ja, ich werde es nicht vergessen. Sonst habe
ich in einem Buche, genannt Regeln des guten. To=
nes, gelesen daß es unhöflich sei sich nicht zuerst
vorstellen zu lassen bevor man ein Frauenzimmer
anrede."

„Ja in Gesellschaft, aber unsere Bekanntschaft
wurde unter Gottes freiem Himmel geschlossen und
das verändert viel. Wenn ich die Unart beging
mich Ihnen nicht selbst vorzustellen, so haben Sie
ganz dasselbe gethan. Sie haben mir nie gesagt
wer Sie sind."

„Sie wissen es."

„Allerdings, aber nicht durch Sie. Gleichwohl
kenne ich Ihren Taufnamen noch nicht."

„Nun wohl, ich will artiger sein als Sie."
Schuldfried blieb stehen, machte vor dem Jüngling
ein tiefes Compliment und sagte: „Hier habe ich
die Ehre Ihnen Schuldfried Smith vorzu=
stellen."

„Schuldfried, Schuldfried," wiederholte Lothar,
gleich als hätte dieser Name ihn frappirt und eine
qualvolle Erinnerung in seiner Seele erregt. —
„Ja jetzt erinnere ich mich, Sie haben wirklich diesen

eigenthümlichen Namen, der in meinen Ohren so wunderlich klang als ich ihn zum ersten Male hörte."

„Und wann war das?"

„O ich hörte ihn irgend Jemand einmal rufen," sagte Lothar. Dann fügte er abbrechend hinzu: „Für wen bestimmen Sie diese Beeren?"

Schuldfried erzählte daß sie dieselben mit eigener Hand gepflanzt und jetzt Tante Sara zugedacht habe. Das Gespräch kam dadurch auf ein gleichgiltiges Gebiet und drehte sich eine Weile um Blumen. Beim Scheideweg der nach Junta führte, blieb Lothar stehen. Er warf sich ins Gras um Schuldfrieds Heimkehr abzuwarten. Die Gedanken die den jungen Mann beschäftigten müssen nichts weniger als angenehm gewesen sein, denn ein Zug tiefer Schwermuth lag auf seiner Stirne. Endlich erschien Schuldfried wieder lächelnd und strahlend vor Freude. Lothar ging ihr entgegen.

„Wie vergnügt Sie aussehen," sagte er. „Ganz sicher haben Sie zum Dank für Ihre Erdbeeren eine angenehme Nachricht erhalten."

„Sie habens errathen. Morgen kommen mein Freund und Tage nach Hause. Ach ich bin so froh sie wieder zu treffen!"

Lothar erwiderte kein Wort, sondern ging schweigend an ihrer Seite. Schuldfried, die vergebens wartete bis er Etwas sagen würde, bemerkte endlich, als er in seinem Schweigen verharrte:

„Sind Sie jetzt wieder mißvergnügt? Gestehen Sie daß Sie während unseres kurzen Zusammenseins es immer einmal sein müssen."

„Ich bin nicht mißvergnügt, am allerwenigsten über Sie, aber es gibt Dinge die mich mitunter auf schmerzliche Gedanken führen. So z. B. denke ich, während Sie mit freudestrahlendem Blick von Ihrer Ergebenheit gegen Professor Aberney und seinen Sohn sprechen, an mich selbst und meine Armuth. Ich besitze Niemand der sich über meine Ankunft freut oder über meinen Abschied grämt; ich habe kaum einen Hund der mir anhänglich wäre. Ich empfinde Etwas wie Neid über die Glücklichen für welche Sie Freundschaft hegen. Auch ich möchte einen Freund besitzen."

„Haben Sie keinen?" fragte Schuldfrieb theilnehmend.

„Erlauben Sie daß wir von mir abgehen; dieß ist ein nicht sehr interessanter Gesprächsstoff. Halten Sie sich nicht an die Ausdrücke von Wehmuth die sich zuweilen auf meinen Zügen spiegeln, wenn ich daran erinnert werde daß Andere soviel für Sie sind und ich so ganz und gar nichts."

Wieder wandelten sie still neben einander. Schuldfrieb sah ernsthaft aus. Als sie zum Abhang eines Hügels kamen, sagte Lothar:

„Sezen Sie sich hier eine Weile. Sie werden so sehr von Ihren Freunden in Anspruch genommen werden, daß ich ganz sicher lange nicht mehr auf die Freude hoffen kann Sie zu treffen."

Schuldfrieb sezte sich. Lothar nahm ein Stück von ihr Plaz.

„In einigen Wochen muß ich diese Gegend verlassen," sagte er.

„Sie reisen also nach Petersburg?" Schuldfried
that die Frage mit abgewandtem Gesichte.

„Ich weiß nicht; ich weiß bloß daß ich nicht hier
bleiben kann."

„Und warum?"

„Caniß muß da reisen."

„Und Sie mit Ihrem Freund?"

„Ja. — Sie nennen ihn meinen Freund und
Sie haben Recht. Sicherlich ist er der einzige den
ich besitze." Lothar lächelte bitter, indem er hinzu=
fügte: „Aber auch seine Ergebenheit gegen mich ist
nicht viel werth."

„Der Mensch liebt wohl keinen Andern als sich
selbst?" fiel Schuldfried ein.

„Ich glaube Sie thun ihm Unrecht. Er liebt
am allerwenigsten sein eigenes Ich und ist gleich
mir sowohl des Lebens als seiner selbst überdrüssig."

„Aber erst kürzlich noch, als wir uns trennten,
schienen Sie das Leben nicht mit so müden Augen
anzusehen."

„Ich vergaß da das Leben über Ihnen. Wenn
ich an Ihrer Seite gehe und über ganz gleichgiltige
Dinge mit Ihnen spreche, vergesse ich Alles über
der Annehmlichkeit der Stunde, und dann wünsche
ich ungestört diese kurzen Augenblicke genießen zu
können welche die Sonnenstrahlen an meinem nicht
sehr heitern Himmel ausmachen. Ich weiß dann daß
das Leben auch für mich schön sein könnte. Ihr
Anblick ist für mein Inneres ein Bedürfniß gewor=
den. Ich meine ein besserer Mensch zu sein wenn
ich bei Ihnen bin, wenn ich den Klang Ihrer Stimme
und den Schall Ihres Lachens höre. Wundern Sie

sich nicht, wenn jeder Gegenstand der zwischen Sie und mich tritt Bitterkeit in meiner Seele erregt. Sie sind mir lieb geworden, während ich Ihnen gleichgiltig geblieben oder höchstens ein Gegenstand bin den Sie mit Wohlwollen behandeln, so lange keiner von Ihren Lieben zugegen ist, den Sie aber bei der Begegnung mit denselben wieder vergessen."

„Ich weiß nicht ob Sie das denken was Sie jezt sagen," antwortete Schuldfried; „aber ich meine Sie sollten begreifen daß ich Freundschaft für Sie hege, da ich gerne mit Ihnen beisammen bin und mir Etwas fehlt wenn ich Sie nicht sehe. Wir können ja einander doch sagen was wir Beide glauben und wissen, nämlich daß wir F r e u n d e sind."

Schuldfried reichte ihm mit ihrem unbeschreiblich milden ·Lächeln die Hand und fügte hinzu: „Wenn Sie keinen. andern Freund besizen, so besizen Sie doch an mir einen solchen."

Lothar zögerte gleichsam ihre Hand zu ergreifen, that es aber doch zulezt.

„Ich glaube, Sie zögern meine Hand als Freund zu ergreifen?" sagte Schuldfried zulezt.

„Freundschaft zwischen einem Russen und einer Finnin, Freundschaft zwischen Ihnen und mir! Sie sind ein 17jähriges Mädchen, ich ein 23jähriger Mann."

„Nun was wollen Sie? — Ich kann unmöglich in Ihnen einen Russen erblicken, und daß wir Beide jung sind, kann doch eine Freundschaft zwischen uns nicht unmöglich machen?"

„Beinahe," murmelte Lothar, fügte aber schnell mit fester Stimme hinzu:

15*

„Wenn es mir in diesem Augenblick unmöglich erscheint Ihr Freund zu sein, so will ich das Unmögliche möglich zu machen suchen. Ach Sie lächeln und sehen mich ganz verwundert an. Sie sind mit der Menschennatur zu unbekannt um mich zu verstehen; aber ich will Ihnen heute Etwas anvertrauen was Ihnen in Zukunft beweisen wird daß meine Ergebenheit keinem uneblen Herzen entsproßt ist. Wenn ich heute Ihr Freundschaftsanerbieten zögernd und mit scheinbarer Kälte aufnahm, so geschah es weil ich mir selbst heilig gelobte Ihr Vertrauen und Ihre Unerfahrenheit nie zu meinem Vortheil zu benützen. Sie ahnen nicht welche Gefahr die Freundschaft zwischen einem jungen Mädchen und einem jungen Manne für beide in sich schließt. Wie kostbar die Ihrige für mich ist, kann ich Ihnen nie begreiflich machen, und gleichwohl besize ich den Muth zu sagen: Bedenken Sie sich wohl; wollen Sie die freundlichen Worte zurücknehmen, so thun Sie es. Ich werde von Ihnen nie etwas Anderes als Wohlwollen begehren. Merken Sie sichs: heute kann ich noch so handeln, morgen wäre es vielleicht — unmöglich.“

Nie hatte Schuldfried ihn so edel schön gesehen wie in diesem Augenblick. Sein Auge ruhte mit einem so ernsten und zugleich so zärtlichen Ausdruck auf ihr daß es sich gleichsam in ihr Herz einbrannte. Schuldfried reichte ihm beide Hände und sagte mit jugendlicher Begeisterung: „Sie mögen meine Freundschaft wollen oder nicht, so gehört sie Ihnen. Sie mögen in meiner Nähe weilen oder in weite Fernen

reifen, so werde ich doch Ihre Freundin bleiben so
lange mein Herz schlägt."

„Dank!" stammelte Lothar, brückte ihre Hände
und ließ sie dann los, indem er murmelte: „Gott
beschüze Sie; Sie sind ein Engel. Und möge er
mir beistehen daß ich Ihnen nie einen Schmerz
bereite."

In diesem Augenblick hörte man ein heiseres
gelles Lachen über Schuldfriebs Kopf. Sie sprang
erschrocken auf und Lothar erblaßte, faßte sich aber
schnell und sagte:

„Es war eine Elster die ihr Abendlied sang."

Sie wanderte jezt heimwärts.

––––––––––

Während Lothar und Schulbfried zwischen Junta
und Ektorp spazierten, fand auf Kronbrück ein ganz
anderes tête à tête zwischen Doctor Wagner und
dem Gutsverwalter Scheinbinge statt. Doctor Wagner hatte während der mehrjährigen Abwesenheit des
jungen Besizers von Kronbrück den Auftrag gehabt
als Herr daselbst zu residiren. Wagners bekannte
Uneigennüzigkeit hatte schon zu den Zeiten des Generals zur Folge gehabt daß dieser ihm während
seiner Abwesenheit die Herrenrolle übertrug, weil
man, wie der General sich ausbrückte, auf die Ehr-
lichkeit eines Verwalters nie zählen durfte oder konnte,
wenn man ihn ohne ein wachsames Auge ließ. Obschon Lothar sich über die Redlichkeit des Verwalters
nicht viele Gedanken machte, so hatte er doch, dem
einmal ausgesprochenen Wunsche des Generals ge-
mäß, Wagner den Auftrag ertheilt in seiner Abwe-

senheit der Herr zu sein und dafür zu sorgen daß
die Untergebenen Nichts zu klagen hätten. Dieses
Geschäft übernahm Wagner gerne und zwar aus fol=
genden Gründen. Er war von Natur stolz und
herrschsüchtig. Diese beiden Eigenschaften, die er sein
ganzes Leben lang hatte unterdrücken müssen, befan=
den sich wohl dabei wenn alle Unterthanen des Guts,
vom geringsten bis zum Verwalter, ihm eine Ehr=
furcht bezeugten als ob er der rechte Eigenthümer
wäre. Auf der andern Seite lag in dem eigenthüm=
lichen Character dieses Mannes eine angeborne Vor=
liebe zu dem Volke, ein wahres Interesse für sein
Wohl und ein inniger Wunsch die Stellung der un=
teren Classen erträglich machen zu können. Wagner
war human, mitleidig und theilnehmend gegen seine
Mitmenschen, so weit seine eigenen Interessen und
Leidenschaften nicht dazwischen traten. Wenn diese
durch Nichts aufgeregt wurden, war er ein Ehren=
mann in des Worts vollster Bedeutung und wäre
es sicherlich in allen seinen Handlungen geblieben,
wenn nicht ein durchgreifender Haß gegen Rußland
und die Familie Caniz insbesondere von Jugend auf
eine unauslöschliche Rachsucht in ihm genährt und
alle dadurch hervorgerufenen Dämonen in Bewegung
gesezt hätte. Mit einem überlegenen Verstand, einer
scharfen Beobachtungsgabe und in Folge davon einer
sichern Auffassung des menschlichen Characters, sowie
der Gemüthsart jedes Einzelnen der ihm in den Weg
kam, ausgestattet, hatte er während seiner abhängi=
gen Stellung sowohl seinen verlezten Hochmuth als
seinen leidenschaftlichen Haß hinter einer ergebungs=
vollen und demüthigen Oberfläche zu verbergen ge=

mußt. Er hatte sich zum Vertrauten seines größten
Feindes gemacht und bei dem General Caniß seine
Rolle so gespielt, daß dieser ihm die Erziehung des
Universalerben seiner fürstlichen Güter übertragen
hatte. Sein Einfluß auf Lothar war allmächtig
gewesen, und das war er noch jezt in Allem was
die äußeren Verhältnisse betraf. Sagte der Doctor:
Diese oder jene Veränderung muß vorgenommen
werden; dieser oder jener Pächter muß einen klei-
neren oder höheren Pacht bekommen, so antwortete
Lothar immer: Das verstehen Sie besser als ich,
thun Sie nach Ihrem Gutdünken. — Und in all
diesen Fällen verdiente der Doctor ein unbegrenztes
Vertrauen; aber leider war er nicht eben so gewissenhaft wenn es sich um das Innere des jungen
Mannes handelte.

Während ihres Aufenthaltes auf deutschen Universitäten hatte Wagner mit einer eigenthümlichen
ausstudirten Geschicklichkeit den Samen zu allen möglichen Lastern in das Herz des Jünglings auszu-
streuen gesucht, indem er ihm die Lehre der Genüsse
predigte und seine von Natur romantischen Ideen
verspottete. In jungen Jahren liebt man vorzugs-
weise die Vergnügungen, und da Wagner ihm stets
solche zu verschaffen wußte, so wurde er mehr Lothars Freund als sein Mentor. Es würde ihm
sicherlich auch gelungen sein aus dem feurigen, schwärmerischen und reichbegabten Jungen einen schlechten
und ausschweifenden Menschen zu machen, wenn nicht
ein unerklärlicher Zufall Lothar aus seinem blinden
Vertrauen zu dem Doctor geweckt und statt dessen
ein gründliches Mißtrauen gegen den frühern Gou-

verneur in seine Seele sich eingeschlichen hätte. Diese Veränderung war so plözlich vor sich gegangen daß der Doctor vergebens über ihre Ursachen nachgrübelte. Er wußte bloß daß Lothar schon am Tage nach seiner Mißhandlung gegen Tage und Schuldfrieb sich ungleich geworden war, daß er mit Eifer vom General den Plaz auswirkte den Wagner jezt hatte, und daß er den Doctor durchaus nicht zum Begleiter nach Petersburg haben wollte.

Nach dieser Beleuchtung der Verhältnisse wollen wir zu dem Gespräch zwischen dem Doctor und Verwalter zurückkehren.

Wir finden ersteren in seiner reichen Bibliothek in einen Armstuhl zurückgelehnt; vor ihm auf dem Tisch lagen einige Rechnungen. Herr Scheindinge, ein Mann von etlichen und fünfzig Jahren, mit einem glatten schmunzelnden Gesichte, befand sich ihm gegenüber auf einem Stuhl. Er saß auf der äußersten Ecke, als hätte er sich nicht recht zu sezen gewagt, um dem allmächtigen Arzte nicht zu mißfallen der jezt ganz und gar nicht mild und verbindlich aussah.

„Ich habe Ihre Rechnungen von meinem Secretär durchgehen lassen," begann der Doctor in herbem Tone, „und finde nirgends die Kornsendung aufgezeichnet die kurz vor der Ankunft des Barons nach Abo abging."

„Damals wurde kein Korn von Kronbrück nach Abo abgeschickt," antwortete Scheindinge keck.

„Nicht? Wem gehörte denn das Korn das Sie unter diesem und jenem Datum per Fuhre abschickten?" Der Doctor sah den Verwalter scharf an.

„Dem Baron F. von Umbosum."

„So!"

Der Doctor streckte die Hand aus und nahm einen Brief der auf dem Tische lag. Er überreichte ihn dem Verwalter mit den Worten:

„Lesen Sie mir das hier vor!"

Als Herr Scheinbinge den Brief öffnete und die Unterschrift sah, wurde er todtenbleich.

„Sie erblassen. Nun Herr Scheinbinge, wie glauben Sie daß es mit Ihrer Verwalterschaft stehe?"

„Herr Doctor, um Gottes Barmherzigkeit willen machen Sie mich nicht unglücklich!" rief der bebende Verwalter, indem er seine Hände faltete. Er hatte den Brief auf den Boden fallen lassen. Der Doctor bückte sich, hob ihn auf und sagte, indem er ihn langsam zusammenlegte:

„Sie haben also Ihren Herrn um hundert Tonnen Korn bestohlen. Dieß ist bewiesen. Ich habe Sie zweimal vor Ihren unehrlichen Kunstgriffen gewarnt, allein Sie scheinen daraus nur den Schluß gezogen zu haben daß Sie ungestraft fortfahren dürfen, und nicht genug damit, Sie haben jezt angefangen Ihre Unehrlichkeit auf großem Fuße zu betreiben. Sie hätten mich gleichwohl kennen und wissen sollen daß ich nicht gesonnen bin meinen Herrn noch länger durch einen Schurken Ihrer Art bestehlen zu lassen. Die beiden vorhergehenden Male wo Sie betreten wurden, hatten Sie es den Bitten Ihrer Frau zu verdanken daß ich Sie auf dem Plaze behielt. Ich habe dabei bloß die Vorsicht beobachtet alle Ihre Handlungen genau bewachen zu lassen.

Sie kennen meine Schlauheit und hätten auf Ihrer Hut sein sollen."

Jezt erfolgten Bitten und Erklärungen von Seiten des Verwalters denen der Doctor nur eiskalte Verachtung entgegensezte. Das Ende war daß Scheindinge eine Erklärung ausstellen mußte, der zufolge er von seinem Herrn so und so viel Korn genommen habe das ihm an seinem Einkommen abzuziehen sei. Als dieß im Reinen war, sagte der Doctor, indem er das Papier in die Tasche steckte:

„Bis auf Weiteres will ich dem Baron Nichts sagen, sondern es auf Ihre Aufführung ankommen lassen. Sie sind inzwischen jezt in meiner Gewalt, und wenn Sie sich nicht ganz unglücklich machen wollen, so hüten Sie sich daß ich nicht noch einen Beweis gegen Sie bekomme."

Scheindinge versicherte, die Nachsicht des Doctors würde ihn in einen gewissenhaften und ehrlichen Menschen verwandeln. Da seine Betheurungen kein Ende nehmen wollten, unterbrach ihn der Doctor streng mit den Worten:

„Sie brauchen Nichts zu versichern, da ich Ihnen durchaus Nichts glaube. Ich werde Sie genau bespähen lassen, und bei der geringsten Abweichung werden Sie augenblicklich aus dem Dienste gejagt und der Justiz überliefert. Jezt zu etwas Anderem. Hat die Wittwe auf Ektorp ihren lezten Jahrespacht bezahlt?"

„Nein, ich erhielt vom Herrn Doctor die Weisung ihr Nichts zu fordern, sondern die Ankunft des Herrn Barons abzuwarten, da der Herr Doctor für sie zu sprechen beabsichtigten."

„Das ist wahr. Sie müssen indeſſen eine Mah=
nung um den Pacht ergehen laſſen und fragen wann
ſie ihn bezahlen könne.“

„Wollen der Herr Doctor daß ich eine Zahlungs=
friſt beſtimmen ſoll?“

Wagner beſann ſich eine Weile. Er berechnete
gleichſam was geſchehen könnte, und welcher Augen=
blick der paſſendſte wäre um Frau Smith ins Ge=
dränge zu bringen. Endlich ſagte er:

„O nein, Sie fahren morgen hin, mahnen höf=
lich und erſuchen die Dame ſelbſt zu ſagen wann ſie
ihre Schuld bezahlen könne. Zugleich können Sie
daran erinnern daß die Zeit zur Verlängerung des
Contractes ſchnell heranrücke.“

Der Doctor verabſchiedete den Verwalter der
unter demüthigen Bücklingen abzog. Als er fort
war, klingelte der Doctor, und nun öffnete ſich eine
kleine Tapetenthüre neben einem Bücherſchrank. Ein
etwas älterer Mann als der Doctor, mit magerem
und widerwärtigem Geſicht, kam zum Vorſchein. Er
war ganz ſchwarz gekleidet und ging gebeugt.

„Was Neues aus Abo?“ fragte Wagner ohne
ſich umzuwenden. Er mußte aus dem Geräuſche des
Thürſchloſſes daß der magere Herr ſich im Zimmer
befand. Der Doctor ſaß ſo daß er dem Eintreten=
den den Rücken zukehrte. Dieſer war lautlos vor=
angeſchritten und ſtand hinter Wagners Stuhl, a
er antwortete:

„Sie haben heute Abo verlaſſen und ﬕﬔ unter=
wegs hieher.“

„So! Und die Correſpondenz?“

„Iſt abgefangen.“

„Gut! Hat man argwöhnische Blicke auf sie?"

„Ja. Alle Briefe sollen fortan geöffnet werden."

„Ohne daß man ahnt woher die Angabe kommt?"

„Ohne daß Jemand es ahnt."

„Wie geschah die Vertauschung der Briefe?"

„Durch mich."

„Dann bin ich ruhig." Der Doctor stand auf und wandte sich zu dem magern schwarzgekleideten Herrn. Mit der Hand auf der Stuhllehne betrachtete er ihn, während er fortfuhr:

„Ich glaube, mein lieber Worzkow, daß die Fahrt nach Abo Dich noch magerer gemacht hat als zuvor. Hast Du sonst nicht ermitteln können warum dieser Aberney so plözlich hinreiste?"

„Die Veranlassung war ein Bankrott des N.'schen Hauses, wo der Professor Geld angelegt hat. Er verliert eine nicht unbedeutende Summe."

„Wie viel ungefähr?"

„Sein halbes Vermögen."

Der Doctor begann auf und ab zu gehen. Nach einer Weile sagte er:

„Halt ein strenges und wachsames Auge auf den Verwalter; gehe alle seine Rechnungen genau durch und sieh zu daß er die Leute nicht schindet."

Herr Worzkow verbeugte sich und glitt eben so still wie er gekommen war hinaus.

Der Doctor sezte sich wieder an den Tisch und begann mit großer Aufmerksamkeit die darauf liegenden Papiere zu durchsehen. So saß er noch bis die Dämmerung einbrach und er ein Pferd in den Hof galoppiren hörte. Wagner erhob sich und ging ans Fenster.

„Aha? er ist jezt daheim," murmelte der Doctor, ging dann ins Nebenzimmer, vertauschte seinen Schlaf= rock gegen einen schwarzen Frack, ordnete seine Hals= krause und sein Haar. Als dieß geschehen war, be= gab er sich zu Lothar hinauf, traf ihn aber nicht im Salon. Der Bediente meldete ihm, der Baron habe sich in sein Cabinet eingeschlossen.

„Hem, sollte er bereits eine Niederlage erlitten haben?" dachte Wagner; „das ist nicht wohl mög= lich. Das Mädchen ist zu einsam und er zu schön, als daß er nicht einen vortheilhaften Eindruck auf sie machen sollte. Es wäre dumm, wenn mein ge= schickt ausgedachter Plan durch einen Geniestreich des Zufalls vernichtet würde."

Weiter kam der Doctor nicht in seinem stillen Monolog, während dessen er am Fenster stand und hinaussah, als Lothar zu ihm heraustrat.

„Ach, sind Sie's Doctor?" rief er; „aber warum ist es hier finster? Sollten Sie zufällig eine Vor= liebe dafür haben in der Dämmerung zu schwärmen?"

Es war etwas Seltenes Lothar scherzen zu hö= ren, und der Doctor zog daraus den ganz richtigen Schluß daß er besonders aufgeräumt sei.

„Ich bin aus der Dämmerung herausgewachsen," antwortete Wagner.

Lothar und der Doctor sprachen immer französisch mit einander.

„In diesem Fall wundert es mich nicht daß Sie nicht beleuchten ließen."

„Soll ich klingeln?"

„Ja. Sie ersparen mir dadurch eine Mühe. Um aufrichtig zu sein, so bin ich müde." Lothar

warf sich in einen Sopha. „Wissen Sie was, Doc:
tor, ich gedenke morgen nach Abo zu reisen."

Der Doctor wollte eben klingeln, aber bei diesen
Worten stellte er die Glocke wieder auf den Tisch.

„Ich glaube, Sie vergessen das Läuten," rief
Lothar lachend. „Meine Reise scheint Sie dermaßen
zu überraschen daß man es durch die Finsterniß hin=
durch sieht. Was finden Sie sonst Wunderliches
daran?"

„Eigentlich nichts Wunderliches, nur kam diese
Reise so plözlich."

„Was wollen Sie? Ich langweile mich hier, be=
sonders jezt da meine Cameraden beschlossen haben
abzureisen."

Der Bediente kam um die Kerzen anzuzünden.
Lothar befahl Pfeifen und Wein. Er lag auf einem
kleinen Sopha und sang vor sich hin. Der Doctor
hatte sich in einen Lehnstuhl gesezt und sah mit gleich=
giltiger Miene zur Decke hinauf.

„An was denken Sie, mein lieber Doctor?"
fragte Lothar ganz plözlich.

„Ich dachte an ein Lied das ich heute hörte,
ganz dieselbe Melodie die Sie jezt vor sich hinsan=
gen; aber es wurde mit einer Stimme gesungen
dergleichen ich noch nie gehört habe."

„Und wie hörten Sie es? Hier in dieser Wüste
ist es gar zu unglaublich daß Sie diese Arie singen
hörten. Sie wurde wohl bloß in Ihrer Einbildung
gesungen," scherzte Lothar.

„Ganz und gar nicht, es war ein junges Mäd=
chen das mich mit seinen wunderbar klaren und
melodischen Tönen so fesselte; daß ich unbeweglich

auf dem Plaze blieb. Es war eine entzückende Er=
scheinung."

„Ich gratulire. Aber wenn es kein Geheimniß
ist, so möchte ich gar zu gern erfahren wer diese
Sängerin war — ein Naturkind das auf dem Felde
Garben bindet und Mozart'sche Lieder singt, das
läßt sich nicht vereinigen."

„Das habe ich auch nicht behauptet, und doch
ist sie wirklich ein Naturkind, obschon sie keine Gar=
ben bindet." Der Doctor lächelte auf seine feine
Weise.

„Sie sehen so geheimnißvoll aus, mein lieber
Doctor, daß ich ganz deutlich Ihre Absicht errathe
meine Neugierde zu erwecken, was Ihnen heute nicht
gelingen wird."

„Es ist ein vollständiger Irrthum daß ich sie
in Bewegung sezen möchte. Sicherlich haben Sie,
da Sie oft denselben Weg reiten, denselben Gesang
schon gehört."

„Welchen Weg meinen Sie?" Jezt drehte Lothar
den Kopf.

„An Ektorp vorbei."

„Ah!" Lothar richtete sich halb auf. „Wohnt
die Sängerin in der Nähe von da?"

„Ja, in Ektorp."

Jezt sprang Lothar auf und rief lebhaft: „Wen
meinen Sie?"

„Meine ehemalige Patientin. Ich glaubte Sie
hätten es längst errathen. Haben Sie denn ver=
gessen daß Sie das Mädchen einst zwingen wollten
zu singen?"

„Ah! — Ich hatte die kleine Sängerin ver=
geffen über..."

„Auch ich hatte die Urfache des Auftritts mit
ben Kindern vergeffen, bis ich heute an dem kleinen
Pachthof vorbeikam und mein Ohr von den feffeln=
ben Tönen getroffen wurbe."

„Und wie konnten Sie beim Vorbeifahren bie=
felben auffangen?"

„Nichts einfacher als das. Ich gebachte meine
ehemalige Patientin zu befuchen, und als ich in bie=
fer Abficht ans Gitterthor hinabkam, blieb ich un=
beweglich ftehen, denn aus einem der offenen Fenfter
bes Haufes fcholl eine entzückend fchöne Stimme
welche die Arie der Anna aus Don Juan fang.
Sie that bieß mit jenem glühenben Ausbruck der
Vernunft und Gefühl mit fich reißt. Ich konnte
unmöglich meinen Plaz verlaffen bevor der Gefang
vollenbet war, und als ich Fräulein Smith traf,
fagte ich zu ihr, eine folche Stimme fei für die
Scene beftimmt und..."

„Wie Doctor?" rief Lothar heftig; „Sie wagten
es wirklich biefem unfchulbigen Mädchen die Belei=
bigung zu fagen baß fie Sängerin werben follte?"

„Worin beftand die Beleibigung, Herr Baron?"

In bem bloßen Gebanken baß fie für Gelb und
vor einem ganzen Publicum fingen folle; fie, biefes
einfache und reinherzige Naturkind foll bie befubel=
ten Bretter bes Theaters befteigen!" Lothar begann
auf und ab zu gehen.

Der Doctor antwortete lächelnb:

„Reinherzig und unverborben find wir Alle ein=
mal gewefen, aber Niemand bleibt es bis zu feinem

Tode." Es ent[...] eine Pause welche der Doctor mit den Worten unterbrach:

„Professor Aberney, der ein ausgezeichneter Sänger war und ein verdienstvoller Componist ist, hat die schöne Stimme seines Schützlings ausgebildet, und es sollte mich sehr wundern wenn er nicht die Absicht hätte Vortheil daraus zu ziehen. Es wäre ja Schade eine solche Stimme hier in Finnland zu Grabe tragen zu lassen."

Lothars kaum noch so heiteres Gesicht veränderte sich augenblicklich. Der Doctor fuhr, ohne darauf zu achten, fort:

„Aberney ist ein über alle kleinlichen Vorurtheile erhabener Mann, und sicherlich hat er schon in der Kindheit des Mädchens eingesehen daß sie in ihrer Stimme ein[en] Schatz besitzt der ihr ein Vermögen verschaffen [kann]. Dieß hat ihn veranlaßt ihr diese sorgfältige [musi]calische Erziehung zu geben." Der Doctor ver[...]

Der Bediente [...]ffen und Wein herein. Lothar füllte [sich] ein G[...] leerte es auf einen Zug.

„Der junge [...] auch sehr musicalisch sein, wie ich vom Pastor gehört habe," fuhr der Doctor fort. „Es wird also ein gewaltiges Musiciren auf Junta abgeben, wenn Vater und Sohn ankommen."

Er begann jezt mit beißendem Wiz von diesen sogenannten unschuldigen musicalischen Veranstaltungen zu sprechen, wo ein junger Mann mit einem jungen Mädchen singe bis beide ihren Frieden und ihre Herzen weggesungen haben. Dann ging er auf

die Musiklehrer für junge Mädchen über, die, wie
Aberney, noch nicht alt seien und sich durch ihre
väterliche Sorgsamkeit in jeder Beziehung zu Halb=
göttern ihrer Schülerinnen machen.

„Dieß ist eine sehr schlaue Manier unerfahrene
Herzen zu fesseln und eine unbedingte Herrschaft über
dieselben zu erwerben," sagte der Doctor. „So
z. B. bin ich vollkommen überzeugt daß Fräulein
Smith von ihrem väterlichen Freund, Professor Aber=
ney, vollständig beherrscht wird, und daß er weit
mehr Einfluß auf sie besitzt als die Mutter."

Lothar schwieg und ging fortwährend auf und
ab. Der Doctor hatte mit vieler Geschicklichkeit seine
schlimmeren Gefühle zu wecken und eine wilde Eifer=
sucht in seiner Brust zu entzünden gewußt. Der
friedliche und unaussprechlich liebliche Eindruck wel=
chen das Gespräch mit Schuldfried bei ihm zurück=
gelassen hatte verschwand, und er schalt sich selbst
einen Narren, einen Thoren, daß er sich nicht eifrig
bestrebt ihr Herz zu gewinnen, sondern mit dem
armseligen Geschenke ihrer Freundschaft vorlieb ge=
nommen habe. Jetzt würde dieser Tage, dieser frühe
Jugendfreund, kommen, nebst dem verhaßten Aberney
ihn gänzlich auf die Seite drängen und ihre ganze
Seele dermaßen in Anspruch nehmen, daß er nicht
einmal darauf rechnen könne den ihm bereits einge=
räumten Platz behalten zu dürfen. In diesem Augen=
blick wünschte sich Lothar die Macht des Czars um
Aberney und seinen Pflegesohn so weit fortzuschicken,
daß nicht einmal der Klang ihrer Namen und noch
weniger ihre Gegenwart ihn belästigen könnte. Jetzt
mußte er ganz passiv zusehen wie diese Herren Alles

für das Mädch●●aren und er selbst gar nichts
wurde.

Wartete Wagner darauf bis Lothars unruhige
Gefühle in volle Thätigkeit treten würden, oder las
er den Ausdruck derselben, während der langen Pause
die jezt entstand, in seinem Gesichte, das wissen wir
nicht; aber gerade in dem Augenblick wo Lothar sich
die Macht wünschte Aberney vom Gegenstand seiner
Sehnsucht zu entfernen, bemerkte der Doctor:

„Professor Aberney wird von der russischen Re=
gierung mit mißtrauischen Augen beobachtet. Seine
politischen Ansichten sind nicht von der Art daß er
auf ein langes Bleiben in Finnland hoffen kann."

Bei diesen Worten blieb Lothar plözlich stehen;
er betrachtete Wagners Gesicht mit einem durchdrin=
genden Blick, während die wolkenverdüsterte Stirne
sich gleichsam aufklärte.

„Wie kommen Sie jezt gerade darauf zu spre=
chen?" fragte Lothar mit einem bestimmten Ausdruck
des Argwohns in seinem Tone.

„Ganz einfach darum weil ich heute Briefe aus
Abo erhielt, worin es heißt, Aberney habe sich durch
einige unbedachte Aeußerungen die Aufmerksamkeit
der Behörden zugezogen. Ad vocem Abo, wann
reisen Sie morgen ab, Herr Baron?"

„Ich reise gar nicht," lautete die Antwort.

Etwas später, als der Doctor in seinen Flügel
hinabging, hielt er in Gedanken folgenden Monolog:

„Es ist jezt das zweite Mal daß ich seine schö=
nen Vorsäze aus ihm reiße und ihn in den Wirbel
wilder Leidenschaften schleudere. Wollen sehen ob
es mir nicht doch am Ende gelingt eine glänzende

16*

Rache an diesem verächtlichen Lanitz auszuüben. Wenn ich nur wüßte durch wen oder durch was meine frühere Macht gebrochen und dieses ewig wiederkehrende Mißtrauen geweckt worden ist!"

Am folgenden Morgen begab sich Schuldfried in aller Frühe nach Junta. Sie hatte sich von der ganzen Tagesarbeit freigemacht um ihren guten Freund und Tage willkommen zu heißen. Frau Smith, die sich höchst selten den Wünschen ihrer Tochter widersezte, hatte gerne ihre Zustimmung gegeben. Als das junge Mädchen mit freudig klopfendem Herzen in der Hausflur ihres Freundes und Lehrers stand, kam Tante Sara ihr entgegen.

„Bist Du schon hier, mein artiges Mädchen?" sagte die Alte und klopfte sie auf die blühende Wange. „Ich wollte Dich eben durch Anders abholen lassen, damit Du mit uns frühstücken sollst. Ach Kind, Du glaubst nicht was Tage für ein stattlicher und prächtiger Bursche geworden ist!"

Die Alte sprach ein Langes und Breites davon wie schön ihr Günstling sei, wie geschickt und wie artig, während sie mit Schuldfrieds Beihilfe den Cafetisch deckte. Schlag acht Uhr hörte man Tritte auf der Treppe und im Saal. Schuldfried konnte nicht auf ihrem Plaze bleiben, sondern sprang Aberney entgegen. Mit kindlicher Lebhaftigkeit warf sie sich in seine Arme und rief:

„Willkommen, willkommen wieder, mein guter, geliebter Onkel!"

„Dank, mein liebes theures Kind!" Aberneys

Lippen berührten die Stirne des jungen Mädchens und er fügte hinzu: „Gott segne Dich, meine Tochter!"

Aberney und Schuldfried traten in die Hausflur hinaus. Da stand jezt ein junger Mann von ei**unb**zwanzig Jahren, mit einem so grundehrlichen und so rein nordischen Gesichte, daß er für einen Typus des scandinavischen Volksstamms gelten konnte. Bei seinem Anblick trat Schuldfried einen Schritt zurück. Als sie Tage zum lezten Mal gesehen, war er ein achtzehnjähriger Junge, recht bengelhaft, aus Rock und Hosen hinausgewachsen und ungekämmt. Jezt dagegen war er ein zierlicher Herr in der Uniform der schwedischen Flotte. Schuldfried war ganz ver-legen.

Tage ging ihr entgegen und sagte mit einem Lächeln das an die Kinderjahre erinnerte:

„Ei wie, Schuldfried, es sieht aus als ob mein Anblick Dich erschreckte? Solltest Du nicht, gleich mir, Dich freuen Deinen Jugendfreund wieder zu sehen?" Er reichte ihr die Hand.

„Das thue ich allerdings, mein lieber Tage. Willkommen wieder hier," nickte sie ihm zu und legte ihre Hand in die seinige.

Dieser Tag war ein Freudenfest für Junta. Aberney ließ seine lieben Bücher und seine Studien liegen um die Zeit mit den Kindern zu verplaudern. Auf seiner hohen und klaren Stirne fand sich kein Wölkchen das angedeutet hätte daß er die Hälfte seines Vermögens verloren. Tage seinerseits konnte sich an Schuldfried nicht satt sehen und rief einmal ums andere:

„Wie schön Du geworden bist, liebe Schuld=
fried!"

Die innige Ergebenheit die er ihr schon als Jüng=
ling seit ihrer ersten Bekanntschaft gewidmet, schien
beim Wiedersehen noch zuzunehmen und mit jeder
Stunde wärmer zu werden. Nachmittags ging Aber=
ney auf sein Zimmer um seine Pfeife zu rauchen
und ein Schläfchen zu machen. Inzwischen saßen
Schuldfried und Tage allein im Erker.

„Hast Du Dich in diesen Jahren wo wir einan=
der nicht sahen auch manchmal nach mir gesehnt?"
fragte Tage und ergriff Schuldfrieds Hand.

„Wie kannst Du so fragen? Mit jedem Früh=
jahr hoffte ich auf meinen Ritter. Aber vergebens;
er hatte mich verlassen," antwortete Schuldfried
lächelnd.

„Dein Ritter bin und bleibe ich immer; aber
wie steht es mit Dir? Bist Du noch immer meines
Herzens Dame?"

Vor Schuldfrieds Seele stand in diesem Augen=
blick das Bild des Fremdlings. Sie mußte nicht
recht warum, aber sie meinte, sein Blick sei voll
Traurigkeit auf sie geheftet.

„Nun Schuldfried, Du schweigst?"

„Ach liebster Tage, gewiß bin ich noch dieselbe
Jugendfreundin; aber Alles genau betrachtet, bin ich
wohl zu alt um eine mittelalterliche Jungfrau zu
spielen, wie zur Zeit als ich die Dame Deines Her=
zens genannt wurde."

„Du gabst Dir diesen Namen nicht im Spiel,
sondern nach der Fehde mit Canitz wo ich das da
erhielt." Tage schob die blonden Locken aus der

Stirne und deutete auf eine breite Narbe. „Erin=
nerst Du Dich Deines damaligen Versprechens daß
Du für das ganze Leben die Dame meines Herzens
bleiben wollest?"

Schuldfried fühlte bei dieser Erinnerung eine ge=
wisse Unruhe. Sie wurde indeß bald von Aberney
befreit, der zu den jungen Leutchen heraustrat, be=
gleitet von Tante Sara, die ihm bei ihrem Anblick
zuflüsterte:

„Mein Gott, was sie mit der Zeit für ein schö=
nes Paar geworden sind!"

Der Professor wandte sich gegen sie und be=
merkte scharf:

„Was ist das für ein dummes Geschwaze, Tante?
Hast Du nicht Unglück genug von vorzeitig beschlos=
senen Parthien gesehen?"

Am Abend als Schuldfried sich nach Haus be=
geben wollte, erhielt Tage den Auftrag die Chaise
anspannen zu lassen und sie nach Ettorp zu führen.
Auf dem Heimweg sprach er von den merkwürdigsten
Ereignissen der verflossenen Jahre. Schuldfried er=
zählte ihm von Allem, nur nicht von ihrer Bekannt=
schaft mit dem Fremden.

Mitten in der Freude des Wiedersehens ihrer
lieben Freunde wurde sie gleichwohl von einem Ge=
fühl der Sehnsucht überschlichen, und sie wünschte
Lothar treffen zu können. Die Erinnerung an ihre
lezte Besprechung kehrte beständig wieder. Sie hielt
es selbst für Unrecht daß sie sich nicht vollkommen
zufrieden fühlte.

Beim Anfang der Allee sprang Tage aus der

Chaise, reichte Schuldfried die Hand um ihr heraus=
zuhelfen, drückte sie zum Abschied und sagte:

„Darf ich Dich morgen Mittag abholen?"

„Ja ganz gewiß." Schuldfried nickte freundlich
und entfernte sich. Tage knallte mit der Peitsche
und eilte davon, während Schuldfried ihren Weg bis
zu einer kleinen Bank weiterging die am Fuß eines
Baumes stand. Dort sezte sie sich. Ein leichter
Seufzer hob ihre Brust. Sie legte die Hände zu=
sammen und dachte:

„Mein Gott, wenn ich nur ihn ganz kurz zu
sehen bekäme!"

„Guten Abend!" klang es in diesem Augenblick
hinter ihr. Sie fuhr zusammen und wandte sich
hastig um: da stand Lothar, so bleich und so traurig.

„Ach wie angenehm!" rief Schuldfried; ihr gan=
zes Gesicht spiegelte die lebhafteste Freude zurück.
Nun erheiterte sich auch Lothars Blick und er ant=
wortete mit einem wehmüthigen Lächeln:

„Haben Sie Dank für diese Worte! Ach wenn
Sie wüßten wie unglücklich ich mich heute gefühlt
habe!" Er sezte sich an ihre Seite. „Noch ein
Tag wie dieser, und ich bin in einen wahren Dämon
verwandelt." Er ergriff ihre Hand. „Sagen Sie
mir in diesem Augenblick daß Sie wirklich Freund=
schaft für mich hegen. Ach! gestern wollte ich ihr
entsagen, und heute scheint mir Ihre Freundschaft
nicht einmal zu genügen. Wie Vieles kann nicht
ein Tag bringen!" Er schloß Schuldfrieds Hand
zwischen die seinigen. „Warum muß sich immer so
viel Bitterkeit in unsere reinsten Freuden mischen?
warum durfte ich nicht die frieblichen Eindrücke be=

wahren bie unſer leztes Geſpräch hinterließ? Jezt
iſt es als ob dieſer einzige verfloſſene Tag genügt
hätte um meine Ruhe zu zerſtören und eitel Stürme
in meiner Seele zu wecken. Sprechen Sie daher
einige freundliche Worte zu mir. Der Klang Ihrer
Stimme wird gewiß mein aufgeregtes _____ beruhigen."

„Sie dürfen nicht ſo betrübt ausſehen," ſagte
Schuldfried und ſpendete ihm einen freundlichen ſon-
nenwarmen Blick. „Wenn Sie mich zu treffen
wünſchten, ſo müſſen Sie wie ich jezt vergnügt und
heiter ſein. Auch mir war es Bedürfniß Sie wieder zu ſehen, und jezt da Gott dieſen meinen Wunſch
erfüllt hat, bin ich vergnügt und glücklich."

„Sagen Sie noch einmal daß es Ihnen Freude
mache! O ich bitte, ſagen Sie es noch einmal."

„Das iſt ja überflüſſig; Sie müſſen es ſelbſt
ſehen können." Schuldfried lächelte, wie ein Kind
gegen ſeinen Spielcameraden lächelt.

„Aber Sie waren doch noch vergnügter als Sie
Ihren Jugendfreund wieder ſahen?"

„O das war etwas Anderes; ach ich habe mir
den ganzen Tag vorgeworfen daß ich an Sie denken
konnte als ich bei meinen alten Freunden war."

Lothar ließ Schuldfrieds Hand los und erhob
ſich von der Bank, indem er voll Aufregung ſtam-
melte:

„Welche Schmerzen Sie mir auch bereiten mögen,
ſo werde ich nie vergeſſen wie glücklich Sie mich
heute Abend machten. Jezt will ich Ihnen voll
Dankbarkeit für Ihre Worte Lebewohl ſagen. Einſt
werden Sie begreifen wie koſtbar Sie meinem Her-

zen sein müssen, da ich gerade jezt Sie verlasse. Gute Nacht und Dank!"

Im nächsten Augenblick war er verschwunden und Schuldfried ging langsam nach Hause. Ein liebliches, unruhiges Gefühl erfüllte ihre Brust und machte ihr Herz schneller schlagen als gewöhnlich. Sie war glücklich und doch nicht glücklich. Sie empfand ein großes Bedürfniß zu ihrer Mutter zu gehen, ihr Haupt an sie lehnen und ihr erzählen zu dürfen wie unbegreiflich sie sich selbst vorkomme; aber als der Morgen von Neuem anbrach und Schuldfried vor der Mutter stand, die heute bleicher war als gewöhnlich, da erschien es ihr wieder unmöglich von ihren jugendfrischen Eindrücken zu sprechen.

Frau Smith küßte ihre Tochter auf die Stirne, und es schien Schuldfried als ob ihre Lippen zitterten. Das junge Mädchen schaute hastig auf und umschlang sie, indem sie mit bittender Stimme sagte:

"Mutter, sprich zu mir! Heute ist Dein Auge trauriger als gewöhnlich und Deine Lippen zittern vor Schmerz. O sag, kann ich Nichts thun um Dein Leiden zu lindern?"

"Ja, sei immer heiter und glücklich. Dieß ist das einzige Linderungsmittel das sich für mich findet." Frau Smith küßte die Tochter wieder und Schuldfried wagte Nichts mehr zu sagen.

Nachmittags kam Tage mit dem Wagen um Schuldfried abzuholen. Einige Tage vergingen ohne daß sie mit dem Fremden zusammengetroffen wäre. Jeden Mittag wurde sie entweder von Aberney selbst oder von Tage abgeholt und am Abend gewöhnlich von Beiden nach Ettorp begleitet. Eine erfahrene

Person würde leicht bemerkt haben daß in dieser Art wie Aberney dem jungen Mädchen das Geleite gab eine sorgfältige Wachsamkeit lag. Mit jedem Tag welcher verging ohne daß sie mit dem Fremdling zusammentraf, wurde sie unruhiger, besonders da sie einige Male einen Schimmer von dem weißen Pferde im Wald zu sehen meinte. Zwei Wochen vergingen. Es war Sonntag. Schuldfried sollte mit Tante Sara in die Kirche gehen und Tage hatte sie schon ganz frühe in Ektorp abgeholt. Tages Benehmen gegen die Spielgenossin war zugleich zärtlicher und weniger vertraulich geworden. Am Morgen war er außerordentlich abgemessen. Als sie durch den Wald fuhren, bemerkte er:

„Kannst Du mir sagen wer der junge Mann ist der beinahe täglich durch den Wald von Ektorp reitet?" Seine Augen ruhten forschend auf Schuldfried, deren Gesicht bei dieser Frage von einer dunkeln Röthe übergossen wurde.

„Ich weiß nicht wer es ist," antwortete Schuldfried verlegen.

„Hast Du ihn nie gesehen?"

„Doch."

„Wirklich? Und Du kennst ihn nicht weiter?"

„Doch, ich kenne ihn."

„Du hättest die Wahrheit nicht gut abläugnen können, da Deine starke Röthe sie bereits zu erkennen gab. Aber wenn Du ihn kennst, so weißt Du wohl wer er ist?"

„Tage, jetzt bist Du unbescheiden," rief Schuldfried, indem ihr das Weinen in den Hals kam. „Ich läugne die Wahrheit nie, und wenn ich sage daß ich nicht wiſſe wer er iſt, ſo ſpreche ich die Wahrheit. Er hat mir ſeinen Namen nie geſagt."

„Nicht? Ihr habt jedoch mit einander geſprochen?"

„Ja." Dieß war Alles was Schuldfried ant= worten konnte. Die Thränen brachen unwillkür= lich vor.

„Warum haſt Du ein Geheimniß daraus gemacht, Schuldfried?"

„Das weiß ich ſelbſt nicht; aber es ging mir gegen mein Gefühl davon zu ſprechen; lieber guter Tage, ſprich jezt nicht ſo kalt mit mir, ſondern ſei freundlich." Jezt begann Schuldfried laut zu weinen. Das war mehr als Tage ertragen konnte. Er beugte ſich zu ihr hinab und flüſterte:

„Verzeih mir, geliebte theure Schuldfried!"

In dieſem Augenblick ließen ſich haſtige Huf= ſchläge hinter ihnen vernehmen, und wie eine Winds= braut ſtürmte ein weißes Pferd mit ſeinem Reiter vorüber. Er hatte ſein Geſicht von ihnen abgewandt. Schuldfrieds Herz wurde von einem eigenthümlichen Schmerz durchzuckt, als er vorbeiritt ohne ſie auch nur anzuſehen.

„Das war er," ſagte Tage und biß die Zähne zuſammen. Er gab dem Pferd einen Klatſch und die Fahrt ging raſch von Statten. Kein Wort mehr wurde zwiſchen ihm und Schuldfried gewechſelt. Lez= tere weinte, er ſchlug alle Blätter und Zweige mit der Peitſche ab, als empfände er ein unwiderſteh= liches Bedürfniß ſeinen Zorn an Etwas auszulaſſen.

Als ſie nach Junta kamen, wunderte ſich Sara über Schuldfrieds rothgeweinte Augen, und Aberney heftete einen langen forſchenden Blick zuerſt auf das

Mädchen und dann auf Tage, sagte aber Nichts.
Nach dem Cafe fuhr des Professors Wagen vor.
Tante Sara, Schuldfried und Tage stiegen ein.
Auf der ganzen Fahrt nach der Kirche saß Tage
still und düster da. Er sah Schuldfried so wenig
als möglich an. Tante Sara sprach von den Nach=
barn und von einer Masse Neuigkeiten die sie von
Kronbrück gehört habe, wo der junge Eigenthümer,
wie es allgemein heiße, den Winter über zu blei=
ben gedenke, während seine Gäste bald abreisen wür=
den. Schuldfried hörte es mit Unruhe, Tage mit
gerunzelter Stirne an.

„Man spricht so viel von den Sonderbarkeiten
des jungen Herrn," sagte Tante Sara.

„Aber von wem haben Sie denn Ihre Neuig=
keiten, Tante?" fiel Tage ein. „Ich sollte meinen,
die Eigenheiten dieses Herrn können Niemand von
uns interessiren."

„Ei der Tausend, mein Junge, wie hizig Du
bist! Es scheint mir nicht in der Ordnung zu sein
daß Du solche Bemerkungen machst. Wenn es mir
Freude macht von irgend einem Ereignisse zu spre=
chen das ich gehört habe, so steht es dem Kinde
nicht zu meine Worte uninteressant zu finden."

Tante Sara war sehr erzürnt. Sie strich und
glättete ganz verzweifelt an ihrem Kleide.

Der übrige Weg wurde unter allgemeinem Schwei=
gen fortgesezt. Schuldfried hätte weinen mögen,
wenn sie bedachte daß sie dem Fremden vielleicht
kein Wort des Abschiedes werde sagen können.

Als sie an den Kirchenhügel kamen, hob Tage
das Mädchen aus dem Wagen und flüsterte:

„Verzeih mir, Schuldfried, wenn ich Dich betrübt habe; ich mag nicht in Gottes Haus treten ehe Du mir gesagt haft daß Du nicht böse auf mich bist."

Schuldfried lächelte freundlich. Sie drückte ihm herzlich die Hand und antwortete:

„Ich werde drinnen im Tempel, wenn ich Gottes Wort zu hören bekomme, schon wieder heiter und ruhig werden."

Aber Schuldfried täuschte sich. In ihre Bank niedergebeugt, betete sie zwar innig und andächtig, aber das Gebet besaß nicht dieselbe beschwichtigende Wirkung wie sonst, denn in ihrem Innern war und blieb es unruhig.

———

Das Mittagsmahl auf Junta nach der Kirchenfahrt war schweigsam; eine allgemeine Verstimmung herrschte vor. Tante Sara glaubte von ihrer Würde geboten daß sie sich unzufrieden über Tage zeige. Ueberdieß waren mehrere verdrießliche Umstände kleinerer Art eingetreten, so z. B. war der Braten angebrannt und der Eierkuchen schlecht gerathen; lauter Entdeckungen welche die Alte um ihren Humor brachten. Schuldfried war ungewöhnlich still und sah traurig aus. Tages Gesicht glich dem Herbsthimmel, so trübe war es. Aberney zeigte sich außerordentlich wortkarg. Man sah leicht daß die Gedanken des Professors nicht auf seine Umgebung gerichtet waren, sondern daß andere Dinge ihn in Anspruch nahmen. Nach dem Mittagessen nickte er Schuldfried und Tage zu mit den Worten:

„Ihr müßt euch eine Weile auf eigene Faust

zerſtreuen; ich habe etliche Notizen zu machen." Da=
mit ging er in ſein Zimmer.

Tante Sara glättete mit einigen haſtigen Stri=
chen die Falten an ihrem Rock, nahm den Schlüſſel=
bund und trippelte in die Küche hinaus, um mit
einer kurzen paſſenden Rede der Köchin verſtehen zu
geben, welche tadelnswerthe Handlung ſie begangen
habe indem ſie die Gottesgabe zerſtört. Dann be=
gab ſich Sara auf ihr Zimmer um ein wenig in
einem religiöſen Buche zu leſen, bis ſie einnickte und
die Cafeſtunde herankam.

Schuldfried ſaß im Erker und warf einem Hau=
fen ſchöner Tauben die im Hofe herum ſpazierten
Erbſen zu. Tage ſtand am Thürpfoſten und betrach=
tete ſie mit einem traurigen Blick. Schuldfrieds
Züge hatten ſich, während ſie die Tauben fütterte,
aufgeheitert, und ſie ſprach jezt zu ihnen mit einer
Stimme welche anzeigte daß der Anblick ihrer Lieb=
linge ihrer übeln Laune bedeutend Abbruch gethan
hatte. Die lezten Erbſen warf ſie ihnen mit den
Worten hin:

„Seht meine lieben Thierchen, jezt iſt es aus,
ganz aus mit dieſer Freude hier. Flieget jezt frei
und fröhlich! O wer Flügel beſäße wie ihr!" —Sie
wandte ſich zu Tage, reichte ihm die Hand und fragte
mit einem freundlichen Lächeln:

„Was fehlt Dir, Freund? Biſt Du noch immer
böſe auf mich?"

Tage ergriff die dargebotene Hand mit den
Worten:

„Alle Trübſeligkeit und Düſterkeit entweicht wenn
Du lächelſt; und gleichwohl würde ich in dieſem

Augenblick viel dafür geben wenn ich ganz aufrichtig mit Dir sprechen dürfte."

Schuldfried erhob sich, legte ihre Hand an seinen Arm und sagte:

„Gewiß darfst Du das, wer sollte Dich hindern?"

„Du wirst vielleicht böse und betrübt werden."

„Betrübt, Tage, das ist möglich; aber böse auf Dich, unmöglich."

„Wir wollen sehen. Nimm meinen Arm, dann laß uns an den Fuß des Felsen gehen und uns sezen. Dort können wir ungestört sprechen, und dort haben wir als Kinder so manchmal in vertrau- licher Zwiesprache gesessen. Dieser Plaz scheint mir besonders geeignet Dich weniger ungünstig für das zu stimmen was ich zu sagen habe."

Schuldfried nahm seinen Arm und sie wandelten über den Hof hinaus, bis an eine grüne Wiese am Fuß eines Berges der mitten im Wald hoch empor- ragte. Der moosbewachsene Granitriese neigte sei- nen mit zwerghaften Tannen geschmückten Scheitel ein wenig über die Grasfläche, die gleichsam von den Armen des Berges eingeschlossen und dadurch vor den rauhen Verheerungen der Nordwinde ge- schüzt war. Von der Spize des Berges herab hatte man eine freie und schöne Aussicht auf Junta und die ganze Umgegend.

Die jungen Leutchen ließen sich auf einer gefloch- tenen Weidenbank nieder, unter einer buschigen Hän- gebirke die am Fuße des Berges emporgewachsen war.

„Nun, Tage," begann Schuldfried, als er noch immer schwieg, „Du hattest ja Etwas zu sagen.

Ich habe lange darauf gewartet daß Du anfangen sollst."

„Glaubst Du daß ich Dich lieb habe?" fragte der junge Mann.

„Welche sonderbare Frage! Wie könnte ich daran zweifeln!"

„Dessenungeachtet hast Du kein Vertrauen zu mir. Ich bin jetzt nicht mehr wie früher der Freund mit dem Du Deine Gedanken austauschest."

„Doch, Tage, Du bist noch immer mein Freund, das weiß ich ganz gewiß."

„Und gleichwohl hast Du Geheimnisse vor mir?" sagte er.

Schuldfried senkte ihr Haupt und schwieg.

„Du kennst diesen Fremden schon lang und hast mit mir noch nichts über ihn gesprochen."

„Dieß kommt daher weil ich es noch mit Niemand gethan habe."

„Aber dieses Benehmen sieht Dir gar nicht gleich."

„Ach ja, ich weiß es, und ich kann die Ursache nicht erklären."

Eine Pause entstand. Tage kämpfte sichtlich mit seiner Aufregung; endlich begann er wieder:

„Sage mir wie ihr einander kennen gelernt habt; willst Du, Schuldfried?"

„Gerne; sicherlich wird es mir dann leichter ums Herz." Schuldfried legte ihre Hand in Tages Hand und erzählte jetzt von ihrem ersten Zusammentreffen mit Lothar, so wie von allem Uebrigen.

Tages Stirne wurde immer bleicher während er Schuldfried zuhörte. Dieß war der erste wirklich bittere Augenblick in seinem Leben. Als Schuldfried aufgehört hatte, sagte er langsam:

„Liebst Du ihn?"

Bei dieser so einfachen und für jedes andere Mädchen so leicht faßlichen Frage sprang Schuldfried auf und starrte ihn an, als ob er etwas recht Schreckliches ausgesprochen hätte.

„Herr mein Gott, Tage, was sagst Du da!" rief sie.

„Ich frage ob Du ihn liebst, ob er Dir sehr, sehr theuer ist?"

„Daran habe ich nie* gedacht. Es macht mir Freude ihn zu sehen und zu sprechen; aber dieß ist auch das Einzige was klar vor mir steht. Daß ich durchaus nicht die innige Ergebenheit gegen ihn hege wie gegen Dich und Onkel Aberney, ist vollkommen sicher. Nein, wenn man mir sagte: Wähle ob Du den Fremden oder Tage nimmer sehen willst, so würde ich ohne Bedenken sagen: den Fremden."

„Gott sei Lob und Dank!" rief Tage, ergriff heftig ihre Hände und küßte dieselben. In diesem Augenblick rollte ein Stein vom Berge herab bis zu Tages und Schuldfrieds Füßen vor. Unwillkürlich richteten sich ihre Augen hinauf; aber droben zeigte sich Niemand.

„Jezt, Du gute geliebte Schuldfried, meines Herzens Dame, jezt bin ich ruhig und vergnügt," sagte Tage und zog Schuldfried wieder auf die Bank neben sich.

Schuldfried ihrerseits war ganz und gar nicht ruhig und noch weniger vergnügt. Die ganze Unruhe welche sie im Laufe des Tages empfunden hatte, kehrte mit erneuter Stärke zurück, und sie hätte sich nur recht herzlich ausweinen mögen, aber ihre Thränen wurden von der Furcht zurückgehalten daß Tage sie um die Ursache fragen und sie ihm den Grund ihrer Beklommenheit nicht erklären könnte.

Tage mit seinen einundzwanzig Jahren und seinem unerfahrnen Herzen umfaßte in der Leicht= gläubigkeit seines Alters Alles was seinen Wün= schen schmeichelte, ohne zu erforschen ob er sich nicht von einem Irrlicht blenden ließ. Schuldfried hatte gesagt: wenn man mir die Wahl zwischen Dir und dem Fremden ließe, so könnte von einem Bedenken gar nicht die Rede sein. Was brauchte Tage mehr zu wissen? Wozu sich selbst und Schuldfried noch länger quälen, nachdem er diese Gewißheit erhalten hatte? Mit einer freundlichen, beinahe kosenden Stimme fügte er also hinzu:

„Schuldfried, laß mich noch einmal in Deinem Blick lesen daß Du mich noch eben so innig liebst wie in unsern Kinderjahren."

„Ich bin und verbleibe stets Deine Schwester, Deine treue Freundin."

Tage hätte gerne hinzugefügt:

„Und meines Herzens Dame!" Aber in diesem Augenblick stürzte ein ganzer Hagel von Steinen den Berg herab, und einer von ihnen war nahe daran Schuldfried an den Kopf zu treffen.

Dieses kleine Ereigniß bewirkte, wie gewöhnlich dazwischenkommende Nebensachen, einen plözlichen Aufbruch. Schuldfried war vor Schreck aufgesprun= gen, Tage konnte sich den sonderbaren Einsturz nicht erklären. Ehe sie sich noch erholt hatten, erschien

17*

Tante Sara am Gitterthor und rief ihnen. Im
Erker stand Aberney, und bei seinem Anblick beeilte
sich Schuldfried dem Ruf Folge zu leisten. Der
Professor war jetzt bei seiner gewöhnlichen Laune,
Tage war wieder froh und munter, Tante Sara
hatte ihren Aerger verschlafen, so daß Alle sich in
besserer Stimmung befanden, nur Schuldfried nicht.
Ein Bleigewicht hing über ihrem Innern. Mitten
in diesem Schwersinn fand sich ein lebendiges Ge=
fühl vor, die Sehnsucht nach dem Fremden.

„Was fehlt meinem Sommervogel heute?"
fragte endlich Aberney und legte seine Hand auf
den Kopf des Mädchens.

„Ach ich weiß es nicht, aber es ist eine ganz
besondere Unruhe an mir," stammelte Schuldfried,
ergriff die Hand des väterlichen Freundes und drückte
sie an ihre Lippen. „Es quält mich," fuhr sie fort,
„eine gewisse Angst als ob daheim Etwas geschehen
wäre, und deßhalb thue ich wohl am Besten nach
Hause zu fahren."

„Willst Du das?"

„Ja." Wiederum küßte sie die Hand von der
sie so freundlich gekost wurde.

„Laß vorfahren," sagte Aberney zu Tage. Als
er mit Schuldfried allein war, fügte er mild hinzu:

„Ich glaube, Tage hat Dich betrübt. War er
böse gegen Dich, wie früher, als ihr noch Kinder
waret?"

„O nein, Tage hatte jetzt wie damals immer Recht.
Ich war unartig."

Nach einigen Augenblicken saßen Tage und Schuld=
fried in der gelben Chaise und fuhren nach Ektorp.

Tage sprach von allem Möglichen womit er Schuldfried interessiren oder unterhalten zu können glaubte,
und zum Lohne für seine schönen Bemühungen erhielt er ein freundliches Lächeln.   Beim kleinen Weg
nach Ettorp hinab hielt Tage an, und als Schuldfried heraussprang, sagte er:

„Gib mir Deine Hand und habe Dank für heute.
Verzeih wenn meine Worte Dich betrübten, aber ich
liebe Dich so herzinnig."

Schuldfried reichte ihre Hand und nickte; dann
eilte sie weg.   In der Hausflur saß Annika.

„Was macht Mama?" fragte Schuldfried; „ist
sie drunten im Lusthaus?"

„Nein, mein Kind, sie ist auf ihr Zimmer gegangen und hat gesagt daß sie allein sein wolle.
Aber warum kommst Du so bald nach Hause?"

„Ich war unruhig um Mama."   Schuldfried begab sich auf ihr Stübchen.

Inzwischen fuhr Tage nach Junta zurück.   Er
ließ die Zügel schlaff hängen, und die Hand welche
sie hielt ruhte fahrlässig auf dem Spritzleb..   Er
selbst saß in tiefe Gedanken versunken da.   ...rch-
ging die Jahre die er und Schuldfried zusammen
als Kinder verbracht hatten.   Er gedachte all der
Beweise von Freundschaft und Anhänglichkeit die sie
ihm als kleines Mädchen gegeben.   Dann musterte
er diese Wochen die er zu Hause gewesen, ihr allzeit
gleich herzliches Wesen, und kam auf den Schluß
daß sie ihm eben so mit den wärmsten Gefühlen
ihres Herzens zugethan sei wie er ihr.   Welch einen

treuen Blick hatte sie ihm nicht zugeworfen als sie die Worte sprach: Von einer Wahl könnte gar nicht die Rede sein, und endlich wie gering mußte nicht ihr Interesse an dem Fremden sein, da sie nicht einmal seinen Namen zu erfahren gesucht hatte? Warum hatte sie die ganze Bekanntschaft mit ihm verschwiegen? Das war eine Frage welche die Vernunft in den Weg warf, aber das Herz war sogleich fertig mit der Erklärung daß es in Folge einer gewöhnlichen Mädchenlaune geschehen sei. Daß sie mit dem Fremden gesprochen hatte und auch mit ihm zusammengetroffen war, bewies ganz und gar keine Vorliebe für ihn, sondern nur daß dieß eine Zerstreuung in ihrem einförmigen Leben war, Etwas das von der gewöhnlichen Ordnung abwich. Von dieser nach seinem Dafürhalten genauen Prüfung seiner eigenen Gefühle und des Benehmens Schuldfrieds ging er zu jenen bezaubernd schönen Jugendträumen über, worin man sich die Zukunft so freundlich malt. Er dachte sich Schuldfried als seine Gattin, und sein Herz schlug beim Gedanken an das Glück das ihm dann blühen würde. Eben war er in seiner Einbildung an dieses Eden gekommen als Hufschläge sich vernehmen ließen. Er fuhr zusammen und lauschte. Es war leicht herauszuhören daß ein Reiter herannahte; bei der Biegung des Weges zeigte sich ein weißes Roß. Hatte Tage schon vorher das seinige nach eigenem Belieben gehen lassen, so griff er jezt hastig in die Zügel und zwang es zu einem noch langsameren Schritte. Der herannahende Reiter schien derselben Eingebung zu folgen und hielt sein Pferd ein sobald er Tage erblickte; auch dieses

mußte im Schritt gehen. Als sie enblich an einanber
vorbei kamen, konnte man sagen, bie beiben jungen
Männer haben mit bem brohenben Feuer ihrer Blicke
einanber zu burchbohren gesucht.

„Ich hätte nicht geglaubt baß er so hübsch wäre,"
bachte Tage. „Diese Züge habe ich schon einmal
gesehen, aber wann unb wo?"

Lothar bachte:

„Sie muß ihn lieben, er ist mehr als hübsch."
Bei biesem Gebanken erhielt bas Pferb einen heftigen Spornstich unb bas eble Thier enteilte mit seinem Reiter.

Tages lichte unb liebliche Traumbilber waren
verschwunben, bie bösen Mächte ber Unruhe unb bes
Zweifels erwachten wieber in ihm, unb als er in
ben Hof hineinfuhr, stanb es klar vor seiner Seele
baß er mit Aberney sprechen unb ihm sagen müsse
wie theuer Schulbfrieb seinem Herzen sei.

Während Tage ben Entschluß faßte Schulbfrieb
von Aberney zu begehren, wie wenn bieser über bie
Hand bes jungen Mäbchens zu verfügen hä̈̈̈̈ war
Lothar nach Kronbrück gejagt. War Tage̊̊̊̊uhig
unb sein Herz von Zweifeln gequält, so wå̊̊othars
Seele von ben wilbesten Stürmen aufgeregt. Der
Unterschieb bestanb barin baß Tage vermöge seines
Characters unb seiner Kinberfreunbschaft mit Schulb=
frieb bie feste Ueberzeugung hegte, ihre gegenseitige
Zärtlichkeit sei von einer unb berselben Art. Er
hatte seit bem ersten Wiebersehen es für ausgemacht
gehalten baß sie unb er von Gott zu Gatten be-

stimmt seien. Bei seinem festen Character und sei=
nem großen Selbstgefühl war er im Allgemeinen
nicht geneigt demjenigen zu mißtrauen was ihm
Glück verhieß. Die Entdeckung daß Schuldfried einen
jungen Mann kannte und häufige Spaziergänge mit
ihm machte, hatte ihm Anfangs mißfallen, dann aber
ihn eigentlich nur darum verdrossen weil sie ihm
dieses Ereigniß nicht anvertraut hatte. Als er mit
Schuldfried darüber sprach, hatte ein gewisser Grad
von Eifersucht ihn verstimmt; aber als sie mit ihrer
natürlichen Aufrichtigkeit von der gemachten Bekannt=
schaft erzählte und erklärte daß zwischen Lothar und
Tage keine Wahl stattfinden könne, so war der von
Jugend auf festgewurzelte Glaube an ihre Zärtlich=
keit wieder erwacht, und er hielt es beinahe für ganz
unmöglich daß sie umhin könne ihn zu lieben.

Lothar dagegen hatte mit all seinen Reichthümern,
seiner Schönheit und seinem Hochmuth gleichwohl
während der Bekanntschaft mit Schuldfried nie daran
gedacht daß sie ihn lieben würde. Als sein eigenes
Gefühl ihn trieb sich ihr Wohlwollen zu erbitten,
meinte er bereits sehr weit gegangen zu sein, und
als Schuldfried ihm freundschaftlich die Hand reichte,
für██████ er beinahe, diese Freundschaft möchte bei
ihm ██████anken und Wünsche erzeugen deren Verwirk=
lichung unmöglich sei. Er verabscheute alle Men=
schen und alle Dinge die ihr in den Weg kamen,
weil er gänzlich vergessen oder auf die Seite ge=
drängt zu werden fürchtete. Er wurde von wilder
Eifersucht gequält, weil er unaufhörlich seiner eigenen
Fähigkeit zu gefallen mißtraute. Er hätte sein Leben
so verbringen mögen wie die Wochen während Aberneys

Abwesenheit in Abo verflossen waren, ohne Jemand
fürchten zu müssen und ohne daß er selbst Wünsche.
zu hegen wagte. Hätte Lothar mehr Eigenliebe und
weniger Mißtrauen besessen, so wäre er nicht so un=
vernünftig eifersüchtig geworden wie er jezt war.
Er hätte sich dann nicht über jede Kleinigkeit beun=
ruhigt und darin unzweifelhafte Beweise gesehen daß
er vergessen sei, sondern er hätte in tausend unbe=
deutenden Dingen entdeckt daß gerade er selbst einen
großen Einfluß auf das Herz des jungen Mädchens
besiße. Ohne durch einen Hoffnungsstrahl seine
Eifersucht mildern zu lassen, ließ er sich davon beherr=
schen, und ein bis zur Raserei gesteigerter Zorn er=
füllte sein Inneres als er Tage in der Nähe er=
blickte. Seine Erbitterung wurde nicht gegen Schuld=
fried, sondern gegen Tage und Aberney gerichtet.
Er hätte sein halbes Vermögen dafür gegeben, wenn
er sich damit das Recht hätte erkaufen können diese
beiden Männer zu vernichten, die er von ganzer
Seele verabscheute.

Schaumbedeckt kam das Pferd nach Kronbrück
und der schöne Springer zitterte in allen Muskeln,
als Lothar durch einen heftigen Griff in die Zügel
ihn zwang augenblicklich an der Treppe ſ**** zu
bleiben. Mit einem Saz war er auf dem Boden,
warf die Zügel einem Bedienten zu und sagte kurz
und befehlend:

„Der Doctor soll kommen!"

Sein Aussehen war von der Art daß der Be=
diente ihn entschieden für krank hielt.

Der Doctor gehorchte dem Rufe sogleich. Lothar
ging heftig auf und ab.

„Was fehlt Ihnen, Herr Baron? Sind Sie

unwohl?" fragte der Doctor, als er Lothars todten=
blaſſes Geſicht ſah.

„Ja, ich bin krank und Sie ſollen mir helfen,"
antwortete Lothar mit einem beinahe höhniſchen Aus=
druck. „Da Sie ſtets mit dem Teufel im Bunde
ſtehen, ſo müſſen Sie wohl der Rechte ſein der mir
helfen kann."

„Sie erweiſen mir gar zu große Ehre, Herr
Baron, wenn Sie glauben daß ich einen ſo mächti=
gen Bundesgenoſſen beſize. Ich dürfte gleichwohl
auch ohne ſeinen Beiſtand zurecht kommen."

Lothar ging fortwährend auf und ab.

„Sie haben mir ein Paarmal, vermuthlich in
einer recht hölliſchen Abſicht, geſagt daß dieſer Aber=
ney politiſch anrüchig ſei. Iſt das wahr?"

„Davon können Sie ſich überzeugen wenn Sie
ſeine Papiere oder vielmehr ſeine Correſpondenz mit
Beſchlag belegen laſſen."

„Woher wiſſen Sie das?"

„Weil ich Aberney und ſeine Verbindungen in
Schweden kenne. Ich weiß wie ſehnlich er Finn=
lands Wiedervereinigung mit Schweden wünſcht."

„So, und Sie ſind überzeugt daß er eine Cor=
reſpondenz führt die . . ."

„Wenn ſie zu Tage käme, ihm im glücklichſten
Fall den Befehl zuziehen würde Finnland zu ver=
laſſen und nie dahin zurückzukehren."

„Gut!" Lothar blieb vor dem Doctor ſtehen.
„Warum haben Sie ſchon vorher mehrere Male an=
gedeutet daß er eine politiſch verdächtige Perſon ſei?"

„Weil ich voraus ſah daß dieſe Nachricht Ihnen
zu Statten kommen würde, Herr Baron. Sie ſind
ein mächtiger junger Mann; es bedarf bloß einiger

Zeilen von Ihrer Hand an den Generalgouverneur, und Sie sind sowohl von Aberney als von seinem Sohne befreit." ·

"Also der Schurke Wagner war es der mir ein Mittel zeigte diese Menschen los zu werden." Er begann wieder auf und ab zu gehen. "Sie hielten für meine wilden Leidenschaften die Möglichkeit offen von ihrer Nähe befreit zu werden, weil Sie dachten daß ich früher oder später sie verabscheuen würde. In einem aufgeregten und besinnungslosen Augenblick kann ich allerdings, Ihnen sei es gedankt, die Leute unglücklich machen. Ha, das ist entsezlich!"

"Herr Baron, wenn Sie weniger aufgeregt und dagegen ruhiger wären, so würden Sie nicht mit Schurken gegen einen Mann um sich werfen der stets Ihr Freund gewesen."

"Freund!" rief Lothar mit Hohnlachen. "Freund! Sie der mich stets auf den Weg des Bösen geführt, Sie der mit einem wirklichen Talent den Teufel in meinem Blute geweckt hat!"

"Nun wohl, Herr Baron, in diesem Fall lassen Sie uns scheiden. Ich werde morgen meine Stelle als Gutsarzt aufgeben. Sie können ja einen ehrlicheren Mann als ich bin dazu wählen, da ich, wie Mephistopheles, ein elendes Werkzeug schlechter Begierden aus Ihnen schaffe. Sonst glaubte ich daß ein junger Mann von dreiundzwanzig Jahren selbstständig genug wäre, um nicht einem Instrument zu gleichen das denjenigen Ton angibt den man anschlägt, aber lautlos bleibt wenn Niemand es berührt. Ein Mann der von der Einwirkung Anderer auf seine Grundsäze und Handlungen spricht, ist ein

Kind und kein Mann. Ich bin jezt bereit mich zu entfernen."

Das Gesicht des Doctors trug nicht mehr den glatten und geschmeidigen Ausdruck wie gewöhnlich, sondern es lag ein Gepräge wahren Stolzes darin. Der polnische Arzt hatte in diesem Augenblick etwas Imposantes. Er ging auf die Thüre zu; aber Lothar eilte ihm nach und legte die Hand auf seine Schulter mit den Worten:

„Bleiben Sie! Sie haben Recht, ein Kind, nicht ein Mann, läßt Andere auf sich einwirken. Waren Sie auch mein böser Dämon, so werde ich nie vergessen daß Sie mein Arzt waren, daß Sie einer unglücklichen Nation und einer noch unglücklicheren Familie angehören, und daß Sie gegen Andere ein Ehrenmann sein können, wenn Sie auch gegen mich das Gegentheil bewiesen. Sie können Ihre gegenwärtige Stelle nicht aufgeben, außer um sie gegen eine glänzendere zu vertauschen. Sprechen Sie also nicht davon, aber nennen Sie sich nicht meinen Freund; dieß ist eine unwürdige Heuchelei die weder Ihnen noch mir zusteht."

Der Doctor kehrte von der Thüre zurück und ging im Zimmer vor, indem er mit seinem gewöhnlichen verbindlichen Ton äußerte:

„Wünschen Sie mir sonst Etwas zu sagen, Herr Baron?"

„Ja, ich wünsche daß Sie mir einen Dienst erwiesen." Lothar verstummte. Es war ihm widerlich fortzufahren.

„Und das wäre?" fragte der Doctor, nachdem er eine Weile gewartet hatte.

„Verschaffen Sie mir ein Zusammentreffen mit...."

„Meiner ehemaligen Patientin auf Ettorp?"

„Ja."

Eine lange Pause entstand. Der Doctor hatte sich offenbar vorgenommen sie nicht zu unterbrechen, sondern Lothar zu zwingen daß er seinen Wunsch aussprechen sollte. Dieser warf sich auf einen der Sophas und rief mit leidenschaftlicher Heftigkeit:

„Für eine Stunde Besprechung mit ihr würde ich gern einen Theil meines Vermögens geben." Dann sprang er wieder auf, trat an eines der offenen Fenster vor und blieb lange dort stehen. Der Doctor schwieg consequent. Endlich wandte sich Lothar langsam um und sagte mit scheinbarer Ruhe:

„Wollen Sie es übernehmen sie zu bitten daß sie morgen in aller Frühe einen Spaziergang an den Waldweg mache?"

„Warum schreiben Sie ihr diese Bitte nicht, Herr Baron?"

„Ich habe versprochen nicht an sie zu schreiben. Ich kann es also nicht thun. Ha, dieses Versprechen hat mich ja seit zwei Wochen beinahe zum Narren gemacht, weil ich . . ."

„Sie nicht treffen konnte. Und doch hielten Sie Ihr Versprechen?"

„Doctor, wann sahen Sie mich je mein Wort brechen?"

„Nie, das muß ich gestehen; aber Versprechungen haben sonst selten Bestand wenn das Gefühl mit ihnen im Streite liegt."

„Sie kennen mich nicht, wenn Sie glauben daß die Leidenschaft mich zu einem Treubruch verleiten kann."

„Wir wollen sehen wie es damit in Zukunft geht," dachte der Doctor; laut sagte er:

„Wiſſen Sie, Herr Baron, warum Sie das Mädchen nicht treffen konnten?"

„Weil ſie beſtändig von Aberney oder ſeinem Sohn begleitet war."

„Und warum ſind dieſe ihr ſo treu gefolgt? Soll ichs Ihnen ſagen?"

Lothar nickte mit dem Kopf.

„Obſchon Ektorp in einer von Nachbarn abge= ſchiedenen Gegend liegt, ſo hat es gleichwohl keinen Mangel an Leuten und geſchwäzigen Zungen. Je= mand aus der Nähe hat Sie und Fräulein Smith beiſammen geſehen; dieß iſt Aberneys zu Ohren ge= kommen, und ſie glauben ſich verpflichtet über das Mädchen zu wachen, damit ſie nicht mit Ihnen in Berührung trete. Zumal da . . . . . Doch warum brauche ich Ihnen das wahre Verhältniß zu ſagen? Sie würden doch nur glauben ich wolle den Teufel in Ihrer Bruſt wecken, und darum ſchweige ich."

Mit fürchterlichem Scharfſinn verſtand es der Doctor die Neugierde Lothars zu reizen; auch ſagte dieſer voll Ungeduld:

„Warum ſolche Rückhaltſamkeit, wenn ich Auf= richtigkeit von Ihnen verlange? Sie ſtiften mit die= ſen Halbſagereien weit mehr Böſes als wenn Sie ganz offen ſprechen. Geben Sie mir welche Erklä= rung Sie wollen, wenn ſie nur aus meiner Seele den teufliſch qualvollen Gedanken wegnimmt daß ſie es ſei die mir ausweicht."

„Erinnern Sie ſich, Herr Baron, daß Sie ſelbſt mich aufgefordert haben zu reden."

„Welche lange Vorbereitung!"

„Nun wohl, Fräulein Smith iſt für den jungen Aberney zur Frau beſtimmt und . . .'"

„Aber Sie sagten mir vor einiger Zeit daß ...
daß Profeſſor Aberney ſie für ſich ſelbſt erzogen
habe."

„Ganz richtig. Dieß war indeß bloß eine Ver=
muthung von mir, während es dagegen Thatſache
iſt daß der junge Aberney ſeit ſeiner Kindheit an
ihr hing. Vermuthlich findet die Verlobung ſtatt
ehe er nach Stockholm zurückkehrt."

Lothars Augen funkelten; er drückte krampfhaft
ſeine Hände zuſammen und ſagte mit gedämpfter
Stimme:

„Sind Sie deſſen ſicher was Sie ſagen? Kön=
nen Sie die Wahrheit beweiſen?"

„Unendlich gerne." Der Doctor zog aus ſeiner
Bruſttaſche einen Brief den er mit lächelnder Miene
Lothar überreichte, der ihn dem Arzte förmlich aus
der Hand riß. Er war vom Pfarrer des Kirchſpiels
und lautete wie folgt:

„Verehrteſter Herr Bruder! So gerne ich heute
Abend nach Kronbrück hinüberkäme um ein Brett
mit Ihnen zu ſpielen, ſo muß ich mirs dennoch ver=
ſagen, weil ich meinem alten Freund Aberney ver=
ſprochen habe nach Ettorp hinüberzufahren und mit
Frau Smith zu ſprechen. Aberney wünſcht ſeinen
Sohn mit der ſchönen Schuldfried zu verheirathen.
Wenn die Mutter dafür iſt, ſo könnte die Verlobung
je eher je lieber ſtattfinden. Ich bin der einzige
Gaſt den Frau Smith empfängt, und darum habe
ich, da ich das Mädchen herzlich liebe, mit dem
größten Vergnügen den Auftrag übernommen, weil
mein Beichtkind ſchwerlich eine beſſere Parthie tref=
fen kann als mit dem jungen Aberney. Er iſt in
jeder Beziehung ein wackerer und prächtiger Burſche.

„Wenn Sie einmal in die Pfarrei kommen, Herr Bruder, so vergessen Sie nicht bei Ihrem redlichen Freund vorzusprechen.

                    „Isaak Urbanius.“

Lothar blieb eine lange Weile ganz unbeweglich. Er starrte den Brief an, als hätte er seinen Inhalt nicht verstehen wollen. Endlich sagte er, gänzlich zu sich selbst:

„Die Mutter, nur die Mutter ist es von der Alles abhängt. Man ist also ihrer Einwilligung bereits sicher. Ha, das ist eine Narrheit von mir sie wieder sehen zu wollen.“ Er zerknitterte den Brief und warf ihn auf den Boden. „Am Besten, ich begebe mich sogleich nach Petersburg.“

„Meine Gesandtschaft nach Ettorp wird also überflüssig?“ fiel der Doctor mit einem Ausdruck ein als ob er sich sehr darüber freute. Lothar sah ihn an und murmelte, so leise daß der Doctor seine Worte nicht hörte:

„Glaube nur dasjenige von dessen Wahrheit Du Dich selbst überzeugt hast, lautet eine der Lehren die ich zu befolgen schwur. Nun wohl, ich will mit ihr reden.“

„Sagten Sie Etwas, Herr Baron?“ fragte der Doctor.

„Ja, ich wollte Sie bitten mir das Zusammen= treffen morgen zu verschaffen.“ Ohne die Antwort des Doctors abzuwarten, verließ er hastig das Zimmer.

„Dießmal ist er richtig in die Falle gekrochen,“ dachte der Doctor als er in seine Wohnung hinab= ging.

www.ingramcontent.com/pod-product-compliance
Lightning Source LLC
Chambersburg PA
CBHW030636030726
47497CB00006B/1811